T0203294

La Red Púrpura

Carmen Mola

La Red Púrpura

NEGRA
ALFAGUARA

Papel certificado por el Forest Stewardship Council®

Primera edición: abril de 2019
Decimosexta reimpresión: noviembre de 2022

Printed in Spain – Impreso en España

ISBN: 978-84-204-3557-2
Depósito legal: B-2309-2019

Compuesto en MT Color & Diseño, S. L.
Impreso en Unigraf, Móstoles (Madrid)

AL 3 5 5 7 F

Primera parte
REZARÉ

Rezaré por ti,
que tienes la noche en el corazón,
y, si quieres, creerás.

La mujer aguarda dentro del coche, abstraída del ambiente navideño. Al principio ha pensado que la radio podía servir de entretenimiento, pero no soporta la euforia impostada de los locutores, la obligación de transmitir alegría a los oyentes. La publicidad radiofónica, ya de por sí cargante, le resulta insufrible en estas fechas. Un villancico más y se abre las venas. Apaga la radio, ella no está para celebraciones.

Mira el reloj. Es tarde, la espera se está alargando más de lo previsto. Cansada, se deja hipnotizar por el tráfico, por las luces de neón, por la muchedumbre amorfa que baja por la calle. Sale del coche para estirar las piernas y nota el frío de diciembre en las orejas, en la nariz, en el pelo. Camina hacia el Mercado de San Miguel y se asoma a la plaza Mayor por la calle de Ciudad Rodrigo. Imposible distinguir en esa marea humana al hombre al que ha venido acompañando.

Cuando vuelve al coche, hay dos policías municipales tomando nota de la matrícula. Corre hacia ellos, se disculpa como puede. Ya se va, su marido está comprando un árbol de Navidad en el mercadillo, es solo un minuto. Tiene suerte: la multa no está en la red todavía y el policía de la libreta la conmina a buscar un parking. Inútil explicarle que están todos llenos; es mejor mover el coche, no arriesgarse a un cambio de humor de última hora, dar una vueltecita y rezar para que se hayan ido los municipales, pues su intención es parar en la misma esquina y subir dos ruedas a la acera para permitir el paso de otros vehículos. La calleja es estrecha.

Ahora la espera entra en una fase angustiosa. Ya no hay margen; si los policías vuelven, la van a multar y a ella no le

9

interesa llamar la atención ni que la matrícula del coche quede registrada.

Pasa un grupo de turistas ruidosos con pelucas naranjas. Detrás viene el hombre, Dimas. Lleva de la mano a un niño de unos cinco o seis años. La mujer pone el motor en marcha. Aplaca un brote de tristeza al ver al pequeño hablando con Dimas, exactamente igual que un hijo haría con su padre. Le parece ver que incluso el niño sonríe. Oye un fragmento de la conversación que mantienen cuando el hombre abre la puerta y se mete con él en los asientos traseros: tranquilo, te vamos a llevar con tu madre, no te asustes.

La entonación cantarina que se emplea con los niños resulta torpe en labios de Dimas, casi siniestra. Se dirige a ella:

—Vamos, ¿a qué coño estás esperando?

El cambio de tono es llamativo incluso para el niño. Ahora está asustado. El coche enfila la calle Mayor hacia Bailén, pero hay mucho tráfico y no se puede ir deprisa. El niño grita, pregunta dónde está su madre, descubre ya sin la menor duda que la simpatía del otro era fingida, una trampa para atraer a la presa. El hombre le suelta un bofetón y cesa el llanto de golpe. En el silencio solo se oye un hipido ahogado. La mujer busca el rostro del niño en el espejo retrovisor.

—¿Cómo te llamas?

Con un hilo de voz, tembloroso, el niño responde.

—Lucas.

Capítulo 1

La pantalla muestra un espacio casi vacío, desangelado. Solo hay una silla de madera en el centro de la estancia y un monitor grande en una pared tosca, de ladrillo. No hay ningún indicio de lo que va a ocurrir allí, pero, poco a poco, más y más ordenadores se irán conectando. Dentro de unos minutos serán casi cien; sus propietarios no se conocen entre ellos, aunque disfrutarán del mismo espectáculo. La mayoría está en España, pero también los hay en Portugal, en México, en Brasil... Muchos son hombres de entre treinta y cinco y cincuenta años; aunque hay alguna mujer, varios jubilados, hasta un menor de edad... Todos han pagado los seis mil euros que les han exigido, en bitcoins y de forma segura, sin dejar huella.

El monitor de la pared de detrás se enciende. La imagen muestra el manto verde de un campo de fútbol. Los jugadores que van a disputar el partido esperan para saltar al terreno de juego, la cámara los enfoca, rotula sus nombres. Es un partido de la Champions League, de la fase de grupos, jugarán el Real Madrid y el Spartak de Moscú.

Pero el interés de los conectados no está en el partido de fútbol. Con esas imágenes, los organizadores solo quieren demostrar que están emitiendo en directo. Es importante que todo el mundo sepa que lo que van a ver es un espectáculo en vivo y no una simple grabación, por eso pagan tanto.

Saltan los jugadores, cada uno de la mano de un niño o una niña, se hacen fotos, se saludan, escuchan el himno de la competición, sortean los campos. Empieza el partido...

El balón está en juego, pero el espectáculo todavía no ha comenzado. Los espectadores han pagado para ver cómo una mujer, casi una niña, muere ante sus ojos.

—¡Lo tengo!

El grito de Mariajo rompe la tranquilidad de la Brigada de Análisis de Casos. Llevan dos meses esperando escucharlo.

—¿Estás segura? —pregunta Orduño.

—Completamente, la IP que teníamos bajo vigilancia está conectada, el «evento», como le llaman ellos, empieza a las nueve y cuarto, nos queda un cuarto de hora. Id llamando a la gente mientras me aseguro.

El operativo está diseñado desde hace semanas a la espera de que Mariajo, la sexagenaria hacker de la BAC, dé la orden de ponerlo en marcha. Todos saben cuál será su función a partir de este instante: Elena Blanco y la propia Mariajo irán al lugar donde está el ordenador que tienen intervenido, acompañadas por un equipo de acción inmediata; Zárate, Chesca y Orduño aguardarán instrucciones en el Centro de Medios Aéreos de la Policía Nacional; Buendía se quedará de guardia en las oficinas de la BAC, por si fuera necesario su apoyo en algún sitio.

—¿Llamas tú a Zárate?

—Llámale tú, yo localizo a Elena —Chesca no ha cambiado de opinión acerca del nuevo compañero de la brigada, no soporta a Zárate.

Mariajo teclea a toda velocidad. Ninguno de los otros dos sabe lo que está haciendo, solo que ha encontrado algo y no va a parar hasta averiguar quién está detrás.

—Cabrones... —se lamenta—. El espectáculo de hoy es una muerte en directo.

—¿Podemos evitarlo?

—Vamos a intentarlo, hay que salir para Rivas.

Los días de partido en la tele, a Elena le gusta ir al Cheer's, en la calle Huertas. En sus pantallas no se ve el fútbol, solo esos vídeos cursis que acompañan la letra de las canciones que interpretan los parroquianos.

—¿No vas a cantar a Mina?

—Hoy no, de vez en cuando hay que cambiar. Hoy me apetece Adriano Celentano: «Pregherò».

En cuanto termine la chica que está cantando el «Soy rebelde» de Jeanette, le tocará a ella: *pregherò, per te, che hai la notte nel cuor e se tu lo vorrai, crederai.* No necesita la letra —nunca la necesita—, se la sabe a la perfección.

Todavía está sonando la canción de Jeanette cuando vibra su teléfono.

—¿Rivas? Perfecto, salgo para allá. Llego a la vez que vosotros. ¿Todo el mundo en sus puestos?

Elena pierde su turno; seguro que Carlos, otro de los habituales, lo aprovechará: rezaré por ti, que tienes la noche en el corazón...

Una chica ha aparecido en la imagen y está de pie junto a la silla. Parece aturdida, aunque todos saben que no la habrán sedado. Nadie quiere ahorrarle sufrimiento, al contrario: cuanto peor lo pase, mejor será el espectáculo. Si no sintiera dolor, no valdría la pena, sería como ver una operación en un quirófano, ¿quién paga para asistir al trabajo de los cirujanos? Ellos gastan su dinero para ver sufrir y morir.

Si están allí, si se han tomado las molestias —y corrido el peligro— de ponerse en contacto con la Red Púrpura, si han abonado por anticipado y en bitcoins la fuerte cantidad exigida, si han esperado a que les llegara el mensaje con el día, la hora y el modo de conectarse, es porque confían en el maestro de ceremonias. Dimas. Los espectadores nunca le han visto la cara —la lleva tapada con una máscara de las que usan los luchadores mexicanos—, pero conocen sus movimientos, igual que un aficionado al fútbol sabría cuál es el jugador que tiene el balón en la pantalla del fondo solo viendo su forma de trotar y el lugar que ocupa en el campo. Son forofos de Dimas, igual que otros lo son de Messi o de Cristiano Ronaldo... Algunos hasta creen que, si vieran a Dimas caminando por la calle, serían capaces de identificarlo por sus andares.

La chica es guapa, joven, muy joven —tal vez sea mayor de edad, pero en ese caso lo sería por apenas unas semanas—, morena y con los ojos muy grandes. Por sus rasgos podría ser española —eso es lo que más se cotiza, y todavía más si es muy pija, de esas que siempre han vivido entre algodones—, pero también marroquí. Alguien a quien no se escucha a través del ordenador debe de estar dándole órdenes y ella se ha sentado en la silla. Mira alrededor con miedo, está claro que no sabe lo que va a pasar allí, que no se lo espera. Quizá sufra tormentos que ni imaginaba que se le pudieran infligir a un ser humano.

Capítulo 2

Dicen que Rivas-Vaciamadrid, pese a su desagradable nombre, es uno de los pueblos con mejor calidad de vida de la Comunidad de Madrid —el séptimo más rico de España, el cuarto con menor cantidad de población en riesgo de pobreza—: un paraíso en el que no debería haber problemas. Hay zonas de pisos y otras de chalets adosados; viven muchos jóvenes profesionales con sus familias; el municipio está lleno de instalaciones para hacer deporte o para albergar actividades de ocio y cultura. La vida es agradable en Rivas, un ejemplo de ciudad sostenible, un lugar donde merece la pena vivir y educar a unos hijos. Por eso, Alberto se esforzó en comprar allí, aunque al principio les costara tanto pagar la hipoteca de su adosado con jardín y piscina. Menos mal que las cosas han mejorado para la familia Robles. Ahora están orgullosos de su casa, del vecindario y del Lexus recién estrenado, de haber conseguido lo mejor dentro de lo que estaba a su alcance.

Aunque oficialmente se acaba en menos de una semana, es todavía verano y ha hecho mucho calor durante el día, así que cuesta sacar a Sandra de la piscina. Hay que amenazarla con castigos, con enfadarse con ella.

—¡O sales ahora mismo o vacío la piscina y no te bañas más! —le grita su padre.

—Está prohibido vaciarla, no se puede desperdiciar agua —se mofa de su padre Sandra, sabihonda.

—Pues me la bebo, así no se desperdicia.

Sandra se ríe, tal vez la única forma de lograr que obedezca. Alberto la recibe con una toalla y la lleva envuelta en ella, en brazos, hasta la casa. Los dos se ríen de la imagen del padre bebiéndose toda el agua de la piscina. Allí está Soledad terminando de preparar la cena.

—¿De qué os reís?

—De las tonterías de papá. ¿Qué hay para cenar, mamá?

—Sopa de tomate y croquetas.

Alberto no sabe para qué pregunta su hija, cenan lo mismo por lo menos dos o tres veces a la semana: sopa de tomate de lata y croquetas congeladas. Ni a él ni a su mujer les gusta cocinar, y Sandra se lo come sin las peleas que tienen las pocas veces que les da por poner comida sana en la mesa —todavía se acuerda de la noche del brócoli—. Su madre nunca le habría dado a él croquetas congeladas cuando era pequeño, las habría hecho con dos cucharas, una a una.

—¿Daniel no baja a cenar con nosotros?

—Dice que está estudiando

—¿Estudiando? Me juego lo que quieras a que si subo le encuentro haciendo el gilipollas con el ordenador. Con uno de esos juegos de matar a gente.

—No digas tacos delante de la niña. Y siéntate, que se enfría la sopa.

Alberto se sienta delante de la tele, que está sin sonido: el Madrid sigue empate a cero con el Spartak. Lo primero que ve es una oportunidad de gol de los rusos, han lanzado fuera de milagro.

—¿Te vas a quedar viendo el fútbol?

—Está sin sonido, déjalo —se excusa él.

Hoy Sandra debe de tener hambre, la piscina siempre le abre el apetito. Cenarán tranquilos y Alberto podrá echar alguna ojeada al partido.

—Acuérdate de que el domingo comemos donde mi madre.

—Yo creo que va a ser el último día de piscina para Sandra —se defiende—. Podemos cambiarlo para la semana siguiente y que la niña disfrute.

—Sí, mamá —ruega su hija—. No podemos perdernos el último día de piscina.

No da tiempo a que Soledad conteste; antes de que lo haga se oye un golpe seco y fuerte. La puerta de la calle se ha abierto, la han reventado con un ariete y han empezado a entrar policías, no saben si son Geos, de los que Soledad y Alberto solo han visto en la tele. Tras ellos llega una mujer de unos cuarenta y cinco o cincuenta años, sin uniforme ni arma a la vista.

—¡No se muevan! ¿Dónde está el ordenador?

—¿Cuál? —responde Soledad, asustada—. Hay varios.

—Daniel está en su cuarto —aunque Sandra solo tiene nueve años, es la única que acierta a adivinar a quién buscan.

Al oír el estruendo en el piso de abajo, Daniel presiente que vienen a por él. Sabe que tiene que desenchufar el ordenador, pero hay algo que se lo impide: está hipnotizado por el espectáculo. En solo diez minutos, Dimas ya ha demostrado que es alguien especial, un artista. Lo primero que ha hecho al salir, cuando la chica se ha puesto a gritarle, a suplicarle clemencia, ha sido darle un puñetazo en la tripa que la ha dejado doblada y sin aire. Después ha empezado a arrancarle la ropa. La chica lloraba sin entender nada, pero a esas alturas ya debía darse cuenta de que la noche iba a ser muy difícil para ella.

Daniel escucha las botas de varios hombres en la escalera y no sabe si salir a su encuentro, si saltar por la ventana o si tumbarse en la cama con un libro como si no pasara nada. No llega a hacer ninguna de las tres cosas. Solo apaga el monitor un segundo antes de que dos hombres en uniforme de combate entren y le aparten de un empellón que le hace caer sobre la cama. Tras ellos vienen dos mujeres. La mayor de ellas es la que se sienta ante el ordenador y lo manipula con gestos precisos. Daniel la ve conectar un dispositivo en uno de los puertos y, luego, encender la pantalla. Aun con el miedo dentro del cuerpo trata de mirar por encima del hombro de la mujer para ver qué está pasando.

Las imágenes se siguen emitiendo a pantalla completa. Ya no están solos Dimas y la chica; ha entrado otro hombre, uno con pasamontañas que tiene una prótesis de metal que sustituye parte de su mano. A la chica no se le ve bien la cara, la tiene llena de sangre.

—¿Cómo eres capaz de ver esto...? —dice la más joven. En su tono, Daniel percibe más incomprensión que reproche.

—¡Eh! ¿Qué es eso? —intenta defenderse Daniel—. ¡Yo no he puesto eso!

—Sacadlo de aquí.

Uno de los dos policías que entraron primero lo planta en la puerta de un solo empujón. Allí se encuentra de cara con su padre.

—Espero que sea un error, que todo sea un error —le dice con el rostro desencajado.

Daniel habría preferido que le abrazara; se siente como un niño pequeño que ha hecho una travesura, pero sabe que esto es peor, mucho peor. Que esta vez la ha cagado de verdad.

Capítulo 3

Chesca, Orduño y Zárate están esperando en un hangar del Centro de Medios Aéreos de la Policía Nacional en Cuatro Vientos. Hay cuatro helicópteros preparados para ponerse en marcha de inmediato, en cuanto ellos lo ordenen. Tienen prioridad absoluta y la torre de control les permitirá despegar en el momento en que lo soliciten. Son helicópteros EC-135, preparados para vuelo nocturno, con capacidad para siete personas cada uno y velocidad de crucero de doscientos cincuenta kilómetros por hora. Los aparatos tienen a su propio equipo de agentes, armados y dispuestos a actuar.

Los agentes de la BAC están vestidos con uniformes azules, casi militares. Se nota de dónde viene cada uno de ellos. Orduño, que estuvo en los Geos antes de que Elena lo captase, no se diferencia de los agentes de operaciones especiales. Chesca tampoco, pasa el suficiente tiempo en el gimnasio como para mimetizarse con los demás. Zárate es un hombre musculado, alto y fuerte, pero algo en su manera de llevar el uniforme en medio de todos ellos recuerda a un oficinista que se ha equivocado de destino.

—Mírale, parece recién salido de una película de marines —dice Chesca—. Hace el papel del recluta que echan al principio, el que quería ser marine por su hermano mayor, el que murió en el Golfo.

—No digas tonterías, en cuanto nos llamen te vas con él en el helicóptero. Más te vale que sepa lo que se trae entre manos.

—A ver si te echas novia, que estás muy coñazo, Orduño.

Apartado de ellos, Zárate no deja de mirar el teléfono. Está deseando que empiece la acción.

Cuando regresen a las oficinas de la BAC podrán examinar la grabación y buscar la forma de identificar a la víctima y a sus dos verdugos. Ahora solo pretenden salvarle la vida a esa pobre chica.

Han llegado a tiempo de ver al hombre de la mano ortopédica apoyar el punzón sobre uno de los ojos de ella. En algún momento le ha cortado el párpado para que no pueda cerrarlo y tiene un aspecto extraño, como de muñeca antigua. El hombre empuña ahora un martillo. Da la sensación de que va a descargar un golpe contra el punzón para atravesar el ojo o para arrancarlo de cuajo, pero de pronto se gira levemente hacia un lado y baja la herramienta. Vuelve el otro, el de la máscara de luchador mexicano. Elena no puede seguir mirando mientras el hombre coge el punzón, se lo mete en la boca a la joven y, con un golpe firme de martillo, le atraviesa la mejilla...

¿Será su hijo Lucas uno de esos hombres? ¿Será el de la máscara mexicana? Los gritos de la chica se le clavan en el cerebro. Aunque intente huir de esa idea, se siente de alguna forma responsable de la tortura.

Está tan concentrada en su dolor que se sobresalta al oír la voz de Mariajo.

—He localizado el origen. Creo que sé desde dónde están emitiendo.

Todos se levantan como con un resorte cuando suena el teléfono de Zárate.

—Sí, vamos —dice este al aparato—. Navacerrada —anuncia luego a los presentes.

No necesita añadir nada más, han estudiado cada uno de los pasos que debían dar esta noche. Por ahora todo marcha según lo previsto.

Orduño los acompaña hasta el helicóptero para desearles suerte. Él se queda esperando por si hubiera una segunda localización a la que acudir, o para salir dentro de unos minutos a apoyar a sus compañeros. Buendía también ha recibido la noticia en las oficinas de la brigada y debe de estar llamando en este momento para que salgan dotaciones hacia el objetivo por tierra.

—Suerte, compañeros. Tened cuidado —se despide de ellos Orduño.

Todo está en su sitio, los hombres en sus puestos, los helicópteros a punto de partir.

—Están intentando localizar la dirección exacta. ¿Cuánto tardaremos hasta Navacerrada? —pregunta Zárate a uno de los dos pilotos.

—Está a unos sesenta kilómetros y tenemos que coger velocidad de crucero, calcula dieciocho o veinte minutos. Quizá un poco menos.

Viajan Chesca y Zárate, dos pilotos y tres agentes de los Geos. Otro helicóptero parte tras ellos con más hombres. Cuando lleguen, deberán tomar la decisión de entrar en la casa o esperar a recibir refuerzos. Todo dependerá de lo que les vaya diciendo la inspectora Blanco. Básicamente, de si la chica a la que están torturando sigue viva y se puede hacer algo por ella. Solo se pondrán en riesgo si tienen alguna posibilidad de salvarla.

Elena sigue evitando mirar la pantalla. El sonido es suficiente para imaginar el martirio de esa pobre chica a manos de los dos hombres, el de la máscara y el de la mano de hierro. No quiere interrumpir a Mariajo, que no deja de trabajar, unas veces en el ordenador del chico y otras en uno que ha conectado ella misma. Sabe, más o menos, lo que la especialista en informática del grupo está haciendo: rastrear direcciones IP e ir descartando otras enmascaradas hasta llegar a la original. Por fin, la hacker se da la vuelta y sonríe.

—Calle de los Arcos, en Navacerrada.

Elena consulta en su teléfono el mapa de la localidad.

—Es una zona de chalets.

—Tiene lógica, ya has oído los gritos que está dando esa pobre. No lo pueden hacer en un piso del centro, lo escucharían los vecinos...

Elena solo puede rezar para que los suyos lleguen a tiempo, avisar al helicóptero de la dirección exacta y mandar refuerzos. Lo hace con una voz firme que no deja vislumbrar su pánico: que al detener a esos dos salvajes y quitarles las máscaras, uno de ellos sea Lucas. Su hijo perdido.

Zárate sigue dando a los pilotos las indicaciones que recibe.

—Calle de los Arcos, está en la zona noroeste del pueblo, muy cerca del hotel Arcipreste de Hita.

No sabe cómo lo van a buscar, pero confía en el gesto de conformidad que le hace uno de los pilotos alzando el pulgar.

—¿Te han dicho si la chica sigue viva? —Chesca no puede esconder su inquietud.

—De momento no me han dicho que esté muerta. Si no nos vuelven a llamar, entramos en la casa en cuanto lleguemos.

No necesitan orden judicial: en caso de delito flagrante, y sospechan que dentro de la casa puede estar cometiéndose un asesinato, no solo tienen la capacidad, sino también la obligación de entrar para impedirlo. El piloto interviene:

—Seis minutos.

Capítulo 4

La chica de la pantalla ha perdido el conocimiento y eso no gusta a los torturadores. Tienen que mantenerla plenamente consciente para que los que han pagado disfruten. Mariajo, que poco más puede hacer tras haber descubierto el lugar desde el que emiten, mira por primera vez con curiosidad.

—¿La han matado? —se asusta.

—Creo que no, creo que la están reanimando —responde Elena.

Le están haciendo volver en sí, le han inyectado algo en el brazo.

—Pobre chica. ¿Qué hemos hecho para que esto sea posible? Vaya mierda.

Elena no contesta, sabe que Mariajo no lo necesita. También sabe que nadie puede eludir su responsabilidad de lo que pasa en el mundo, que su propio hijo podría estar ahí; podría ocupar el lugar de cualquiera de ellos, de los que torturan o también, por qué no, de la víctima. ¿Seguirá con vida?

Han pasado ocho años desde que su hijo Lucas fue secuestrado. Y solo unos meses desde que Elena recibió un vídeo en el que salía su hijo, transformado en un adolescente, dirigiéndose a ella para que dejara de buscarle. No ha hablado con nadie de aquel vídeo. ¿De qué serviría contárselo a su exmarido? ¿No es más compasivo que siga pensando que Lucas murió hace mucho tiempo? Tampoco se ha atrevido a confesarse con sus compañeros de la BAC, ni siquiera con Zárate. Tal vez, sus agentes le habrían dicho que había sido una alucinación. Que el adolescente que aparecía en ese vídeo no era Lucas. Ella guarda un fotograma, una captura de pantalla en la que solo aparece su hijo. El resto desapareció de su móvil y de la red tan pronto como acabó la reproducción. Pero Elena no necesita volver a verlo para estar segura de que no se equivoca. Se le quedó grabado a fuego en la memoria. A su hijo lo secuestró una organización criminal, que responde al nombre de la Red Púrpura y que trafica en el internet profundo, indetectable y siniestro, con imágenes violentas. Y el vídeo revelaba algo más horrible todavía: en algún momento de su cautiverio, Lucas se había pasado al enemigo. Cómo y por qué sucedió eso es algo que a Elena se le escapa, pero esas imágenes ya forman parte de sus pesadillas. Lucas sonriendo, con un cuchillo en la mano, a punto de empezar a torturar a una joven atada a una silla. Una chica de ojos color miel llenos de miedo. ¿Iba a torturarla o a matarla? En sus pesadillas se dan ambos desenlaces y siempre es Lucas el ejecutor, con su sonrisa sádica y sus ojos de loco. Desde entonces, Elena Blanco solo vive para desarticular la Red Púrpura y para encontrar a su hijo.

La zona en la que está el chalet es muy arbolada y el helicóptero debe buscar un claro para posarse. Lo halla a unos doscientos metros de la casa que tienen como objetivo. En la carrera de los policías hacia ella, ven a algunos vecinos que, alertados por el ruido, se asoman a las ventanas. Los Geos se detienen tras la valla. Zárate llama a Elena.

—Estamos en la puerta, no se ve actividad especial en la casa. ¿Sigue con vida la chica?

Elena levanta la vista al monitor, la chica está viva, aunque seguro que preferiría estar muerta. El hombre de la máscara mexicana tiene un pájaro en las manos. Mariajo mira aterrada.

—¿Se lo va a meter ahí? Son unas alimañas, no tienen escrúpulos.

De eso no cabía ninguna duda, desde antes incluso de que empezaran a ver aquello. Elena sabe que con la orden que va a dar pondrá en peligro la vida de los suyos, pero no tiene más remedio.

—Sí, Zárate, está viva. Hay que entrar en la casa. ¡Ya!

No se ve ninguna reacción cuando Chesca, Zárate y los Geos que los acompañan entran en el recinto. Buscan señales de que haya algún sistema de seguridad conectado, pero no las encuentran. Los Geos conocen perfectamente su trabajo y en menos de un minuto estudian las entradas y salidas —una en la parte de delante, que da al vestíbulo principal, y otra en la de detrás, que da a la cocina— para organizarse y minimizar el riesgo de sufrir bajas.

El inspector que organiza el operativo dispone los últimos detalles. Zárate, él mismo y cinco hombres entrarán por la puerta principal, Chesca y el resto cubrirán la puerta trasera y, si nadie intenta huir por allí, entrarán para unirse a sus compañeros.

—Está cargando la pistola —se extraña la vieja hacker mirando el monitor.

¿La van a matar de un tiro? Ni Mariajo ni Elena esperaban eso, hasta les parece una muerte dulce en comparación con todo lo que le han hecho hasta ahora.

Son momentos de incertidumbre para Elena. Se pregunta si sus hombres estarán a salvo, si llegarán a tiempo de rescatar a la chica, si se descubrirá que tras la máscara mexicana está su hijo Lucas, aunque a ella no le extrañaría que la máscara cubriera el rostro picado de viruela que ha buscado tantos años.

El que ha cargado la pistola —es el de la mano ortopédica— apunta a la cabeza de la chica. Mariajo y Elena contienen la respiración, pero el torturador vuelve a bajar el arma y sale de plano.

—¿Te das cuenta de que muchas veces parece que van a hacer algo, como lo del punzón o esto, y paran en el último instante? —observa Elena.

Mariajo asiente.

—¿Por qué?

—Seguro que no son remordimientos.

En el chalet de Navacerrada están todos en sus puestos. El inspector da la orden y derriban la puerta. Entran en la casa. Nadie se defiende desde dentro, solo encuentran a una señora de edad avanzada que los mira con terror.

—No se mueva, ponga las manos en la cabeza —le grita Zárate—. ¿Quién más está en la casa?

—Mi esposo, pero se fue a dormir hace rato —contesta ella temerosa—. Toma pastillas y no se despierta con el ruido.

Los Geos han entrado con sus armas en alto, dispuestos para disparar. Se escucha a Chesca cruzar el umbral de la cocina. El inspector del Grupo Especial de Operaciones baja su pistola.

—Aquí no hay nadie.

Zárate no se conforma.

—¿Hay sótano?

—No, solo este piso y el de arriba —la anciana, nerviosa, se sienta en una butaca sin perder de vista a los agentes que han invadido su casa.

—¿Y el ordenador?

—Lo tengo estropeado, estaba viendo el capítulo de hoy de *Puente Viejo* en la tablet...

Elena mira aterrorizada la pantalla, se separa el teléfono del oído.

—Nada, Mariajo, hemos fallado.

La hacker no lo entiende. La cara le cambia, ahora no queda esperanza, solo angustia por lo que va a sufrir esa pobre chica, por no haber sido capaz de pararlo.

—Pero si era allí.

No dice nada más. En ese momento, en la pantalla, el hombre de la máscara mexicana ha vuelto a aparecer. Ahora es él quien tiene la pistola. Con decisión, se acerca a la chica y apoya el cañón del arma en su pecho, en el corazón. Y dispara. El impacto es tan fuerte que la joven, ya sin vida, cae al suelo de espaldas. Mariajo se queda mirando la pantalla y tarda unos segundos en salir de su silencio.

—No sé cómo me han podido engañar. Vamos a cogerlos, sea como sea —se jura a sí misma.

—Voy a hablar con los padres del chico.

Elena se levanta y, casi sin fuerzas, sale de la habitación. Hasta este instante no se ha dado cuenta de que en la pared hay un póster como el que puso Abel, su exmarido, en el cuarto de Lucas cuando este solo tenía cinco años. Es un jugador de baloncesto, blanco y rubio, con un uniforme verde, con el número 33. Su nombre es Bird, «pájaro». Se acuerda del pájaro con el que han torturado a la chica, era extraño, azul. Mandará que lleven al chaval a las instalaciones de la BAC, ahora no tiene fuerzas para hablar con él, sería como si lo hiciera con su propio hijo.

Capítulo 5

Nadie ha logrado dormir bien esta noche. Elena y Mariajo por el terror al que han asistido y por el fracaso; Chesca, Orduño y Zárate por la frustración de no haber podido intervenir; Buendía por haberse quedado esperando sin oportunidad de ayudar a sus compañeros. Tampoco habrá sido una noche tranquila para Daniel, Sandra, Soledad y Alberto, una familia destrozada.

Juanito, el camarero rumano, le ha servido a primera hora a Elena su barrita de pan con tomate y ha adivinado en sus gestos cansados el rastro de una noche en vela.

—¿Un todoterreno en el aparcamiento, inspectora?

—Ya me hubiera gustado, Juanito. Anoche tuve trabajo. Uno muy desagradable. Habría preferido bajar al parking de Didí, no lo dudes.

—Si una noche me llama, yo soy capaz de alquilar el Land Rover más grande que tengan y así se va usted relajada a casa.

—Muy amable de tu parte —la inspectora se ríe.

—Lo hago por usted, no por mí —replica, ladino—. Estoy metiendo en una hucha la mitad de las propinas todos los días, para que no me pille sin blanca cuando usted se decida.

—De acuerdo, un día te llamo. Eso sí, espera con calma, que no creo que sea ni este año, ni el que viene. Ayer jugó el Madrid, ¿no?

—No vale la pena ni enfadarse, inspectora. Juegan mal, como siempre, pero ganan. A lo mejor emigro a otro país para no seguir viéndolos.

29

—No te marches, que no puedo vivir sin ti. Además, los seguirías viendo, están hasta en la sopa. Anda, ponme una grappa.

—Para matar el gusanillo, como dicen los obreros. No deje caer en saco roto mi ofrecimiento, inspectora.

—¿En saco roto, matar el gusanillo? —Elena sonríe—. ¿Quién te enseña a hablar castellano? ¿Paco Martínez Soria?

Hay días que Elena Blanco sabe, desde por la mañana, que el único momento que valdrá la pena es el que pasa con Juanito. Se merece de sobra esa propina.

Al llegar a las oficinas de la BAC, en Barquillo, le dicen que le esperan los padres de Daniel, el adolescente de Rivas.

—¿Y el chico?

—Lo tuvimos que trasladar a un centro de menores para pasar la noche, pero está de camino.

A través del cristal, Elena se detiene a mirar a los padres. Se les nota aturdidos y agobiados, como es lógico, pero hay algo que los diferencia: en el semblante de Soledad, domina la tristeza; en el de Alberto, lo que se ve es ira. Parecen personas normales —en realidad, lo son—, no los padres de un monstruo. Bien lo sabe ella.

—Soy Elena Blanco, inspectora y responsable de la BAC. Buenos días.

—¿Dónde está mi hijo? — Soledad se levanta de inmediato. Una madre siempre defiende a su hijo, no importa de qué le culpen.

—Ahora lo traen. Por lo que sé, está bien —trata de consolarlos; en el fondo, siente lástima por ellos.

—¿Cómo va a estar bien si ha pasado la noche dios sabe dónde? —se envalentona la madre.

—Por lo menos está mejor que la víctima del espectáculo al que asistía. Esa chica vivió un infierno hasta su muerte —contesta la inspectora con crueldad—. Lo que ha hecho su hijo es muy grave.

—¿Cree que no nos damos cuenta? Estoy avergonzado, no he pegado ojo en toda la noche —dice Alberto, y por un segundo parece que lo más imperdonable de todo el asunto es la alteración de su sueño.

—Mi hijo no tiene nada que ver con esas cosas, inspectora —insiste Soledad—. Llegaría por casualidad a esa página. Es una vergüenza lo que hay en internet al alcance de cualquiera.

—Para acceder a esas páginas hay que pagar una buena cantidad de dinero. No se llega por azar.

—¿Mi hijo ha pagado? —se extraña la mujer.

—Lo damos por hecho, es el único modo de entrar en ese enlace.

—Tiene dieciséis años, no dispone de dinero. Seguro que es un error —la madre se aferra a un clavo ardiendo.

—No, no es un error —baja la cabeza Alberto—. Hace semanas que estoy notando salidas a través de una tarjeta de la cuenta.

Soledad se vuelve hacia él aturdida, enajenada.

—¿Y por qué no me lo dijiste?

—Las salidas de dinero eran a través de tu duplicado de la tarjeta. Pensé que estabas preparando un viaje para nuestro aniversario... No quería fastidiarte la sorpresa.

Elena contempla a esos padres, su tranquila vida saltó anoche por los aires. Querrán perdonarse el uno al otro, no culparse, no buscar el error en el contrario, pero lo más probable es que no lo consigan. Uno de los dos tratará de estar al lado de su hijo, contra viento y marea, y el otro solo verá un monstruo al que ha criado él mismo. Elena y su marido se separaron a los dos años de la desaparición de Lucas. Abel quería rehacer su vida y no soportaba la obsesión de ella. Dejó su trabajo de periodista y se mudó a Urueña, un pueblo de Valladolid. Vive con una brasileña muy joven, se dedica a hacer vino y parece un hombre feliz. Precisamente de eso le acusa Elena: de ser feliz a pesar de su desgracia, de tirar la toalla antes de tiempo, de dar

31

por muerto al hijo cuando nunca hubo pruebas de que así fuera, más allá de las que aporta la estadística que dice que en los secuestros infantiles, pasado un mes, se pierde toda esperanza. No le ha contado que Lucas está vivo. No le ha restregado que ella tenía razón. Quizá sea por proteger a Abel de la horrible verdad, que ella evita enunciar, pero que se le presenta cada noche con tintes desgarradores y hasta con voces que le martillean el cerebro. Voces que le dicen que su hijo es un psicópata. O puede que se calle porque quiere seguir sola en su dolor, como ha estado siempre. Sabe que debería contárselo, que Abel es el padre. Y también sabe que no se lo va a contar.

Mira en silencio a estos dos padres desolados y se ve a sí misma con Abel tratando de respirar el mismo aire y gestionar la desgracia como un buen equipo. No les fue posible. Tampoco podrán hacerlo Alberto y Soledad.

Pero Elena no es asesora matrimonial, es inspectora de policía. Su trabajo es evitar que otra chica pase por lo que pasó anoche la chica morena. Lo que ocurra con ellos dos y les depare la vida no es asunto suyo.

—Ahora van a traer a Daniel a esta sala. Pueden ustedes escuchar su declaración a través de un monitor desde otra sala de nuestras instalaciones si lo desean.

—¿No podemos hablar antes con él? —suplica su madre.

—Cuando acabe. Cuando acabe les dejaré que pasen y lo saluden. Su hijo es un menor, no deben tener miedo.

—Mi hijo es un monstruo —murmura, para sorpresa de todos, Alberto.

Capítulo 6

Chesca ha quedado encargada de acompañar a los padres de Daniel en la otra sala. Buendía, Zárate y Orduño asistirán al interrogatorio, también a través de un monitor, desde la zona común de la BAC. Mariajo ha entrado con Elena para resolver cualquier duda de tipo informático que surja.

—Tiene que saber que estamos aquí, que no lo hemos dejado solo... —suplica la madre.

—Si sabe que están escuchando, no hablará con libertad. Después podrán verlo.

Chesca les ofrece un café, que los dos rechazan. No puede evitar mirarlos con un punto de desprecio, como si fueran los culpables por lo que ha hecho su hijo, aunque se corrige: uno solo es responsable de sus actos. Allá los demás con los suyos.

—¿Qué le puede pasar? —pregunta Alberto, angustiado.

—Nosotros no somos jueces, solo policías.

Sabe que eso no le consuela; tampoco le tranquiliza. Habría sido mejor que fuera Orduño el que se quedase con ellos, siempre ha sido más empático con la gente.

Daniel no es distinto de cualquier otro chaval de su edad. Lleva vaqueros y una camiseta con el logo de una marca americana de cerveza; es rubio, con el pelo rizado, alto. Seguro que tiene muchos amigos y es popular entre las chicas. Está nervioso, pero no tanto como sería de esperar. Dentro de lo que cabe, controla la situación. Elena ve en él al adolescente que sería Lucas si el hombre de la cara picada de viruela no se lo hubiera llevado.

—¿Has conseguido dormir? —Elena trata de ser amable, la misma amabilidad que le gustaría que alguien tuviera con su hijo si llegara el día.

—Al principio no, después ya sí. ¿Puedo beber agua?

Elena le señala el dispensador que hay en un rincón de la sala. Daniel se bebe dos vasos seguidos.

—¿No están mis padres?

—Los verás cuando llegue el momento.

Daniel no insiste, se sienta. Mira con curiosidad a Mariajo, que, hoy más que nunca, parece una abuela, con una rebeca de punto color café con leche y sus gafas colgadas de un cordón en el cuello. Daniel sabe que, pese a su aspecto inofensivo, es su enemiga, la que puede destruir cualquier atisbo de inocencia.

Es hora de empezar.

—Daniel, no vale la pena que intentes mentirnos —Elena va directa al asunto—. Cuando llegamos anoche a tu casa estabas viendo cómo asesinaban a esa chica.

—¡Es falso! —se defiende—. Entré por casualidad en esa página. No sabía lo que había. Y después pensé que era *fake,* todo mentira, una actuación. Seguro que no pasó nada, que salió por su propio pie.

—No, Daniel, no salió por su propio pie.

Elena mira a Mariajo, sabe que ella desmontará esa burda defensa de inmediato.

—¿Te suena el *nickname* Larry33? Es el que sueles usar para conectarte con la web de Amino para charlar sobre anime y videojuegos.

—Sí, pero eso no es nada malo —el chico la mira, confundido.

—Es malo cuando usas el mismo *nick* para conectarte a la Red Púrpura; allí no se charla de tebeos, Daniel.

—Seguro que hay cientos de Larry33 en el mundo, es por Larry Bird, el de los Celtics.

—Es posible, pero ayer solo había uno conectado a la Red Púrpura: tú —Mariajo ignora sus quejas.

Solo es un adolescente de dieciséis años que ha cometido un error imperdonable y empieza a sentirse acorralado, aunque no llevan ni dos minutos con él. Es otra vez el turno de Elena.

—Daniel, sabemos que eres menor de edad y que no te va a pasar nada. Y creo que tú también lo sabes. Pero necesitamos que nos ayudes, que nos digas cómo contactaste con ellos, dónde y cómo les entregaste el dinero, quién te avisó del día que va a haber un evento.

—No sé nada de eso. Entré en esa página por casualidad.

—¡Nos estás mintiendo!

En la sala en la que los padres lo ven todo, Soledad se revuelve incómoda.

—Si Daniel dice que fue casualidad es porque lo fue. Están tratándolo como si fuera un asesino y no lo es. Hay que parar esto, ¿me oye?

Chesca la mira, indiferente.

—No estamos aquí para parar nada, solo para asistir a lo que dice su hijo. El interrogatorio va a proseguir.

—Alberto, dile algo —se vuelve hacia su esposo.

—¿Tú estás segura de que es inocente? Porque yo no.

Soledad le mira con rencor, como si su duda estuviera fuera de lugar, como si él también se estuviera convirtiendo en su enemigo. Todavía es pronto para ella. No puede pensar en la glorificación de la violencia en los tiempos que corren, en lo fácil que es, en realidad, caer bajo su influjo. La mirada de una madre a un hijo es concreta. No hay contexto ni ruido ambiental. Un hijo es un espécimen único, como de laboratorio, un prototipo perfecto protegido en su burbuja. La maldad del mundo aletea por todas partes sin rozar siquiera al hijo modélico.

Parece que Daniel se ha recompuesto, ha superado el primer momento de pánico y ha decidido guardar silencio, no contestar a ninguna otra pregunta, excusarse siempre con la misma letanía: llegó a esa página por casualidad y él no sabe nada de redes púrpura, asesinatos, torturas y demás.

Se va endureciendo muy deprisa; todo esto le servirá para aprender, lo que todos dudan es que lo que aprenda sea bueno. Elena se da cuenta de que Lucas tuvo que pasar por el mismo proceso: perder de golpe la inocencia en cuanto salió del caparazón de seguridad que le ofrecían sus padres, el piso de la plaza Mayor, las vacaciones con su abuela... Endurecerse para sobrevivir.

Para sorpresa de todos, la inspectora finaliza el interrogatorio.

—Estás perdiendo la ocasión de salvar a otras chicas, tú verás. Quizá un día, y para ese día no falta mucho, te arrepientas.

Daniel no se inmuta, se mantiene frío. Nada que no cupiera esperar de un chaval que dedica parte de su tiempo libre a asistir a muertes en directo.

Al salir de la sala, le espera su madre. Se abraza a él.

—¿Y papá? —pregunta Daniel.

—Se ha quedado con Sandra —le miente Soledad—. Estaba muy nerviosa y no la podíamos dejar sola.

Alberto sigue sentado en la otra sala. Está seguro de que ha hecho mal no yendo a abrazar a su hijo, pero no podía. Es incapaz de fingir que todo está bien.

Capítulo 7

Los compañeros de Elena han analizado el vídeo de la tortura segundo a segundo. Mariajo grabó todo lo que sucedía desde que se conectó al ordenador de Daniel. Ante la pantalla, han dejado a un lado los escrúpulos, han evitado la empatía con la chica que era torturada hasta morir, en busca de alguna pista en las imágenes que les revele quiénes eran esos hombres enmascarados, dónde se estaba cometiendo en realidad el crimen.

Mariajo pide unas disculpas que nadie le demanda, se siente culpable por haber caído en la estratagema de las IP camufladas. Creyó que había dado con el origen, pero esta dirección resultó ser un puente más. Habían usado la tablet de la anciana de Navacerrada como espejo para esconder su identidad y ahora Mariajo piensa que quizá su edad ha empezado a volverse contra ella, que tal vez sea cierto que no se puede ser hacker a los sesenta. Pero es orgullosa y asegura que hará todo lo que esté en su mano para enmendar su error de anoche.

—Estoy pasando todo tipo de programas por la cara de la chica, pero con la sangre y las muecas de dolor no logro que ningún programa de reconocimiento facial me dé resultados. Busco algún plano de la oreja que esté limpio, a ver si eso funciona.

—¿Tatuajes? No me fijé anoche.

—No, ninguno. Habría iniciado una búsqueda.

Elena reconoce que la imaginación y los recursos técnicos de su compañera no concuerdan con su imagen de adorable abuelita, no debe dudar de su capacidad para el puesto.

—Bien, Mariajo, esperamos resultados. Más cosas —exige al resto.

—El pájaro azul. No sé si hay muchos así —señala Buendía—. Estoy intentando localizar a un ornitólogo para que me diga algo. A ver si tenemos suerte y es característico de alguna zona.

—Yo desde luego no lo había visto nunca —confirma Chesca—. Y tuve un novio hace años al que le gustaban los pájaros. Me llevaba a veces un fin de semana entero al monte con unos prismáticos.

—Algo más haríais —Orduño se ríe.

—A ti te lo voy a decir...

—Venga, no os distraigáis —zanja Elena—. ¿Qué más habéis visto?

Orduño busca un punto de la grabación, el momento en que entra el encapuchado de la mano ortopédica.

—Aquí.

Nadie observa nada.

—¿No lo veis? La luz cambia un segundo —explica—. No sé si se abriría una puerta o es que hay alguna ventana que no vemos en el plano.

Elena pide a Mariajo que vuelva a pasar ese fragmento. Orduño tiene razón; un instante antes de que el hombre de la mano ortopédica aparezca, hay un destello fugaz. Un aumento en la intensidad de la luz que dibuja en el suelo las sombras de la silla donde torturaron a la chica, la silueta del hombre con la máscara mexicana.

—No parece que la fuente sea de luz natural —piensa en voz alta Buendía—. A lo mejor proviene de algún foco.

—Es un relámpago —afirma Elena sin dudar—. Fijaos en el pasamontañas y en la camiseta del hombre con la mano ortopédica.

Mariajo amplía un fotograma centrándose en él. Tanto el pasamontañas como la ropa que usa es negra y cuesta diferenciarlo, pero al modificar el contraste de la imagen, se hace más evidente: está mojado. Hay gotas jaspeando sus hombros, el algodón de su máscara.

—Estaba lloviendo —dice Chesca—. Caía una tormenta.

—El canal en el que están viendo el partido de Champions es español —recuerda Zárate—. Debían de ser las nueve y veinticinco en ese momento.

—Habla con la Agencia Estatal de Meteorología —ordena Elena a Orduño—. Averigua en qué puntos de España llovía anoche a esa hora. ¿Qué podemos sacar de la prótesis que lleva en la mano?

—Poca cosa —se adelanta Zárate—. De hecho, he estado hablando con una ortopedia y me han dicho que, al no tratarse del pulgar, son dedos que no tienen una movilidad especial. Vamos, que no entiende por qué son de metal y no se ha puesto simplemente una prótesis que imite la piel humana.

—Supongo que por su profesión; si te dedicas a torturar, es más terrorífico que te llamen Mano de Hierro a que te llamen Mano de Plástico —se mofa Chesca.

—Sí, quizá sea eso —reconoce Zárate.

Elena está a punto de levantar la sesión, debe ir a dar cuenta del operativo ante Rentero. Espera que le caiga una bronca por el fracaso. Por lo menos, el comisario no la ha citado en un restaurante de lujo, sino en su despacho de la calle Miguel Ángel.

—Tenemos tarea. Hay que buscar el pájaro azul, localizar en qué puntos de España había tormenta y algo más de lo que no hemos hablado: hay un cadáver de una chica que puede aparecer en cualquier sitio, hay que encontrarlo. ¿Se han ido los padres de Daniel?

—Los hemos mandado a casa con orden de presentarse cuando lo pidamos —contesta Chesca—. La madre se resiste a admitir que su hijo es un pieza, quiere denunciarnos a todos y llevarse a su niño.

—A trabajar todos —se despide Elena.

No quiere hablar de la suerte de Daniel con sus compañeros ni de las posiciones que han adoptado sus padres. De qué puede haberle llevado a la violencia extrema de la Red Púrpura, porque teme que, sin pretenderlo, se descubra excusándolo. Tiene que repetirse que Daniel no es la principal víctima en todo este asunto: hay una chica sin nombre, martirizada hasta la muerte y que, ahora mismo, será un cadáver abandonado en algún lugar. Ella y solo ella es quien debe ocupar sus pensamientos.

El despacho de Rentero tiene por lo menos cincuenta metros cuadrados y su propio baño. Los muebles son antiguos y lujosos, y en la pared destaca un cuadro que parece de Sorolla. Tal como es su jefe, Elena no cree que sea una copia. El comisario no la espera tras la mesa, sino en los sofás dedicados a las visitas más íntimas. Ha hecho que un ordenanza les suba café y algo más para ella.

—¿Qué te parece? Luego dirás que no me acuerdo de ti. El otro día fui a comprar vino y vi esta grappa en la tienda esa que hay en Ortega y Gasset, cara, pero con vinos estupendos. No sabía si esta la habías probado.

La grappa es una Carpenè Malvolti Fine Vecchia Riserva, de Conegliano, en la región del Véneto. Muy buena, pero la que a Elena le habría gustado probar es la variedad que la misma destilería hace con uvas de prosecco.

—Estupenda.

—Ya puede serlo, con lo que me ha costado... Compré dos botellas, la otra te la llevas ahora, al salir. Pero, como puedes imaginarte, no te he citado para que probaras grappas, para eso podíamos haber esperado a un momento más propicio. Cuéntame qué pasó anoche...

Cuando se usan varios helicópteros con sus dotaciones —y se tienen reservados dos más—, un número indeterminado de Geos y una docena de coches patrulla, se cometen destrozos en la puerta del chalet de un matrimonio

40

mayor en Navacerrada y se causa una buena alarma social, hay que dar explicaciones, aunque seas la responsable de la Brigada de Análisis de Casos, una de las unidades con más autonomía y mejor valoradas de la policía española.

—Fue un paso en falso en una operación de gran envergadura, Rentero. Estamos un poco más cerca de desarticular la Red Púrpura. Si vieras el evento que organizaron ayer a la hora del partido, no tendrías ninguna duda de que cualquier gasto es poco. Mataron a una chica en directo, después de torturarla, no creo que tuviera más de dieciocho o diecinueve años.

Rentero no puede evitar arrugar la cara.

—¿Sabemos quién era?

—Todavía no, pero lo averiguaremos.

—¿Tiene que ver con aquellos vídeos que encontrasteis en el caso de las novias gitanas?

—Sí, llevamos dos meses intentando localizar esos vídeos en el internet oculto.

—El mundo se va a la mierda, Elena —se queja amargo Rentero, incapaz de entender cómo se ha permitido que crezca ese mundo digital fuera de la ley hasta convertirse en un monstruo que nadie puede domar.

—Por fin logramos identificar a uno de los participantes en los foros, un chaval de dieciséis años llamado Daniel Robles.

—Dieciséis años y ya está tarado, qué futuro nos espera.

—Hackeamos su ADSL y ayer nos dimos cuenta de que se preparaba algo gordo. No pudimos evitarlo, pero debemos seguir intentándolo, Rentero.

—Sigue, sigue, pero recuerda que tus casos no son los únicos del país y no te gastes lo que no tenemos. Te he asignado a Zárate, con eso vas que te matas. Y tenme informado de todo, no quiero que me llame el ministro y tener que poner cara de tonto...

La reunión con Rentero ha sido menos tensa de lo que ella esperaba. O su jefe está de acuerdo con su planteamiento o está perdiendo su mal carácter. Tal vez tenga que ver con la edad.

Capítulo 8

Al volver a las oficinas de la BAC, todo el mundo tiene nuevas noticias que ofrecer a Elena.

—El pájaro es un pinzón azul macho —Buendía se adelanta a los demás—. Es un pájaro endémico de Gran Canaria en peligro crítico. Vive solo en unos cuarenta kilómetros cuadrados, en los pinares de Inagua, una reserva natural situada casi en el centro de la isla. Hay otra subespecie muy parecida, el pinzón azul del Teide, en Tenerife, pero me dice el ornitólogo que el de la imagen es el de Gran Canaria. Me ha explicado por qué y hasta ha mandado un informe, por si alguien lo quiere leer.

—A mí me basta con que él esté seguro.

Elena se vuelve a Orduño. Sabe que él ha hecho también su trabajo.

—Llovió en más lugares, pero el Centro Meteorológico de Gran Canaria registró cuatro litros por metro cuadrado y más de doscientos rayos entre las nueve y las diez de la noche, hora peninsular.

—O sea, que tenemos que buscar en Canarias. Mariajo, ¿ha dado resultado lo de la oreja?

—De momento no, pero la imagen que he captado nos servirá para confirmar que se trata de la misma chica si encontramos un cadáver.

—Zárate, ¿la prótesis?

—Imposible averiguar nada por ese lado. Se la he enseñado a algunos especialistas y creen que puede ser de fabricación artesanal.

Chesca entra en la sala de reuniones.

—Rescatado el cadáver de una mujer joven con señales de tortura en un barranco de Roque Nublo, en Gran
Canaria.

—Todo nos lleva al mismo sitio. Buendía, Zárate, nos
vamos a Las Palmas en el primer avión que salga. Llamad a
nuestros compañeros de allí, que lo tengan todo preparado.

—¿A Marrero? —pregunta Chesca.

—A Marrero —confirma Elena.

El avión para Las Palmas tarda tres horas, aunque con
el cambio horario ganan una. Sale a las cinco menos cuarto y llega a las siete menos cuarto, hora canaria. Allí les estará esperando Marrero, un inspector de la Policía Nacional que colaboró con la BAC en sus inicios, un buen
agente que más tarde, por problemas personales, decidió
regresar a su tierra.

Mientras embarca en Barajas —han tenido suerte y
van en Business—, Elena no puede evitar acordarse de que
pasó la luna de miel allí, entre Gran Canaria y Lanzarote.
Entonces Abel y ella se amaban, no había nubes en el horizonte, y su hijo Lucas no había nacido. En cuanto se acomoda en su butaca, se pone el antifaz que viene en el nece-
ser que le entrega la azafata para evitar que Zárate o
Buendía le hablen.

—Anoche no dormí ni diez minutos seguidos, voy a
ver si aprovecho las tres horas de vuelo.

Con los ojos tapados por el antifaz podría hasta llorar
sin que nadie se diera cuenta. Llorar pensando en esos días
que fueron felices. Entonces su abuela, de la que heredó el
piso de la plaza Mayor, aún no había muerto —lo hizo
solo tres meses después de la boda— y Abel y ella habían
alquilado un piso bastante cerca de allí, en la calle de Santiago. De ese piso son los mejores recuerdos de Elena, hasta sigue desayunando en el mismo sitio que entonces, en el
bar en el que Juanito el rumano le sirve las tostadas con

aceite y tomate y las copas de grappa. En un avión que hacía el mismo recorrido que este, Elena y su recién estrenado esposo discutían cuál debía ser el nombre del niño que pensaban encargar en cuanto llegaran a la habitación de hotel. Elena quería que fuera Lucas, Abel quería que fuese Adán, que por una vez en la historia Abel fuera el padre de Adán y no al revés.

Sigue dejándose llevar por sus pensamientos y, sin darse cuenta ni saber en qué momento, se queda dormida. No se entera ni del vuelo, ni de la comida y bebida que ofrecen las azafatas, ni del aterrizaje. Duerme tranquila, se atrevería a decir que tiene un sueño agradable, hasta que Buendía la despierta.

—Hemos llegado, Elena. Vamos deprisa, a ver si nos da tiempo de ver el cadáver hoy mismo.

Marrero ha engordado más de diez kilos desde que regresó a Canarias —«Son las papas arrugás y el mojo, inspectora», bromea— y está más moreno. Elena se alegra de que prácticamente haya desaparecido la cojera que le hizo dejar la BAC. Solo una leve incomodidad al apoyar la pierna izquierda delata un pasado que Elena no le va a recordar y que espera que Marrero haya logrado dejar atrás.

—El caso no me cayó a mí, pero desde que me llamó Chesca me he puesto las pilas para enterarme de todo y que me lo asignen. El cadáver lo encontró un matrimonio de turistas ingleses en el Roque Nublo. ¿Saben lo que es el Roque Nublo?

—Ni idea, Marrero.

—Pues una vez que vengan de turismo deberían ir a visitarlo. Es un monumento natural, un lugar donde antiguamente se hacían ritos aborígenes. Hay un sendero que se recorre a pie que llega hasta el monumento, unos dos kilómetros. La inglesa se salió del camino para echar una meada y se topó con la chica.

—¿La has visto? —se interesa Buendía.

—No, pero me han dicho que está destrozada, que se ensañaron con ella.

—¿Por qué tiraron allí el cadáver?

—No tiene lógica. Está lejos de cualquier zona habitada, solo se puede llegar a pie, pero no es raro que los turistas se salgan del camino y existía el riesgo de que lo descubrieran rápido. Lo único, que fuera algún ritual. Intentaré averiguar algo en unos días.

—¿Es la primera vez que ves algo así en la isla?

—Canarias es el lugar de España con más sectas de las que llaman destructivas, de las que celebran más ritos sangrientos, pero normalmente se encuentran restos de animales. Con una persona, es el primero que veo.

Capítulo 9

Todo lo que hubieran previsto sobre el estado del cadáver —incluso lo que ellos mismos vieron a través de la emisión en *streaming* de su muerte— es poco comparado con lo que se encuentran sobre la mesa en el depósito. El único que lo mira de manera profesional es Buendía, que se fija en el ojo de un solo párpado y en el cráter de la mejilla. También examina meticulosamente la oreja de la chica y la compara con las capturas sacadas del vídeo.

—¿Es la misma?

—Sí, creo que sí. Aunque las fotografías que tenemos de la oreja no son perfectas, y aquí no tengo los medios para aplicar el sistema Iannarelli.

Zárate levanta una ceja.

—Es un método basado en la medición de doce puntos de la oreja —explica Buendía ante su pregunta muda—. Cuando volvamos a Madrid quizá podamos aplicarlo correctamente. Aun así, fíjate en la inclinación de esta zona del antehélix y en el ángulo del hélix superior... Creo que son idénticos.

Elena lo mira sin mayor comentario. Va al grano.

—¿Nos vamos a llevar el cadáver?

—Yo prefiero hacerle la autopsia allí, con mis ayudantes. ¿Es posible, Marrero?

—¿Se olvidan de que he trabajado con ustedes y conozco a Buendía? —se anticipa Marrero—. Estaba tan seguro de que iba a querer llevarse el cadáver que he iniciado los trámites mientras volaban hacia acá. Van a tener que firmar un montón de papeles, pero si quieren pueden llevárselo a Madrid mañana por la mañana, en el vuelo de las ocho.

—¿Por qué no vuelves a Madrid, Marrero? —la inspectora sonríe—. En la BAC seguimos teniendo un sitio para ti.

—Me he acostumbrado al buen tiempo —se excusa el policía y, rápido, cambia de tema. Evita que la conversación derive a lugares que no quiere volver a pisar—. Silvia me ha pedido que los invite a cenar en casa. ¿Les apetece?

Elena sabe que debería decir que sí, que tan importante como la excelencia profesional es formar equipo con los compañeros, conocer a sus familias, hacerles ver que le importan.

—No —contesta, pese a todo—. Sabes que esas cenas me dan urticaria, Marrero.

El canario no se enfada; al contrario, sonríe.

—Eso le dije a Silvia que me ibas a contestar, jefa. Hasta me he enterado de dónde está el mejor karaoke de Las Palmas. Sé que acabarán allí.

El hotel que les han reservado desde Madrid, el Reina Isabel, le habría gustado hasta a Rentero. En su restaurante se come muy bien y tiene unas magníficas vistas sobre la bahía de Las Canteras. Buendía y Marrero se han quedado rellenando todo el papeleo necesario antes de ir a su casa a cenar. En el restaurante del hotel, en una mesa apartada, Zárate y Elena solos.

—¿Habías estado alguna vez en Las Palmas? —pregunta él.

—Hace muchos años, de luna de miel. Pero no me acuerdo demasiado. Lo que sí me gustó fue Lanzarote. No sé por qué no he vuelto... Quizá porque alguien me dijo hace siglos que no se debía volver a los lugares en los que has sido feliz.

—Creo que es la vez que has hecho más confidencias personales desde que te conozco —Zárate se sonríe.

—Solo te he dicho que fui feliz en mi luna de miel. ¿Quién no lo ha sido? Los problemas empiezan después.

—No hemos vuelto a quedarnos a solas —dice el joven agente, y se arrepiente de inmediato; ha parecido una queja, un lamento. Tiene la suerte de que Elena Blanco ignore su comentario.

—Me gusta el mar —comenta ella, como si fuera de eso de lo que hablan—. Cualquier día pido un destino en la costa, pero en el norte, en un pueblo de Cantabria o de Asturias. ¿Conoces Lastres?

—Sí. Estuve un fin de semana hace un par de años.

—Pues allí. Pido que me manden a Lastres, me alquilo una casa con vistas al mar y me olvido de los asesinatos y las redes púrpura. Como mucho, detengo a un par de borrachos que se peleen en una taberna.

—No creo que haya Policía Nacional en Lastres, allí estará la Guardia Civil.

—Tampoco creo que yo vaya a pedir nunca el traslado. Cuando me canse de verdad, dejaré el cuerpo y se acabó. Me dedicaré a cantar en karaokes y a beber grappa. ¿Vas a pedir postre o nos vamos?

Marrero les habló de dos locales, el Karaoke Ghost y el Reina de la Noche. El nombre ha sido el único motivo que les ha llevado a escoger este último, en la calle de Portugal. Elena puede cumplir su deseo frustrado de la noche del partido —fue hace unos días, pero parece que han pasado semanas— y cantar la canción de Adriano Celentano. Aunque nadie la conozca, aunque sea nueva en ese lugar, hay bastantes aplausos cuando acaba de interpretarla.

Mientras la oye cantar, Zárate piensa en su relación desde el día que la conoció: aquella noche acabó con ella en la cama de su piso de la plaza Mayor, pero después ha sido de todo menos fácil. Han estado al borde de la ruptura, tanto personal como profesional; él le salvó la vida, ella le ha rescatado de un puesto administrativo en la comisaría de Carabanchel en el que estaba destinado a pudrirse. Los

49

dos se deben mucho el uno al otro, pero Zárate no ha logrado escarbar en sus recuerdos, no ha conseguido saber mucho más de ese hijo que fue secuestrado y del que ninguno de los compañeros habla.

—Esa canción que has cantado, ¿no es «Stand By Me»?

—Es la versión de Adriano Celentano, la original era de Ben E. King, pero a mí me gusta más en italiano. De cualquier forma, es una de las canciones más versionadas de la historia. ¿Tú no vas a cantar?

—Prefiero que me sigas respetando.

Es la única canción seria que interpreta Elena en toda la noche, después va pidiendo viejas canciones italianas: «Volare», «Il cuore è uno zingaro», «La bambola»...

—Te recuerdo que el avión sale a las ocho.

—Solo una más.

La última es otra sorpresa: «Hay que venir al sur», de Raffaela Carrà. Y, además, en castellano. Después en taxi al hotel.

—Sé que quieres que te invite a mi habitación.

—Sí —Zárate no lo oculta.

—Sí, pero no. Apenas nos quedan tres o cuatro horas antes de salir al aeropuerto, procura dormir —le dice Elena tras darle un beso fugaz en los labios.

No enciende la luz de su habitación. Con gestos automáticos, Elena se desnuda. Deja los pantalones en el suelo, la camiseta, arrugada, a los pies de la cama. Hace calor. ¿Por qué no ha sentido nada al besar a Zárate? Pone la tarjeta de la habitación para que el aire acondicionado se encienda. Las lámparas de las mesillas se iluminan. El armario del cuarto tiene un espejo y puede verse reflejada. Se quita la ropa interior y observa su cuerpo desnudo. A pesar de la edad, sus pechos se mantienen firmes. Pronto, el paso del tiempo hará estragos en su piel, en sus formas. Lo sabe, pero ¿qué importa? Cada vez le cuesta más sentir. Como si su tacto se hubiera atrofiado. Las caricias, el sexo, incluso el alcohol se han convertido en una pulsión desesperada por volver a sentir algo que no sea dolor. Por lograr salir de su piel. Recuerda las noches de pasión con Zárate. Y, mucho antes, aquella luna de miel con Abel, en estas mismas islas, cuando nada le impedía entregarse al placer. Ni siquiera volver sobre esos recuerdos logra excitarla. Se diría que esas memorias pertenecen a otra persona, no a la Elena Blanco que sigue desnuda ante el espejo. Cada vez le tienta más ir a la habitación de Ángel Zárate. Se pone el albornoz y sale de su cuarto. En el pasillo, ante la puerta 213, cambia de idea. No es justo que le use de esa forma. No le causaría más que sufrimiento, siente que su dolor es una enfermedad contagiosa. Coge el ascensor.

Atraviesa la playa de Las Canteras y deja caer el albornoz en la arena. Las luces de los edificios de la bahía se reflejan en la lámina negra de agua. Entra en el océano, esperando que, al menos, el frío despierte sus sentidos. Pero, dentro de ella, solo hay miedo. Tal vez sea eso lo que se resiste a asumir. El pánico que crece en su interior al saber que, a cada paso en la investigación, está más cerca de Lucas. De su hijo. Del niño que perdió en la plaza Mayor. Del monstruo que torturaba a esa chica de ojos color miel en el vídeo. Sigue adentrándose en el mar hasta que el agua la cubre y, entonces, rompe a llorar y sus lágrimas se mezclan con el océano.

Capítulo 10

Buendía trabaja junto a sus dos ayudantes, cuyos nombres Elena nunca conseguirá recordar. Calladas, con movimientos certeros, eficaces. Adelantándose a lo que el forense vaya a pedirles en cada momento.

—Es ella, sin duda —confirma Buendía—. No es solo la oreja, las heridas coinciden con lo que hemos visto que le hacían en el vídeo.

—¿Sufrió mucho?

—No te puedes hacer una idea de cuánto.

Elena tenía la esperanza de que su compañero le dijera que no, que la víctima dejó de sufrir después de las primeras agresiones, pero Buendía no escatima nunca la verdad, ni siquiera para suavizarla un poco.

—Voy a hacer pasar a Daniel.

—¿Estás segura? —duda Buendía.

—Fue capaz de ver cómo la mataban, también será capaz de verla muerta.

Daniel no sabe dónde le lleva la inspectora, solo que le han obligado a ponerse un pijama como de médico y a taparse la cara con una mascarilla.

En la mesa de autopsias está esa chica, la reconoce nada más verla, aunque se parezca tan poco a aquella sentada en la silla al principio del evento. Es joven, no aparenta más de dieciocho años, en ningún caso más de veinte. De piel morena, podría ser española, pero también marroquí o sudamericana. Su cuerpo es un compendio de marcas, laceraciones, heridas, torturas y cicatrices.

—Mírala, pagaste por ver cómo la mataban —Elena no adorna sus palabras, le muestra a Daniel la consecuencia de sus actos—. ¿Quieres tocarla? Así verás que todo esto es real...

Daniel se mantiene en silencio, un pequeño temblor que no logra evitar le agita la mandíbula.

—Yo no sabía —acierta a decir.

—¿Te imaginas que fuera una película? Gritas «corten» y todo el mundo se levanta: los muertos están vivos, los asesinos piden un café, los cámaras se preparan para la siguiente toma. Pero no es una película: los muertos están muertos, los asesinos son unos hijos de puta y no hay más tomas.

—De verdad, no sabía —Daniel llora. Un niño de dieciséis años por fin.

—Claro que sabías, ¿estás dispuesto ahora a ayudarnos a que esto no vuelva a pasar?

No es capaz de que las palabras salgan de su boca, solo asiente.

—Yo había visto algún vídeo de Dimas; nunca uno entero, solo hay publicados fragmentos de segundos, pero son famosos en la Deep Web: en los foros se habla de él, de los vídeos en *streaming*. Tardé varios meses en encontrar la forma de contactar con ellos para poder asistir a uno en directo.

Tienen que aprovechar mientras Daniel está en *shock* y sacarle toda la información que puedan. No es para usarla contra él; es, como Elena le ha dicho, para evitar que pase de nuevo.

—¿Por qué querías verlo? —en la pregunta, Elena no busca solo las razones de Daniel. También las de Lucas.

—No lo sé, me gusta la violencia. No, no la violencia, en el insti nunca me meto en peleas, soy de los que se ponen a separar. Es la ultraviolencia. Tira de mí, no lo puedo evitar, es como una droga.

—¿Era la primera vez que veías algo así?

—Sí. He visto muchos vídeos de *snuff*, pero casi siempre son falsos. Me dijeron que Dimas los hacía reales, con españolas.

—¿Cuál es Dimas? ¿El de la prótesis en la mano?

—No, el otro, el de la máscara mexicana.

—¿Cómo contactaste con él?

—Con él nunca, con la Red Púrpura. Dejé mensajes en muchos foros, hasta que me contestaron. Algunos eran bromas, hasta que me contactó Yarum. Él era serio, vendía enlaces buenos.

Mariajo va tomando nota de todo, de los foros, del nombre de ese vendedor de enlaces, del proceso que hay que seguir para comprarlos.

—Yarum... ¿No sabes su nombre real?

—No, solo Yarum.

—¿De dónde sacaste el dinero?

—Le lloré y me hizo una rebaja, yo solo pagué la mitad: tres mil. Una parte la tenía ahorrada, otra de la tarjeta de mi madre, también de mi abuela, guarda billetes en botes de café en la despensa y se olvida de ellos.

—¿Cómo compraste los bitcoins?

—Me ayudó Yarum. Se quedó un diez por ciento de comisión. No sé cómo los consigue él. Me dijo que solo me ayudaba porque yo era un enfermo y estaba loco, que para él eso era calderilla. Me decía que era un depravado y que me merecía morir en un vídeo. Pero yo solo quería ver a Dimas, que me llamara lo que quisiera.

—¿Conociste en persona a Yarum?

—Nos vimos dos veces, las dos en la estación de Atocha, donde el jardín.

Son muchas preguntas, cincuenta o sesenta, las que Mariajo le hace. Algunas no las entiende Elena, son cuestiones técnicas, contraseñas, accesos, nombres en clave. Hasta que la hacker decide que es suficiente.

—De momento tengo todo lo que necesito. Si veo que me hace falta algo más, te llamo. Voy a mi sitio, Elena.

Elena se queda sola con Daniel, apaga la cámara con la que se graba el interrogatorio y que permite que sus compañeros puedan verlo a través de los monitores.

—¿Has visto en algún vídeo la cara de Dimas?

—No, siempre lleva máscara.

—¿Has visto a este chico?

Le deja ver una foto de Lucas. Es la única que tiene de su hijo en la actualidad. Cuando le envió el vídeo en el que torturaba a aquella chica, Lucas se acercó a la cámara ocupando toda la imagen y Elena hizo una captura de pantalla. Entonces, todavía no sabía lo que vendría a continuación. La conmoción la paralizó. No fue capaz de guardar otros instantes que tal vez ahora serían útiles en la investigación. Daniel se toma su tiempo observando la foto en el móvil de Elena antes de contestar.

—No, nunca.

La guarda, no quiere que nadie se entere.

—Mi padre no me va a perdonar —Daniel llora de pronto

—Me gustaría mentirte, pero no, probablemente nunca te perdone.

—¿Tú perdonarías a tu hijo si estuviera metido en algo así?

Elena lo piensa un instante, después asiente.

—Sí, sí le perdonaría.

—Mientes, esto no tiene perdón —Daniel ha notado la duda en las palabras de Elena—. Hasta mi madre terminará odiándome.

Un depravado lloriqueando y haciéndose la víctima es demasiado para el estómago de la inspectora. Pero se queda mirándolo con una expresión extraña, en un intento de masticar las palabras que ha pronunciado para poder escupirlas después. Daniel ha señalado el principal temor de Elena, el de llegar a comprender, en algún punto del camino, que el amor por el hijo perdido es ya irrecuperable y que, yendo todavía un paso más allá, ese vacío lo anegará el odio.

Capítulo 11

Buendía, con su habitual gusto por el detalle, va ilustrando con fotos todo lo que les cuenta a los agentes de la BAC.

—La mayor parte de lo que os puedo enseñar ya lo vimos en el vídeo: violación tanto anal como vaginal con objetos contundentes, en especial un rodillo de cocina, heridas de cuchillo de todo tipo, supongo que el mismo con el que le cortaron el párpado, perforación de una mejilla, ya sabéis, con el punzón y el martillo... Antes de que empezáramos a grabar le dieron un golpe, probablemente un puñetazo, que le fracturó dos costillas. Le arrancaron el pezón izquierdo con unos alicates, le taladraron la rodilla derecha...

Todos los presentes hacen gestos instintivos de dolor. Todos se juran a sí mismos que vengarán la muerte de esa chica.

—Así que, como todos lo sabemos, trataremos de olvidarlo, porque todo esto no sirve más que para regodearnos en la desgracia de esta joven. Vamos a lo importante. Causa de la muerte: se desangró.

Todos demuestran estar atentos con un sobresalto.

—¿Cómo que se desangró? —reacciona Elena—. Vimos cómo el de la máscara mexicana le pegaba un tiro en el pecho.

—Sí, lo vimos, pero la chica tenía dextrocardia, es decir, el corazón en el lado contrario. Luego el disparo fue en el pecho, donde supuestamente estaba el corazón, pero no en el corazón.

—Explica eso —le pide la inspectora.

Buendía, como siempre, lleva preparadas imágenes que aparecen en el monitor, para que todo el mundo le entienda.

—La chica tiene una dextrocardia simple, es decir, el corazón y demás órganos únicos, como el hígado, el páncreas y el bazo están desplazados. Podría dar lugar a enfermedades graves, pero ella tuvo suerte, quizá haya sido la única suerte de su vida si atendemos a su final, y no las padeció. Aun así, seguro que ha tenido que ser atendida en algún instante.

—¿Podemos identificarla por esa enfermedad? —pregunta de inmediato Zárate.

—Podemos y hemos iniciado el proceso, mis ayudantes están consultando historiales clínicos de todos los hospitales españoles. Si la chica es española, o ha recibido atención médica en nuestro país, en pocos minutos tendremos su nombre.

Buendía sigue desgranando los detalles de la autopsia: se han encontrado plumas azules en la vagina de la chica, heridas de un punzón en la córnea y en una mano...

—Otro dato curioso: en un momento dado, la chica perdió el conocimiento. La reanimaron inyectándole epinefrina, así que supongo que tenían experiencia en estos menesteres: hablamos de profesionales que fueron modulando el nivel de dolor para que la víctima no acabara con su diversión antes de tiempo —indica el forense—. Parece que tenían claro que la tortura debía durar una hora exactamente.

—¿Cuántas mujeres habrán muerto así? —se pregunta Chesca llena de rabia, sin esperanza de que nadie le conteste.

Todos se quedan pensativos, pero Elena no puede permitir que se dejen llevar por la desesperanza o la ira.

—Hay que continuar —suspira—. ¿Orduño?

Orduño ha recibido el encargo de seguir en contacto con Marrero, que se ha hecho con el caso en Canarias, y asistirle en lo que fuera necesario.

—Marrero cree que tiene una buena pista. Dice que ha encontrado algo buceando entre las denuncias y que a lo mejor puede localizar el lugar donde murió la chica.

—Prepárate por si hay que ir a Las Palmas —le encarga Elena—. Quiero saber si ha habido más torturas, si existe una estructura fija o ha sido circunstancial que la muerte haya sido en Canarias.

—A la orden, inspectora. En cuanto haya algo nuevo, salgo para las islas.

Por su parte, Chesca ha husmeado en la vida de Daniel, sus compañeros de colegio, sus amigos, alguna posible novia.

—Aunque parezca mentira, de puertas afuera era un chico bastante normal. Vamos, que todo el mundo piensa lo mismo que su madre: que es un buen chaval que se ha metido en algo turbio sin querer —informa.

—Sin querer no se pagan tres mil euros —Elena se muestra escéptica.

—No es un gran alumno, saca notas regulares pero sus profesores le aprecian; no tiene novia, aunque parece que dos compañeras están locas por él; no es bueno, pero es voluntarioso jugando al fútbol...

—Me están entrando ganas de adoptarlo —bromea Zárate.

—Pues sí, un chico ejemplar. Hace dos años, en su clase hubo un episodio de acoso. Daniel no tuvo nada que ver, ni como acosador ni como víctima. Se mantuvo al margen y participó en un par de sentadas que hicieron los alumnos del colegio para protestar.

—Entonces por ahí no hay nada —resume Elena.

—Nada de nada. Yo dejaría de preguntar en el colegio y en la urbanización, no creo que saquemos nada en claro.

—Bien, déjalo, ayuda a Mariajo. A ver si entre las dos conseguís una cita con el tal Yarum. ¿Alguna novedad con eso, Mariajo?

—Los cebos están puestos y los anzuelos echados. He entrado con las contraseñas de Daniel en todos los foros que me ha indicado. He leído sus comentarios antiguos y los he imitado. Ahora solo falta que Yarum conteste.

—¿Tardará?

—Ya veremos, no creo que organicen eventos como el de la otra noche a menudo —se muestra escéptica la hacker—. Lo mismo nos contestan hoy que podemos estar semanas sin saber nada. Hay mucha gente que quiere ponerse en contacto con el tal Yarum; aunque solo un diez por ciento acabe pagando la cuota de seis mil euros, el negocio es redondo. No hay motivo para que se arriesguen si no necesitan el dinero.

—La avaricia rompe el saco. Sigue por ahí.

Una de las ayudantes entra y le pasa un papel a Buendía. Él sonríe antes de anunciar a los demás su contenido.

—Tenemos el nombre de la chica: Aisha Bassir. Marroquí, pero vive desde que era una niña en España.

—¿Tiene familia?

—No hay ningún dato —contesta Buendía—, pero en el informe del hospital donde la trataron hace dos años aparece un nombre de contacto: Mar Sepúlveda. Vive en la plaza del Cazador, aquí en Madrid.

—Eso está en Pan Bendito, en Carabanchel —dice Zárate.

—Vamos —ordena Elena, poniéndose en pie.

Capítulo 12

Pan Bendito, aunque vaya mejorando poco a poco, es una de las zonas más deprimidas de Madrid. Fue el típico barrio en el que se instalaron las familias que llegaban de los pueblos a las ciudades en los años cincuenta y sesenta. De esos sitios en los que la gente levantaba de noche su casa con unos cuantos ladrillos, unas chapas de uralita y la ayuda de los vecinos. Hace muchos años de aquello, las asociaciones vecinales consiguieron que se les dotara de servicios de luz y alcantarillas, a finales de los setenta se empezó a realojar a los que vivían allí en grandes bloques y en el 98, casi acabando el siglo, se inauguró la estación de metro que acercaba a los vecinos a la capital. Pero sigue siendo duro, humilde y, en ocasiones, peligroso. Gran parte de los antiguos habitantes, los manchegos, extremeños y andaluces que levantaron el barrio, han sido sustituidos por los nuevos recién llegados: rumanos, latinos, magrebíes...

—¿Habías estado aquí alguna vez?

—Varias —responde Elena—. Pero hacía un tiempo que no venía.

—Cuando estaba en la comisaría de Carabanchel tenía que patrullar por aquí. Los veteranos hablaban pestes, decían que no hace mucho, solo diez o quince años, había que echarle muchos huevos para venir de noche. Que vieron hasta coches patrulla destrozados por ataques con bombonas de butano.

—¿Y ahora?

—Ahora también, pero es de día y nosotros tenemos huevos, ¿no? —Zárate se ríe.

Elena nota cómo, a pesar de las bromas, a Zárate le cuesta mantenerle la mirada. El policía quizá tema que la inspectora haga algún comentario sobre ese breve beso que se dieron en la entrada del hotel en Las Palmas. Elena no lo hará. Como no le dirá jamás que estuvo al otro lado de la puerta de su habitación, a punto de llamar y rogarle que le hiciera el amor. Elimina esos pensamientos hablando de su Lada. Debería haber cogido uno de los Volvo asignados a la brigada que aparcan en la plaza del Rey. Teme que, antes de que se vayan del barrio, le hayan robado hasta las ruedas. Pero Ángel Zárate llama a un par de chavales tras aparcar, los que peor pinta tienen de todos.

—Eh, vosotros. ¿Os queréis ganar veinte euros?

Rompe en dos un billete y les da uno de los pedazos, se guarda el otro.

—Si cuando bajemos el coche está entero, os doy la otra mitad.

—Pero no tardes, que no tenemos todo el día.

—Vuelvo enseguida.

—¿Dará resultado? —pregunta Elena mientras entran en el portal.

—Ni puta idea, lo he visto en una película —se ríe su compañero—. A ver si te crees que voy rompiendo billetes con mi sueldo.

—¿Mar Sepúlveda?

Les ha abierto, después de esperar un buen rato, una mujer de unos cuarenta años, una mujer a la que la vida ha castigado con dureza. Aunque vaya peinada y con ropa limpia, salta a la vista que se trata de una yonqui: brazos agujereados, dientes podridos por la heroína... Tal vez ahora no se meta, pero el estigma tarda en borrarse, si es que alguna vez lo hace.

—¿Qué quieren?

—Somos policías.

—Estoy limpia y no quiero malos rollos, no he hecho nada.

—No venimos a por ti, solo a hablarte de Aisha Bassir. ¿La conoces?

—Pues depende de para qué la quieran, si es para buscarle la ruina, no.

—¿Nos dejas pasar? —la inspectora prefiere callar sobre Aisha. No sabe cómo reaccionará esta mujer cuando sepa qué final ha tenido.

El interior presenta mejor estado de lo que ellos esperaban. Es humilde y los muebles son de mala calidad, pero está aseado y puesto con mimo.

—Tienes una casa muy bonita —la inspectora quiere congraciarse.

—Es una mierda de casa, pero es lo único que tengo. La cisterna está jodida y tengo que echar agua en el váter con un cubo y la cocina no funciona, solo puedo comer latas y bocadillos. Les puedo dar un vaso de agua, del grifo, que está rica.

—No, gracias.

Hay un sofá desvencijado, pero ella no los lleva hasta allí, sino hasta una mesa camilla con cuatro sillas. Toman asiento.

—¿Qué ha hecho Aisha?

—Siento tener que decirte esto —la inspectora Blanco intenta suavizar el tono—. Está muerta.

Mar enarca las cejas, se queda en silencio unos segundos y de pronto menea la cabeza y sonríe sin demasiado pesar, como si las malas noticias fueran un ingrediente esencial de su vida.

—Sabía que tenía que pasar algún día —se lamenta Mar, asintiendo casi con dulzura.

—¿Qué relación tenías con Aisha?

—Era la mejor amiga de mi hija Aurora. Estaban siempre juntas en el centro de acogida. Y desaparecieron a la vez.

Elena y Zárate se miran al instante, preocupados. Los dos están pensando en lo mismo. ¿Es posible que, en contra de lo que piensa Mariajo, vaya a haber un segundo evento de inmediato? ¿Es posible que pronto vean a Aurora pasar por lo que pasó Aisha?

—Necesitamos que nos ayudes, Mar. Cuéntanos cuándo desaparecieron, todo lo que sepas sobre Aisha.

—Era huérfana. O no, no estoy segura. Creo que mi hija me contó que había cruzado el Estrecho sola. Estaba en el centro la última vez que me quitaron a Aurora y la llevaron allí.

—¿Por qué te la quitaron?

Mar separa las manos, le cuesta encontrar las palabras.

—Me la han quitado muchas veces, desde que era una niña. La última fue por una tontería. Me dejé algo en la sartén, hubo un fuego... Tampoco fue para tanto, pero los vecinos hicieron piña contra mí... Que si me dejaba la puerta abierta, que si no limpiaba, que si discutía a gritos con un novio que tenía... De vez en cuando me metía algo, poca cosa, yo iba bien. Pero esos cabrones me estaban esperando. Un puto día de bajón y me quedé sin hija y sin cocina, porque desde entonces no funciona y aquí nadie viene a arreglarla. Y han pasado casi tres años.

—¿Cuándo desaparecieron?

—Hace diez meses. Pero no se dejen engañar, no se fugaron. Las secuestraron.

—¿Por qué estás tan segura?

—Yo he estado en ese centro, he ido de visita varias veces a San Lorenzo. Parecía un campo de concentración. De esos de los nazis, ¿saben? Y el director, Ignacio Villacampa, era el carcelero.

—¿Ignacio Villacampa el político?

—Me persigue porque yo no le dejé abusar de Aurora y de Aisha —asiente la mujer—. Hasta las ayudé a escapar y venir a casa. Llevé a esa chica al hospital para que la curaran, tenía el corazón mal.

—¿La sacaste del centro para llevarla al hospital?

—Le estaba dando un infarto, a la pobre, y nadie decía nada. Le querían dar una pastilla. Yo dije que una mierda, y me las llevé a las dos para que la viera un médico. Desde entonces, en ese centro me odian.

—¿Quién crees que ha podido secuestrar a tu hija?

—Ignacio Villacampa, seguro. Ha intentado matarme muchas veces, la última con un coche bomba. Menos mal que la policía lo desactivó. Decían que eran los de Al Qaeda; mentira, era para mí, lo pusieron por donde me muevo. Tuve suerte, pero la próxima vez quizá no la tenga.

Blanco y Zárate cruzan un gesto de preocupación. El relato de Mar ha entrado en el delirio y su mirada se va extraviando más y más. Ya no es capaz de fijarla en un punto de la habitación, y mucho menos en los ojos de sus interlocutores. Ahora vaga sin descanso por todas partes.

—Tienen que detener a Ignacio Villacampa, a Rocío Narváez, que es la gobernanta de un hotel en el que trabajé y me despidió, y a Rosendo Zamora. Ellos se llevaron a mi hija y a su amiga.

—¿Rosendo Zamora, el ministro?

—No es tan malo como Villacampa, pero creo que es el que manda de todos ellos.

—Los investigaremos —se compromete Elena, en un intento de que la mujer vuelva a la normalidad—. ¿Tiene fotografías de su hija?

—Sí, se la voy a enseñar, ya verán qué bonita es.

Mar sale del salón y vuelve con una fotografía suya con un bebé en brazos. Está rota, medio borrada.

—Solo esta.

—Esta no nos sirve —trata de hacerle entender Zárate—. Necesitamos una en la que se le vea la cara. Y en la que su hija sea mayor, como ahora, no un bebé.

—Me las robaron todas. Salvé esta porque siempre la llevaba en el bolsillo.

—¿Quién las robó?

—¿Pues no se lo he dicho? Ignacio Villacampa. Si no le detienen, ese hombre me va a matar.

—Intentaremos impedirlo —procura tranquilizarla Elena—. Mar, necesitamos que procures acordarte de si Aisha tenía familia.

—Esa chica solo nos tenía a mi hija y a mí. Olvídense de ella y busquen a mi hija. Tienen que encontrar a Aurora antes de que la maten.

Los chavales siguen cuidando el coche de Elena cuando los policías vuelven, están esperando la otra mitad del billete de veinte. Zárate se la da después de felicitarles por el trabajo.

—Tienes un coche guapo. Se han hecho lo menos diez fotos con él.

Elena saca otro billete de veinte, se lo da también al chico.

—A ver en qué os lo gastáis.

—En botijos, nosotros no nos metemos nada raro.

Mientras sube al coche y arranca, mira a los chavales por el espejo retrovisor. Elena los ve bromear, felices con el botín que han ganado de forma inesperada. Una sonrisa se dibuja en su rostro.

—¿Cuánto tiempo hacía que no te veía sonreír? —murmura Zárate.

—¿Botijos? —pregunta la inspectora, más que nada por evitar la conversación.

—Botellines de Mahou. Tienes que salir más a la calle, inspectora.

Capítulo 13

Sin dejar en ningún momento de trastear con el ordenador, Mariajo habla con Chesca y Buendía sobre la famosa Deep Web.

—Esto es un vertedero. ¿Os lo imagináis? Un estercolero donde acaba lo peor del mundo. Aquí hay drogas, blanqueo de dinero, tráfico de armas, pornografía infantil, compra y venta de objetos robados, asesinos a sueldo...

—No entiendo por qué no se prohíbe.

—Porque no se le pueden poner puertas al campo, Buendía... Aquí está cerca del noventa por ciento del contenido de internet, lo que nosotros conocemos no es nada, la punta del iceberg. Además, no todo es malo o ilegal, eso es solo una parte —contradice sus palabras anteriores—. Lo que más hay son redes internas de instituciones científicas.

Va mostrando a sus dos compañeros distintas páginas, desde una que ofrece hackers de alquiler hasta otra que ofrece todo tipo de drogas con servicio a domicilio.

—Mirad, por cincuenta dólares le hackean el teléfono a tu pareja para que leas sus wasaps y escuches sus conversaciones a la vez que ella.

—¿Se puede hacer eso? —se escandaliza Chesca.

—Hay más sistemas de seguridad que nunca, pero, al mismo tiempo, estamos más expuestos. Puedes poner todas las cerraduras que quieras, siempre habrá alguien que descubra cómo abrirlas.

Siguen mirando páginas de manera aleatoria, a través de enlaces que ha encontrado antes Mariajo: venta de pasaportes y carnés de conducir, municiones de AK-47, viejas pistolas Tokarev usadas en la guerra de los Balcanes, asesinatos por encargo desde veinte mil dólares —con la posibilidad de dar simples sustos por mucho menos dinero—, billetes falsos por el cuarenta por ciento de su valor nominal, varios tutoriales para hacer bombas caseras, vídeos de zoofilia...

—¿Yo puedo acceder al internet invisible en casa? —Chesca se muestra interesada en todo lo que ve.

—Sí, solo tienes que bajarte un programa que se llama Tor. Lo más complicado es encontrar los enlaces de estas páginas. No aparecen en los buscadores; tienes que rastrear en foros, tener paciencia. También mucha precaución, hay estafadores de todo tipo, trampas de la policía para pillar delincuentes, extorsionadores...

Chesca no puede evitar la curiosidad.

—Mariajo, ¿cómo has aprendido todo esto? Cuando eras joven no existían los ordenadores.

—Claro que existían, lo que pasa es que no tenía cada uno un ordenador en casa. Lo aprendí estudiando, como todo el mundo. Estudié Informática, en la Politécnica. Empecé en el 77, cuando se creó. Antes me había licenciado en Exactas, en matemáticas. Los jóvenes os creéis que el mundo empezó con vosotros, pero el mundo existe desde antes de que nacierais.

Una señal acústica interrumpe la conversación. Mariajo se pone en guardia de inmediato.

—Yarum se acaba de conectar.

Todos esperan a que Mariajo les informe. Ella no para de teclear en una especie de chat y en una ventana de sistema, donde aparecen series de números que son incomprensibles para los demás.

—No puedo localizar su IP, pero aquí lo tengo. Ha leído mi saludo y está escribiendo.

Esperan conteniendo el aliento hasta que llega su mensaje.

—Me pregunta si me lo pasé bien el otro día —consulta Mariajo.

—Dile que sí —propone Chesca—. Dile que estás deseando que se repita.

—Te dejo a ti, seguro que lo convences más rápido que yo. Pero no te lo ligues, recuerda que eres un chico de dieciséis años. Ah, ya sabes cómo escriben estos chicos.

Chesca se pone ante el teclado, ella también está segura de que será capaz de convencer de todo al tal Yarum, se ha pasado media adolescencia chateando.

Larry33: De puta madre. Xa cdo el próx?
Yarum: ¿Tienes dinero?
Larry33: Lo puedo conseguir.
Yarum: ¿6.000 euros? Esta vez no hay rebajas.
Larry33: T puedo pagar d otra manera.
Yarum: Solo dinero, no me interesan los chicos.
Larry33: Hay más formas, no solo esa.
Yarum: Pues dímelas, porque no se me ocurren.

Chesca mira a los demás sin saber qué contestar.

—¿Qué le ofrezco? Tiene que ser algo que le haga caerse de culo, que no me pueda decir que no.

—Esta gente está muy loca —dice Mariajo—. Tienes que ofrecerle una locura.

—¿Locura de qué tipo? ¿Sexual?

Buendía, que se ha quedado pensativo, se inclina de pronto hacia el teclado y toma los mandos. Se pone a escribir, muy serio.

Larry33: Kiero ser la víctima.

Esperan unos segundos sin respuesta. Si se han excedido y Yarum no los cree, quizá hayan perdido toda posibilidad de volver a contactar con él y el resto de la Red Púrpura.

—Joder, di algo, cabrón —murmura Chesca con los ojos pegados a la pantalla.

Por fin llega la respuesta.

Yarum: ¿Estás seguro de lo que dices?

Buendía y Chesca cruzan una mirada. Es ella quien escribe ahora.

Larry33: Kiero sentir lo mismo q esas chicas. Sé q solo será una vez, xo kiero saber cómo es.

Yarum: Mañana a las tres, donde las otras veces.

Yarum se desconecta, pero no necesitan nada más, han conseguido lo que buscaban.

Capítulo 14

Han tenido que confiar en Daniel para que les dijera cómo preparar la celada y para que se prestara a hacer de cebo. Está sentado en un banco junto al estanque de las tortugas del invernadero de la estación de Atocha.

Hay agentes diseminados por toda la estación, intentando mezclarse con los viajeros, procurando no destacar. Elena mira a algunos y reconoce que a los policías no se les da bien camuflarse. Hay por lo menos tres fácilmente identificables, espera que Yarum no sea muy observador y perspicaz.

De repente, un hombre de unos cuarenta años se sienta junto a Daniel. Todos dudan, Daniel no les ha hecho la señal pactada, apoyarse en el banco con la mano izquierda.

—¿Nos la va a jugar el niño? —se asusta Chesca, que arrastra una maleta vacía al lado de Elena.

—Quizá no sea Yarum.

—Le está hablando.

Daniel no sabe cómo quitarse de encima a ese hombre que le está ofreciendo cuarenta euros por acompañarlo al baño. En otro momento se levantaría y se marcharía, pero no puede moverse de allí. Eso le está dando ánimos al acosador.

—¿Y cincuenta? Venga, no te hagas el estrecho, seguro que lo has hecho por menos.

Los policías se han dado cuenta de lo que pasa, un pederasta. No saben qué hacer, no pueden llegar y quitarlo simplemente de en medio, se arriesgan a que Yarum lo vea. Tampoco pueden dejar que siga allí, Yarum no se acercaría y abortaría el encuentro.

—Paciencia —le pide Elena a Chesca—. Deja de mirarlos o ahuyentaremos a Yarum.

Daniel toma una decisión, se levanta y se cambia de banco, como si no pasara nada, como si solo quisiera librarse de ese pesado. Son las tres y cuarto, hace quince minutos que se tenía que haber producido el encuentro. El acosador pasa junto a Daniel y le dedica un gesto inequívoco con el dedo corazón.

—Tú te lo pierdes, niñato.

Menos de un minuto después, alguien más se sienta en el banco. Ahora sí que Daniel hace el gesto de aviso.

—Has ligado, Larry33 —Yarum se ríe—. Pensé que habías decidido empezar a ganar dinero haciendo chapas para pagar un evento más como espectador.

Apenas ha acabado la frase cuando recibe un golpe que le tira al suelo. Y no se ha dado todavía cuenta de lo que pasa cuando Orduño, con la rodilla en su espalda, le está poniendo las esposas en las muñecas por detrás.

—Yarum, qué ganas teníamos de charlar contigo.

Elena tiene el honor de consultar la primera los papeles de la cartera del detenido.

—Casto Weyler, español, vive en la plaza de España, en la Torre de Madrid. Casto, vamos a ir a tu casa a hacer un registro. ¿Nos acompañas y nos ahorras problemas o vamos solos?

—Todo lo que sea crearos problemas me gusta. Y tú, chaval —se vuelve hacia Daniel—, te vas a arrepentir de esto. Ya lo creo. ¿Víctima? Al final vas a conseguirlo...

Acompañado por varios agentes, Orduño conduce a Casto Weyler a las instalaciones de la Brigada de Análisis de Casos. Los demás se ponen en marcha hacia la plaza de España. Rentero estaba al tanto de la operación, y la orden de registro, firmada por un juez, llegará antes que ellos.

La Torre de Madrid mide ciento cuarenta y dos metros y fue, durante algunos años —desde el final de su construcción en 1960 hasta que fue superado en 1967 por un rascacielos belga—, el edificio más alto de Europa. Todavía hoy es el sexto más alto de Madrid y uno de los más admirados. En sus buenos días fue sede de las oficinas de algunas de las empresas más modernas de la capital, también sirvió de vivienda a muchos artistas, allí se celebraron las fiestas más glamurosas de los actores y actrices de Hollywood que recalaban en Madrid para grabar después sus películas en el desierto de Almería, pero con el tiempo sufrió una constante y paulatina decadencia. Hace solo unos años que fue rehabilitado en su totalidad y convertido en una dirección lujosa de nuevo.

El apartamento de Casto Weyler está en el piso veinticinco, y su balcón da a la Gran Vía. Desde allí se puede disfrutar de algunas de las mejores vistas de Madrid, de noche tiene que ser un espectáculo, cuando las luces de la ciudad se encienden. Allí está la plaza de España, la Gran Vía se ve sin ningún obstáculo hasta Callao; a la derecha el Palacio Real, el Teatro Real y los jardines de Sabatini; a la izquierda, la ciudad hasta la Torre de Valencia y el Pirulí... En la última planta hay un mirador que da la vuelta casi entera al edificio y que te da la sensación de poner la ciudad a tus pies. Elena lo conoció una vez, hace años, le encantaría subir de nuevo y buscar el templo de Debod, las torres de la plaza Mayor y los jardines del vecino Palacio de Liria.

No es un apartamento muy grande, apenas dos habitaciones, pero sí muy lujoso. Llama la atención que no haya ningún libro, tampoco películas. Sí algunas litografías valiosas en las paredes: Miró, Tàpies, Hockney...

De frente a un ventanal, con Madrid al fondo —una ciudad mucho más bella que ninguna obra de arte—, hay dos potentes ordenadores. Mariajo se sienta allí.

—Qué silla más cómoda, esto es lo que me hace falta a mí para no destrozarme la espalda.

—Yo te la compro si sacas todo de esos ordenadores —le promete Elena.

—Me has dado tu palabra —la hacker se sonríe.

Elena, Chesca y Zárate curiosean por el lugar mientras Mariajo se encarga de los ordenadores. Es tal y como imaginan que debe de ser el apartamento de un muy alto ejecutivo que vive solo y para el que el trabajo ocupa el día entero: impersonal, minimalista, con electrodomésticos de lujo y con poco uso, con un armario lleno de ropa de las mejores marcas colocada por colores, con una enorme pantalla de televisión frente a la cama. Más que un hogar parece una habitación de hotel. En un cajón encuentran seis mil euros en fajos de billetes de cincuenta. En la mesilla de noche, una buena colección de relojes de las mejores marcas: Rolex, Patek Philippe, Audemars Piguet, Hublot.

—Relojes muy buenos, pero se hizo esperar quince minutos en su cita con Daniel, qué cabrón —ironiza Zárate.

—Si todo sale bien, durante los próximos veinte años y un día, alguien le dirá la hora sin que tenga que mirarla —Chesca se ríe.

En el mueble bar solo hay una botella de Whisky mediada, un Macallan Rare Cask *single malt* que debe de rondar los doscientos cincuenta o trescientos euros. En la nevera, unas latas de cerveza de una marca normal y corriente y una caja de bombones de chocolate belga abierta.

—No vive mal Casto. Si tuviera grappa se la confiscaría.

—De lo que uno se da cuenta siendo policía es de que los malos viven mejor que nosotros —comenta Chesca.

—No te creas. Ser malo es muy jodido. Hay que serlo a tiempo completo.

No tarda mucho Mariajo en avisarlos.

—Tengo todo lo que necesito. Cargamos con los ordenadores y nos los llevamos a la BAC.

Capítulo 15

—A ver, no pretendo que ustedes compartan mi visión del mundo, pero esto es un negocio y yo no soy más que uno de los eslabones de la cadena. Si no estoy yo, está otro, tan sencillo como eso.

Casto mantiene la calma. Elena puede fijarse en él; no lo había hecho apenas en la estación de Atocha. Es un hombre bien vestido, da la imagen que proyectaba su apartamento: un ejecutivo de éxito.

Encima de la mesa está todo lo que llevaba encima, se ve que es un tipo preocupado por las marcas: el último modelo de iPhone, un bolígrafo Montblanc, el reloj es un Longines de oro, la cartera y el cinturón son de Loewe. Muchos miles de euros en complementos. Y sin embargo...

—Veo que le gustan las cosas caras, señor Weyler —comenta con sarcasmo la inspectora Blanco—. Pero lleva tres meses sin pagar el alquiler en la Torre de Madrid.

—No creo que sea la primera persona del mundo que vive por encima de sus posibilidades. ¿Me va a decir ahora que la ostentación es un delito? Si es así, medio país debería estar en la cárcel. Digamos que, últimamente, las cosas no han ido tan bien como me gustaría en mi trabajo.

—El problema es que su trabajo consiste en matar chicas jóvenes para que los que pagan por verlo asistan en directo.

Casto pone cara de escándalo y asco.

—¿Quién le ha dicho que mi trabajo es ese? Qué horror. Mi trabajo es vender enlaces en internet, en lo que llaman la Deep Web. No es problema mío adónde lleven esos enlaces. Yo nunca he matado a nadie en mi vida, ni a una mosca.

Chesca se levantaría y le partiría la cara con todas sus ganas, pero tiene que reprimirse y seguir atenta al interrogatorio que lleva Elena.

—O sea, que es inocente, como un bebé.

—No, seamos sinceros, inocente del todo no: cobro en negro —reconoce Casto—. Hacienda no me consideraría inocente. No pago impuestos, cobro en bitcoins y, ocasionalmente, en efectivo, como en el caso del chico que me ha delatado.

—Le ha amenazado usted.

—Pero solo porque se me ha calentado la boca. El chaval puede estar tranquilo, que no le voy a hacer nada.

—¿Ni mandar que le hagan algo?

—Ni siquiera sabría dónde acudir si quisiera, como usted dice —se defiende Casto con tono ingenuo.

Elena consulta sus papeles. No sabe, de momento, por dónde pillar a Casto, hay que reconocerle dominio y control de la situación.

—¿Está usted tranquila, inspectora?

Ella le mira extrañada, no sabe a qué se refiere.

—Completamente, tengo más motivos para estar tranquila que usted.

—Lo celebro, aunque no es la impresión que da. Debe usted relajarse, tener paciencia y darse cuenta de que hay enigmas que no depende de uno mismo solucionar, que la vida tiene sus ritmos y no son los que nosotros deseamos.

—Cuando necesite consejo, no dudaré en pedírselo —le responde ella, seca, sorprendida por sus palabras.

Tras la interrupción, regresa a los papeles.

—Entonces, según usted, vende enlaces y no sabe para qué son.

—Escucho cosas, muy desagradables, pero no me las creo. No creo que sea cierto que asesinen a chicas. Estoy convencido de que todo es falso. Como muchos negocios, seguro que este también se levanta sobre la mentira. Si hubiera un mínimo de realidad en esos rumores, aparecerían los cadáveres, ¿no?

—¿Y si le digo que apareció uno hace pocos días en Las Palmas? Fue la chica del último evento, era marroquí, tenía dieciocho años, se llamaba Aisha Bassir y fue salvajemente torturada.

—No me lo creo —insiste Casto con completa tranquilidad—. Es decir, me creo que hayan encontrado a esa pobre chica muerta, lo que no creo es que la hayan matado en uno de esos eventos. Será una casualidad. Le dije al principio que esto era un negocio, ¿en qué negocio se mataría a los protagonistas? Imaginen que DiCaprio se muere de verdad ahogado en las aguas heladas tras hundirse el Titanic. No sería rentable, no.

Elena da paso a Chesca.

—Cuando hablé con usted, ayer, no se sorprendió de que me ofreciera como víctima.

—¿Fue usted? —el detenido se sonríe—. ¿De verdad cree que no me sorprendió? Por Dios, me pareció una barbaridad. Por eso quise quedar con ese chico, con Larry33. Necesita ayuda. Quería hablar con él y proporcionársela. Sugerirle que hablara con sus padres, con algún profesor.

—Qué amable de su parte.

—Ayudo siempre que puedo; por ejemplo, usted... He visto que la llaman Chesca, vendrá de Francesca, pero como es española, de pequeña la llamarían Paquita, ¿no? Se lo ha cambiado porque está demasiado preocupada por lo que piensan los demás. Libérese, Paquita, usted es usted y tiene que hacer de usted, no de otra.

Una vez más, Chesca tiene que respirar hondo para no arrancarle la cabeza.

Ángel Zárate preferiría estar dentro de la sala que delante de una pantalla viendo vídeos porno extraídos de los ordenadores de Casto Weyler, pero Elena ha elegido a Chesca, y es lo que hay. Por suerte, en los vídeos no parece haber pornografía infantil, ni *snuff movies;* es todo muy convencional: una orgía entre varios hombres y mujeres que disfrutan con lo que hacen. No hay tomas especiales, solo una cámara fija. Si no es un vídeo *amateur* de verdad, se han esforzado mucho en que lo parezca. Pasa al siguiente. Otra escena de sexo en grupo. El trabajo es tan rutinario que no hay modo de erizarse en secreto, ni siquiera una pequeña recompensa. Es imposible despertar la lujuria con esa exhibición obscena de cuerpos entrelazados y jadeos que tienen algo de impostado o ridículo. Pero, de pronto, Zárate sale de su aburrimiento de un respingo y se queda observando un vídeo. Lo rebobina y lo estudia con interés.

—Yo este ya lo había visto... ¡Buendía!

El forense, que está ayudándolos en el visionado, se acerca.

—Conozco este vídeo. Es una de las orgías de la secta esa... ¿Cómo se llamaba el tío?

—No sé de qué me hablas —dice Buendía.

Zárate se levanta, está inquieto, busca en su memoria un nombre que se le resbala una y otra vez. Hasta que lo encuentra.

—¡Nahín! El gurú de la secta se llamaba Nahín. ¿No te suena?

—No, pero vamos a buscar ese expediente...

Mientras Buendía bucea en los archivos, Zárate cuenta que es un caso antiguo, el líder de una secta que captaba chicas de buena familia y grababa con ellas orgías que después vendía a través de internet.

—¿Y por qué lo investigasteis vosotros?

—Yo acababa de entrar en la comisaría de Carabanchel. En los ratos libres me ponía a bucear en archivos de desaparecidos. Miré un montón de vídeos de sectas por si encontraba a alguna de las chicas de los casos archivados. Por eso me suena este.

—Aquí está —dice Buendía frente a su monitor—. Ahora sí lo recuerdo. En efecto, el gurú de la secta se hacía llamar Nahín. Lleva en prisión ocho años.

—La pregunta es: ¿por qué tiene Casto Weyler vídeos de esas orgías?

—¿Por qué no? Estamos hablando de un depravado.

Se miran en silencio, como tratando de encontrar alguna otra explicación.

—Inspectora, yo le sugiero que me ponga en libertad, me devuelva mis cosas y deje de hacer el ridículo —Casto Weyler le habla como si le hiciera un favor.

—Ya, es un buen consejo, como todos los suyos —responde Elena con sorna—, pero no es lo que voy a hacer.

—¿Va a ponerme a disposición judicial? Sabe que no tiene nada, le repito que yo solo vendía los enlaces y no sabía para qué eran. ¿Qué va a conseguir, que me pongan una multa por no declarar el IVA? Si es lo que quiere, perfecto. Pero ¿no está poniendo demasiado empeño en cargar contra el mensajero?

—Tampoco le voy a poner a disposición judicial —Elena sonríe.

—Hay un límite de horas. No sé si son cuarenta y ocho o setenta y dos, pero no más.

—¿Ha mirado alrededor? ¿Ha visto logos de la policía o algo así? ¿Le han tomado la foto de frente y de perfil? ¿Le han hecho mancharse los dedos de tinta para imprimir sus huellas? Seguro que no. Usted me dijo que era un ejecutivo especial; voy a darle una mala noticia: yo soy una inspectora de policía especial. Los límites no funcionan para mí —miente la inspectora Blanco—. Usted va a estar encerrado hasta que a mí me parezca. Chesca, llévate a nuestro amigo.

Chesca sonríe satisfecha y, al ver la expresión de terror de Casto Weyler, se acuerda del refrán favorito de su abuelo: el que ríe último ríe mejor. Elena espera que su farol, tan propio de Zárate, dé resultado.

Capítulo 16

Orduño es capaz de montar en helicóptero, de descolgarse desde uno sobre una lancha —ya lo ha tenido que hacer en unas maniobras—, de arrojarse en una tirolina de más de cien metros de altura y de hacer vuelo base —una vez fue con Chesca a practicarlo—, por eso le da tanta vergüenza reconocer que cuando se monta en un vuelo comercial, siente un cosquilleo en el estómago antes del despegue. Ha tenido suerte y también viajará en Business, como sus compañeros hace unos días. Por lo menos irá a sus anchas y le darán una buena merienda.

Se dirige a Las Palmas para seguir una pista de Marrero. El mensaje era claro, un deje de excitación en el tono de pachorra habitual en el canario: «Tienen que venir, compañeros. Creo que he encontrado el sitio donde la mataron». No sabe por qué Elena ha confiado en él una misión tan importante, ni si en esos momentos pesa más el halago o el fastidio de tener que desplazarse a las islas.

—¿El asiento de la ventanilla es el suyo? —le pregunta una mujer que se ha encontrado en su sitio.

—No importa, no hace falta que se levante. Me quedo con el del pasillo —aprovecha Orduño.

Se pone los cascos antes de despegar y sube el volumen. En el móvil, reproduce «Waterloo Sunset», de los Kinks, y se concentra en la voz de Ray Davies para olvidar cómo el avión coge velocidad en la pista y, después, se separa de la tierra. Abre una carpeta para repasar los escasos datos que todavía tienen en la investigación. Una ampliación de la mano ortopédica ocupa toda la hoja. El metal de la prótesis tiene manchas de sangre. No es una sangre anónima. Ahora saben que pertenece a Aisha Bassir. Su rostro sin vida en las fotos de la autopsia, entre la documentación, le obliga a cerrar la carpeta. Era solo una niña. ¿Qué placer puede haber en obligar a cruzar todos los umbrales del dolor a una adolescente? De la misma manera que se avergüenza de su miedo a los aviones comerciales, Orduño no comparte con nadie cómo le afecta el contacto con esta violencia extrema. Le gustaría que todo acabara cuando deja el despacho de la BAC, pero no es así. Como si se tratara de una plaga, las imágenes de esta realidad oscura invaden la soledad de su casa. Quizá este sea su verdadero problema: la soledad. Esa casa vacía, el silencio en el que se instala cada vez que se derrumba en el sofá tras un día de trabajo. El sustrato perfecto para que todo lo que ha vivido en las oficinas de la calle Barquillo cobre fuerza.

Vuelve a reproducir el disco de los Kinks e intenta que esa música le lleve a la época en que los descubrió. Sus años de instituto, el grupo de amigos con el que quiso formar un grupo de rock. Su torpeza con la guitarra, era incapaz de sacar una sola canción de oído. La dulce ingenuidad de unos años en los que ni siquiera imaginaba qué atrocidades son capaces de cometer los seres humanos.

No sabe en qué momento se ha quedado dormido. El temblor de su compañera de vuelo le ha despertado. Durante un instante, ha creído que había algún problema en el avión. La mujer contiene un sollozo en el pecho. Sus ojos, de un azul cristalino, están empañados y, al parpadear, dejan caer una lágrima. Sin embargo, cuando mira a Orduño, le sonríe.

—Perdona, soy una tonta; ¿te he asustado? Es esta película. No sé por qué la he puesto con lo triste que es. No es justo que las historias de amor acaben tan mal.

Orduño mira la pantalla que señala la mujer, en el cabecero del asiento de delante. Los créditos la recorren sin sonido.

—Es solo una película. Yo pensaba que habíamos perdido un motor e íbamos de cabeza al Atlántico —bromea él.

En la puerta del aeropuerto le espera Marrero. Antes de encontrarse con el policía, Orduño se despide de Marina. Así se llama la mujer que lloraba. No han dejado de hablar el resto del viaje. Se han tomado dos benjamines de cava mientras la escuchaba contar que lleva un año separada, que vive en un apartamento enano al lado del parque del Oeste, que trabaja en un gimnasio, de monitora de boxeo y de aeróbic, y que viaja a Canarias sin ninguna razón, solo porque vio una buena oferta. Orduño se ha descubierto pensando que Marina le mentía. Le ha parecido que es una mujer que huye, aunque no sabe de qué ni tampoco quiere preguntárselo. Quiere dejar de pensar las veinticuatro horas como un policía. Ha sido agradable compartir una conversación trivial con ella. En algunos momentos, creyó que podía estar flirteando y se sintió torpe, incluso ruborizado. Sus últimas relaciones han sido encuentros fugaces fruto de aplicaciones de internet. Ha olvidado cómo hablaban dos desconocidos por el mero placer de hablar.

«No me has dicho tu nombre», le ha dicho ella al despedirse.

«Orduño.»

«Seguro que tienes un nombre normal, no solo un apellido.»

«Rodrigo —le ha respondido el policía descolocado—, pero hace tanto tiempo que nadie me llama así, que no estoy seguro de contestar.»

«A mí me gusta Rodrigo —le ha sonreído Marina—. Acuérdate de girarte si oyes tu nombre.»

No han pasado por el hotel. Marrero y Orduño se han montado en un coche patrulla en el aparcamiento del aeropuerto y han cogido la carretera hacia el interior de la isla.

—¿Qué tal el viaje?

—Pesado, ya sabes que los viajes de avión se hacen largos, prefiero el AVE.

—Difícil que el AVE llegue a Las Palmas... —bromea Marrero, y pasa a desgranar los detalles de esa nave que ha localizado y donde se supone que fue asesinada Aisha—. El pueblo más cercano se llama Tunte, pertenece al municipio de San Bartolomé de Tirajana. Pero ya ves esto, está en medio de ninguna parte.

La nave no es muy grande, pero está muy aislada. Orduño piensa que no escogieron mal, que si tenían intención de hacer lo que hicieron sin que nadie se enterase, era el sitio perfecto, sin vecinos que pudieran escuchar nada, sin curiosos.

—Hay muchas marcas de neumáticos. Yo creo que el día que grabaron la muerte de esa chica tenían invitados —supone Marrero—. Intentaremos localizar a alguno, pero no creo que lo consigamos. No te extrañe que sean turistas alemanes o ingleses. Con tanta población flotante es muy difícil prevenir estas cosas.

Dentro de la nave hay un rincón que Orduño recuerda del vídeo; es el mismo. Allí está hasta la silla en la que se sentó Aisha antes de que entraran en el campo de la cámara el hombre de la máscara de lucha libre mexicana y el de la prótesis metálica en la mano.

—No estuvieron aquí más de un día, quizá desde la noche anterior a lo que llamaban el evento. Llegaron, lo prepararon todo, emitieron la muerte de la chica y esa misma noche se marcharon.

—¿Y la infraestructura para emitir en directo?

—No necesitan más que un ordenador y una conexión a internet. Y esa se puede conseguir en un coche. Aunque parezca que esto está muy alejado del mundo, estamos a muy pocos kilómetros de Vecindario o de Maspalomas. En cuanto regresaron a esa zona, desaparecieron; se mezclarían con los turistas. Allí nada llama la atención.

—¿El propietario de esta nave?

—No tiene. O bueno, sí tiene, pero no se ha hecho cargo de ella. El propietario murió hace un año y los herederos no se han puesto de acuerdo.

—¿Por qué aquí, en Gran Canaria? ¿Por qué en una nave que no les pertenece? ¿Por qué dejar el cuerpo en un lugar por el que pasan tantos turistas?

—Yo para eso no tengo respuesta, Orduño. Llegué a esta nave casi por casualidad, por un vecino que denunció una discusión de tráfico con un hombre que tenía una prótesis en la mano. Ya he pasado el informe, eran dos: uno con la prótesis y otro con la cara picada de viruela, el primero extranjero y el segundo español. El vecino no se quedó con el número de matrícula, solo sabe que era un Ford, no reconoció si Fiesta o Focus, uno de los centenares que se alquilan todos los días en el aeropuerto de Las Palmas.

—¿Has pedido ayuda a las empresas de alquiler de coches?

—Claro, pero no vamos a conseguir nada. Aquí en la isla todavía estamos en temporada alta, entran y salen miles de turistas a diario. Y no sabemos si han venido en avión o en el jet-foil desde Tenerife. Hacemos lo que podemos, Orduño.

—Lo sé, Marrero, pero ya sabes que Elena siempre pide más.

Empieza a ponerse el sol cuando, en el viaje de regreso, Marrero detiene el coche en el mirador de la Degollada de las Yeguas. En el horizonte, se adivina la silueta del Roque Nublo. El monolito se perfila contra la luz del crepúsculo. Cuando Marrero se acerca a él, Orduño nota su leve cojera; el cansancio acumulado a lo largo del día la evidencia.

—Sé que la mayoría piensa que lo dejé por esto —confiesa Marrero, señalando su pierna izquierda—, pero no es verdad. No me fui por miedo, lo hice porque la vida se me estaba escapando. Para Elena solo existe el trabajo. Veinticuatro horas al día, siete días a la semana. Y la vida no puede ser solo buscar a los malos, Orduño. Tenía una esposa, necesitaba pasar tiempo con Silvia. Disfrutar un poco de estar vivo. Comer bien, follar, emborracharme con los amigos... ¿Cuánto llevas tú sin hacer nada de eso?

—He perdido la cuenta —reconoce Orduño con una sonrisa.

—Esos años no volverán. Has cumplido. Has hecho tu trabajo. No pasa nada por cederle el turno a otro y ser un poco egoísta. Hazme caso, Orduño.

Capítulo 17

Elena ve los vídeos de la secta de Nahín. Le parecen sosos, no tienen nada que ver con lo que están buscando. Varias personas jóvenes y atractivas, que aparentemente no saben que están siendo grabadas, manteniendo sexo en grupo.

—No veo nada ilegal. Parecen mayores de edad, no hay prácticas salvajes...

—Son vídeos de los que comercializaba Yarum —dice Buendía—. Lo importante no es lo que sale en ellos, sino su procedencia. ¿Recuerdas el caso aquel de la pornografía y las extorsiones por internet?

Elena se acuerda perfectamente, aunque no participó en aquella investigación.

—Eso lo investigó el equipo del inspector Valle. ¿El tal Nahín es árabe?

—No, español, su verdadero nombre es José Ramón Oliva —comenta Buendía leyendo el informe—. Nahín era un apodo, creo que por aquí está lo que significaba. Sí, aquí: quiere decir «nadie» en hindi.

Las chicas y los chicos eran de buena familia. Nahín había logrado formar una secta en la que predicaba el amor libre, organizaba orgías a las que asistían hijos de familias burguesas y las grababa sin que ellos lo supieran. Después chantajeaba a los padres, que pagaban para que sus hijos no vieran manchada su reputación con esas imágenes. Daba igual que se prestaran a entregar el dinero que les pedían, los vídeos acababan en el internet oculto, para solaz de todos los que compraran los enlaces para verlos.

—¿Por qué se metían aquellos chicos que lo tenían todo en una secta? —se pregunta Chesca, inocente.

—Por ganas de follar —contesta Zárate y provoca las carcajadas de todos.

—Nahín está en la cárcel de Soto del Real, he llamado para que nos concedan una entrevista con él. ¿Quién sabe si nos dirá algo de Casto Weyler? —resume Buendía.

Por mucho que Elena le ha insistido en que su hijo ha decidido ayudarlos y en que, gracias a él, han podido detener al tal Yarum, Alberto Robles no ha querido despedir a Daniel antes de que se lo lleven al centro de menores en el que esperará juicio. Allí recibirá ayuda, quizá los psicólogos sepan hacer su trabajo y logren que abandone su fascinación por la violencia. Su madre sí ha entrado a besarlo, a abrazarlo, a despedirse de él.

—Sé que me considera un monstruo por no ir a consolar a mi hijo —le dice Alberto a Elena.

—Hace mucho tiempo que dejé de juzgar a nadie, señor Robles —contesta la inspectora con total sinceridad—. Nunca se sabe lo que está sintiendo el otro.

—Quise educar a Daniel en libertad, sin que le faltara de nada, dándole las mejores herramientas para la vida...

—Lo sé, pero los planes no siempre salen como uno quiere. Solo me voy a permitir darle un consejo, si es que lo quiere escuchar.

—Adelante.

—Perdónele. No solo porque su hijo lo necesite, que también, sino porque usted lo necesita: un hijo siempre forma parte de nosotros, por muy lejos que esté, por mucho que nos repugne en qué se ha convertido. Perdone o se arrepentirá toda la vida de no haberlo hecho...

Se queda esperando un gesto de arrepentimiento de ese padre por mostrarse tan duro y tan cruel. El gesto no llega, y Elena, al notar su enorme desazón, se da cuenta de que ella también ansiaba ese perdón, de que necesitaba ver que Alberto volvía a ver en Daniel a su hijo y no a un ser despreciable.

Ha pensado que lo mejor que podía hacer esa noche era ir al karaoke, anestesiarse con varias copas de grappa, conocer a un hombre y hacer el amor con él en un todoterreno en el aparcamiento de debajo de la plaza Mayor, ha llegado a pasar por delante de la puerta del Cheer's, pero al final ha decidido no entrar. Ha parado en un súper —es una suerte que ahora hayan puesto esos que no cierran hasta las doce por todo Madrid— y se ha comprado una lasaña congelada de las que se preparan en el microondas. Tiene la botella de Carpenè Malvolti Fine Vecchia Riserva que le regaló Rentero. Lasaña, grappa y mucha tristeza, la historia de sus noches.

Se asoma a la plaza, el verano no termina de irse y el día ha sido caluroso, las terrazas están llenas, los turistas no se retiran. Ve, desde la altura, a alguno de los habituales: los dibujantes y los caricaturistas todavía no se han marchado a dormir; un rumano sigue allí, con sus tres maniquíes sin cabeza, vestidos con trajes de torero y sevillana, para que los turistas se hagan fotos con ellos; hay un acordeonista que toca fatal, que destroza un tango argentino: por una cabeza de un noble potrillo...

En su balcón sigue el voladizo y la cámara que durante años estuvo fotografiando la plaza. Ya no hace fotos, Elena no necesita volver a ver la cara picada de viruela, la ha encontrado en el vídeo, al lado de su hijo. Algo le dice que es el hombre que se esconde bajo la máscara de lucha libre mexicana, que el hombre al que buscó durante tantos años se llama —o le llaman— Dimas. Cualquier día desmontará la cámara y su balcón dejará de ser especial, como si se hubieran borrado las cicatrices.

Mete la lasaña en el microondas y se sirve la grappa. Le parece mejor que cuando la probó en el despacho de Rentero. Pone la tele con la esperanza de tropezar con algún programa de esos en los que unos supuestos periodistas hacen tertulias basadas en los amores y las vidas de unos supuestos famosos. Basura que solo sirve para entontecer, pero es lo que ella necesita hoy, entontecerse y marcharse a la cama con la cabeza vacía de cualquier pensamiento profundo. No le da tiempo a descubrir de quién hablan, la antigua novia del hijo de una folclórica que ahora se ha liado con el dueño de un restaurante —famosos de tercera generación—, cuando suena el timbre de su casa. Elena no es una persona que reciba visitas, menos todavía visitas no anunciadas.

—Hola, perdona que me haya presentado en tu casa.

Mar Sepúlveda, la madre de Aurora, el último contacto que dejó Aisha, está allí. Se nota que se ha vestido con deseo de agradar: se ha puesto una falda de flores y una blusa blanca, y ha cambiado las zapatillas de deporte por unos zapatos.

—¿Cómo me has encontrado? ¿Cómo has sabido que vivía aquí?

—Te he seguido. Ya sé que está mal. ¿Puedo entrar?

Elena le franquea el paso, tal como Mar hizo cuando Zárate y ella se presentaron en su pequeño piso de la plaza del Cazador, en Pan Bendito. Le ofrece asiento en el salón y le sirve una Coca-Cola Zero.

—Tú sí que tienes un piso bonito.

—No me puedo quejar, la cisterna funciona. ¿Por qué has venido?

A Mar no le salen las palabras con fluidez cuando trata de ser coherente, solo cuando da inicio a sus teorías desquiciadas: intento de atentado islamista contra ella, persecución por parte de las autoridades, mensajes a través de los presentadores de televisión para que se mantenga alejada de su odiado Ignacio Villacampa.

—No sé si te has dado cuenta —dice como si eso fuera una revelación secreta—. Yo he tenido problemas con las drogas: heroína, cocaína, de todo... Pero ahora estoy limpia.

—Y así debes seguir.

—No es fácil, a veces tengo tentaciones. A veces pienso en meterme un pico y dejarme ir, que se acabe todo. ¿Sabes por qué no lo hago?

—¿Por qué?

—Por mi hija, porque sé que Aurora va a volver un día y quiero que me vea así, serena, sin arrastrarme para conseguir mi dosis. Nunca lo he logrado durante mucho tiempo, ahora llevo seis meses limpia. Sé que se sentiría orgullosa de verme así.

Hijos que decepcionan a los padres y madres que decepcionan a los hijos... Hombres con la cara picada que se llevan a un hijo y le arrebatan la vida. Si fuera objetiva, Elena diría que no ha tenido la oportunidad de decepcionar a su hijo, tampoco la de sentirse decepcionada por él. Pero ¿cómo ser objetiva con un hijo?

—Por eso le pido que la encuentre, por favor. Para que mi hija vea que lo voy a hacer todo por ella.

—Lo voy a intentar.

—¿De verdad? Se lo pregunto porque he pedido ayuda a mucha gente, pero a mí nunca me ayuda nadie.

En esas palabras hay un poso de patetismo que cala en Elena. Se nota triste cuando Mar se va. Decide que no puede quedarse en casa y rebozarse en su desesperanza. Se vuelve a vestir, va al karaoke. Es viernes y está lleno: grupos de chicas que cantan «La chica yeyé», grupos de amigos que cantan «El tractor amarillo». Ni siquiera pide una canción. Un joven se le acerca.

—¿Qué coche tienes?

—He venido en metro.

No es para ella. No tarda ni diez minutos en aparecer otro.

—Un Toyota Rav 4.

—Vamos.

Mañana, cuando le sirva su tostada con tomate, Juanito estará enterado de su nueva visita al parking de Didí. No sabrá que lo ha hecho solo para anestesiarse. Para no pensar en la culpa por soltar la mano de su hijo en la plaza Mayor, en el horror de que su hijo se haya convertido en un tentáculo más de la Red Púrpura.

Capítulo 18

Los Volvo asignados a la brigada son más cómodos, más rápidos y más seguros que el Lada de la inspectora Blanco. Zárate, que es quien conduce, no deja de insistirle en ello.

—Sí, un coche moderno es más cómodo que un Lada soviético y cantar en *Operación Triunfo* es mejor que hacerlo en un karaoke de barrio, pero a mí me gustan las cosas cutres y antiguas —reconoce ella.

El pueblo de Soto del Real no siempre se llamó así; hasta 1959 se llamaba Chozas de la Sierra, pero a los vecinos les parecía un nombre denigrante y aprobaron el cambio en un referéndum en el que se decidía entre Soto del Real, Alameda de la Sierra y mantener el antiguo. Ganó el más aristocrático de los tres.

A finales del siglo XX, en 1995, se construyó la prisión que ha dado fama al pueblo, un centro mastodóntico con capacidad inicial para dos mil reclusos, dotado con piscina, pistas de baloncesto, fútbol sala y balonmano, gimnasio, un módulo para estudiantes universitarios...

—Si me meten en la cárcel, que sea en esta —bromea Zárate.

—Lo tendré en cuenta y se lo diré al juez. ¿Has visto la foto de Nahín?

—Vaya cara de iluminado. Pero es de hace años, cualquiera sabe cómo está ahora. No creo que los peluqueros de la prisión le hayan conservado esa melena.

Se equivocaba Zárate al dudar de los peluqueros de los presos. Ante ellos hay un hombre de melena leonada, con más canas que en la foto de su detención, pero con aspecto de estar muy cuidada.

—¿Aquellos vídeos? ¿Usted se cree que se puede meter a alguien en la cárcel por aquellos vídeos? Menos mal que esto se acaba. Mi abogado está seguro de que me soltarán antes de fin de año y podré volver a dormir tranquilo. No todos lo logran, ¿verdad, inspectora?

—¿Por qué me dice eso?

—Por nada. ¿Quién, al llegar a cierta edad, es capaz de dormir con la placidez de un niño? Díganme, ¿para qué han querido encontrarse conmigo?

—Casto Weyler, ¿le conoce usted?

—Claro, él me ayudó.

—¿A vender sus vídeos pornográficos? —pregunta Zárate.

—Qué desagradable es usted —Nahín le mira con desprecio—. Yo no vendí esas imágenes, las liberé. Logré que esos jóvenes alcanzaran la felicidad, dejaran atrás sus ataduras para encontrarse con la fuerza telúrica.

—¿A través del sexo?

—Lo único que nos une a Dios y a la vida. Liberé las imágenes de internet para que todos pudiéramos ver que era posible alcanzar un estado de conciencia superior.

—Y de paso, cobró —insiste Zárate.

—Aléjese de este hombre —Nahín clava los ojos en Elena.

Elena se revuelve inquieta, no entiende la antipatía que ha surgido entre los dos.

—Volvamos a Casto Weyler.

—Casto es otro ser superior, capaz de salvar los obstáculos que la mezquindad pone en el camino de los que queremos cambiar el mundo. Pero no quiero hablar de él. Sé que pretenden encontrar en mis palabras argumentos para condenarle por cualquier motivo que se les haya ocurrido, y yo no los daré.

—¿Qué sabe de la Red Púrpura?

—Hace años oí hablar de eso. No sé quién estará detrás, pero estoy seguro de que tiene el aura negra, muy negra, negra azabache.

No han conseguido sacarle ni una palabra más. Zárate todavía protesta cuando llegan al coche.

—¿Este cenutrio es el fundador de una secta? No dice más que gilipolleces.

—Lo que asusta es pensar en la cantidad de gente que ha reclutado con sus tonterías —reflexiona Elena.

Suena su teléfono y Zárate observa cómo a Elena se le va ensombreciendo el rostro.

—¿Comisaría de Carabanchel? En una hora estamos allí.

Cuelga y mira a Zárate con gravedad.

—Ignacio Villacampa, el político, salía de prestar declaración en el juzgado por un escándalo de corrupción. Lo han agredido a la salida.

—¿Quién?

Elena toma aire, como si le costara un esfuerzo enorme completar la información.

—Mar Sepúlveda, la madre de Aurora.

Capítulo 19

Hace solo unos meses que Ángel Zárate abandonó la comisaría de Carabanchel para incorporarse a la Brigada de Análisis de Casos. Todavía lo conocen todos los compañeros destinados allí y debe pararse a saludar a cada paso. Elena puede ver la admiración y la envidia de los que se acercan, uno de los suyos está en la BAC: un orgullo.

Los recibe el inspector Martínez.

—No sé qué influencias tiene la detenida, pero ha venido a defenderla Manuel Romero. Os está esperando en la sala de interrogatorios.

Todos han oído hablar, y generalmente bien, de Manuel Romero. Es un abogado importante, de los que aparecen en los juicios más mediáticos, pero que no ha olvidado sus orígenes humildes; procede de un pequeño pueblo del sur y estudió la carrera gracias a becas y ayudas. Dedica parte de su tiempo a defender a gente sin recursos.

—Buenos días, inspectora, mi defendida no se ha quedado tranquila hasta que ha sabido que la habíamos llamado.

—¿En qué situación está?

—No ha sido un ataque grave, ha esperado a don Ignacio Villacampa a la salida de la Audiencia Nacional y le ha arrojado un huevo. El problema es que le ha dado de lleno en la frente.

—¿La van a dejar en libertad?

—Dentro de dos horas hablo con el juez, espero que pueda marcharse a casa. Aunque siendo Villacampa el director general del Servicio para la Infancia y la Familia, un político importante... Y no es la primera vez que Mar Sepúlveda intenta agredirle, está obsesionada con ese hombre.

—Lo sé. ¿Puedo hablar con ella?

—Por favor, será mejor que lo haga a solas —se excusa el abogado para marcharse.

Mar lleva la misma falda de flores que cuando se presentó en casa de Elena, no tiene síntomas de haber bebido o de haber consumido nada, parece tranquila.

—¿Por qué has hecho eso, Mar?

—Tenías que haberlo visto —fanfarronea Mar—. El huevo le dio en toda la jeta. Se tiró al suelo como si le hubiera caído una bomba atómica encima. Los que iban con él ponían caras serias, pero yo creo que se estaban descojonando.

—No tiene gracia —Elena interrumpe sus carcajadas—. No puedes ir tirándole huevos a la gente. Tu abogado dice que no es la primera vez.

—Pero es la primera vez que le doy. Le caía la yema por el careto.

—Puede que no te dejen en libertad. Ayer me decías que querías que tu hija Aurora se sintiera orgullosa de ti. ¿Crees que se va a sentir orgullosa si estás en la cárcel?

Mar se pone seria.

—No, claro.

—Pues no hagas tonterías.

—Si no hago esto, nadie me escucha. Ese hombre fue el que hizo desaparecer a Aurora y a Aisha, solo haciendo esto van a escucharme.

—Lo único que va a pensar la gente es que estás loca y que él es un hombre bueno que tiene que lidiar con personas que no están bien de la cabeza. ¿Crees que podrás ayudar a tu hija desde un manicomio?

Mar se queda callada, tal vez valorando lo que le dice la inspectora Blanco, tal vez pensando en volver a encontrar a Villacampa y tirarle otro huevo a la cabeza; Elena no consigue averiguar en qué piensa.

—¿Tú me vas a ayudar?

—Ya te he dicho que sí, que voy a hacer todo lo que pueda por encontrar a Aurora.

Al salir ordena a Zárate que se vaya con Chesca a San Lorenzo y que se enteren de qué pasa en ese centro de acogida. Poco más puede hacer.

Es sábado por la tarde y el verano todavía no se ha ido, San Lorenzo está lleno de visitantes y de gente que pasa allí el fin de semana. Chesca conduce directa hasta el centro de acogida, sin necesidad de preguntar o usar el navegador.

—¿Conoces este pueblo?

—Pasé aquí todos los veranos desde que nací hasta hace pocos años. Mi abuela nos prohibía que habláramos con los internos del centro.

—¿Y le hacías caso?

—Nunca tuve ningún interés por hablar con ellos. No necesitaba obedecer, solo hacer lo que me apetecía.

El Centro de Menores de San Lorenzo de El Escorial está en un edificio moderno, sin ningún encanto, no se parece en nada al monasterio que da fama al pueblo. Hasta hace seis meses, su director era Ignacio Villacampa, ahora le ha sustituido una mujer joven, Julia Garfella, que se ha mostrado colaboradora al recibir la llamada de la policía y ha accedido a hablar con ellos aunque sea sábado.

—Conozco los nombres de Aisha Bassir y de Aurora López Sepúlveda, pero a ellas no llegué a conocerlas, ya se habían marchado cuando yo me hice cargo de la dirección del centro.

Hay una treintena de niños y niñas en la residencia. A los pequeños se les busca una familia de acogida, algo que se vuelve muy difícil según van entrando en la pubertad, e imposible cuando son adolescentes. A los dieciocho años abandonan la institución y el Estado se desentiende de ellos.

—A partir de esa edad no tenemos ninguna potestad sobre ellos. Muchas veces desaparecen semanas antes de cumplir los dieciocho y ni siquiera se denuncia. He mirado los expedientes de las dos chicas por las que me preguntan y eso fue lo que sucedió con ellas.

—¿No saben adónde fueron?

—Ya le digo que esto fue hace diez meses, antes de que yo me incorporara, pero no creo que nadie lo sepa. He hecho una copia de sus expedientes para que ustedes puedan llevárselos. Ya lo leerán, ninguna de las dos era un angelito.

—¿Conoció a Ignacio Villacampa?

—Sí. Lo tuve que sustituir. Fue un gran director, gracias a hombres como él algunos de los chicos que pasan por hogares como este tienen un futuro. Él llama personalmente a empresas para conseguirles empleo al cumplir los dieciocho, los ayuda de su bolsillo, logra becas para los pocos que tienen cabeza y ganas de estudiar... Es un gran hombre.

—Pero no ayudó a Aisha y a Aurora.

—Muchas veces estos chicos no se dejan ayudar.

Capítulo 20

Orduño abre la ducha. Ha vuelto a poner el disco de los Kinks en el móvil, pero el ruido del agua apenas deja escuchar los acordes de «Waterloo Sunset». No le importa. Se enjabona mientras la tararea. Sonríe al pensar cómo una canción puede evocar cosas tan diferentes a lo largo de una vida. Hasta ahora, esa música le hacía recordar su adolescencia. Sabe que, desde hoy, «Waterloo Sunset» le llevará a esta última noche en Las Palmas. Rechazó cenar en casa de Marrero con su esposa. Decidió regresar solo al hotel Reina Cristina. Cogió una cerveza en el bar y se sentó junto a la piscina a beber y escuchar música.

—¿Rodrigo?

Orduño no reaccionó al oír su nombre. Ella tuvo que acercarse y tocarle en el hombro.

—¿Qué te dije, Rodrigo? ¿No te vas a girar?

Allí estaba Marina. Llevaba un vestido blanco y se abrazaba a sí misma, la temperatura había bajado con la noche. Sus ojos le parecieron aún más azules que en el avión. Se sentó a su lado sin pedir permiso y se quitó los zapatos de tacón. Estaba agotada, le dijo. Había salido a bailar a una discoteca.

—Creo que he bailado suficiente *reggaeton* para el resto de mi vida.

—Si existe el karma, te has ganado el derecho a reencarnarte en lo que quieras —bromeó Orduño.

—En un oso panda —dijo ella sin dudar, como si fuera algo que hubiera pensado muchas veces—. ¿Sabes que, para no gastar energías, los pandas bajan rodando por las colinas? Me encanta esa idea de vida...

—¿La de rodar por las colinas?

—Soy una perezosa —se rio Marina—. No me digas que nunca te has sentido así de cansado.

Podría haberle contestado que sí. Podría haberle contado la conversación que había tenido con Marrero en el mirador frente al Roque Nublo. De lo harto que estaba. De la sensación de que la vida se le estaba escapando entre los dedos, sin hacer nada, sin disfrutarla de verdad. Prefirió no hacer esas confesiones, aunque se sentía cómodo a su lado. Le gustaba su mirada, su olor, era como una brisa nueva para él.

—¿Qué escuchas? —le preguntó Marina ante su silencio.

—Los Kinks.

Orduño le habló de «Waterloo Sunset» y de la historia que la canción encierra. Cuando Ray Davies, el compositor de la banda, tenía dieciséis años, su hermana mayor, Rene, le regaló una guitarra. Habían crecido en una familia sin recursos y comprar ese instrumento suponía un gran esfuerzo. Esa misma noche, Rene se fue a bailar con unos amigos. Sufrió un infarto y murió en el acto. «Waterloo Sunset» está dedicada a ella. A la vida que podría haber tenido su hermana si no se hubiera apagado tan pronto. Escucharon el tema sin decir nada más. Cuando terminó, la noche de Las Palmas se quedó en silencio. Le habría gustado dar el primer paso, pero tenía miedo al rechazo. Fue Marina quien se acercó a su boca y le besó. Después, subieron a su habitación, presos de la urgencia de la pasión, hasta caer en la cama. Apenas durmieron, como si llevaran buscándose toda una vida y en esas horas tuvieran que recuperar el tiempo perdido.

En la ducha, Orduño no puede evitar excitarse otra vez al recordar la piel de Marina, sus gemidos, cómo clavaba las uñas en su espalda. No se ha dado cuenta de que ella ha entrado en el baño ni de que se ha desnudado. No, hasta que abre la puerta de la ducha y, después de mirar su sexo, le sonríe.

—Me parece que los dos estábamos pensando en lo mismo —le murmura antes de acercarse a él y acariciarle.

102

Orduño se viste y comprueba la hora. Lo más seguro es que Marrero ya esté esperándole en la puerta del hotel. Antes de ir al aeropuerto y coger el vuelo de regreso, tienen tiempo para acudir a un par de sitios por si alguien les da alguna pista sobre el hombre de la mano ortopédica y su acompañante. Marina todavía tiene el pelo húmedo cuando sale del baño y guarda su móvil en el bolso. Por un instante, Orduño ve la sombra de la tristeza en su rostro.

—¿Problemas?

—Mi ex... No es nada —dice ella intentando sacudirse un sentimiento que a Orduño le parece miedo durante un segundo.

—No son ni las ocho.

—Llama a cualquier hora en la que me pueda tocar las narices. Borracho, seguro que estaba saliendo de un puticlub. Menos mal que me he librado de él.

—Tengo que irme a trabajar —le dice después de besarla. Le fastidia tener que marcharse. Le gustaría quedarse encerrado en esa habitación de hotel a su lado. Hacerle olvidar a su ex.

—Todavía no me has dicho a qué te dedicas.

—Soy policía.

—Por favor, no hagas el chiste de «y has sido una chica muy mala».

Orduño y Marina ríen. Le deja la tarjeta de su habitación para que no tenga prisa por marcharse. Él ya no volverá al hotel.

—¿Nos vamos a ver cuando estemos en Madrid? —le pregunta ella.

Orduño se moría de ganas de hacer esa misma pregunta, pero un resabio masculino, forjado a base de citas y citas por internet, le sale al paso.

—Ya veremos —contesta.

Capítulo 21

Los domingos no le gustan a la inspectora Elena Blanco. Las oficinas de la BAC no presentan la misma actividad que otros días y, cuando ve a alguno de sus compañeros trabajando, le embarga la sensación de ser una explotadora: que su vida privada esté suspendida desde hace tantos años no quiere decir que los demás tengan que renunciar a ella. Por eso se han marchado algunos de los hombres y mujeres que ella ha seleccionado a lo largo de los años para la brigada, por eso se marchó Marrero, o Amalia, una de las mejores agentes que ha tenido —a la que sustituyó Chesca—, que ahora se conforma con hacer patrullas en una comisaría en Ávila.

Al salir de casa, se encuentra a los vendedores de sellos y monedas de cada domingo por la mañana en la plaza Mayor, algunos la conocen y la saludan por su nombre. Cuando Lucas era pequeño, desde los cuatro o cinco años, decidió hacer una colección de sellos y todos los domingos su padre y él bajaban a comprar algún sobre de estampillas variadas de poco valor, los muy coloridos de los países africanos eran los que más le gustaban a su hijo. Los vendedores a veces le regalaban algún sello y esos pasaban a ser los favoritos de Lucas; después, ya en casa, él y su padre los ponían en los álbumes y los miraban con lupa, buscando alguna imperfección que los convirtiera en únicos y deseados, en sellos que valieran millones de euros. Todas las semanas Lucas encontraba uno así y le pedía a su madre, emocionado, que lo guardara en la caja fuerte, temeroso de que una banda de ladrones entrara en la casa y le arrebatara sus tesoros.

No vale la pena pensar en cómo habría sido la vida de Lucas si el hombre de la cara picada no se lo hubiera llevado.

Los domingos, Juanito libra y a Elena no le gusta ir a su bar habitual a por sus tostadas con tomate. A Lucas le gustaba que fueran a la chocolatería de San Ginés, sin preocuparse por la cola, y se tomaran un chocolate con churros. A veces tiene la tentación de hacerlo, pero siempre se arrepiente a tiempo. Prefiere parar en cualquier bar que le pille de camino hacia la calle Huertas y pedir su café y su tostada, aunque tenga que conformarse con empezar el día sin su copa de grappa.

En la oficina solo está Mariajo, presa de una actividad inusitada.

—Perdóname, Elena. Necesito solo media hora, en media hora a lo mejor te doy algo que puede ser muy interesante.

Elena se dedica a ver las transcripciones de los interrogatorios, los informes de los vídeos que han elaborado sus compañeros y el resto del personal, a repasar los detalles una y otra vez en busca de algo que se le pueda haber pasado. Le extraña no haber recibido ninguna información del viaje de Orduño a Las Palmas, en este momento debe de estar en el avión de vuelta, es de suponer que mañana hablará con ella y le contará todo lo que haya descubierto allí, si es que hay algo que merezca la pena.

Por fin entra Mariajo en su despacho. Justo cuando Elena iba a abrir la carpeta en la que Chesca y Zárate le han dejado el informe sobre la visita de ayer al Centro de Menores de San Lorenzo de El Escorial.

—¿Has encontrado lo que buscabas?

—No estoy segura, pero creo que sí. ¿Te acuerdas de lo que nos dijo Buendía sobre lo que significaba *nahín* en hindi?

—Me acuerdo de que nos lo dijo, pero no de lo que significaba.

—«Nadie», significaba «nadie». No le di importancia, pero después, mirando el historial de Yarum, pensé que a lo mejor eso también significaba algo.

—¿Y?

—Es una palabra tamil, el idioma que se habla en Sri Lanka. Significa lo mismo: nadie.

Elena sonríe, admira a su equipo. Todavía no sabe qué, pero han encontrado algo.

—Me puse entonces a mirar si había más coincidencias. ¿Te acuerdas de dónde había nacido la secta de Nahín antes de instalarse en Madrid?

—Ni idea.

—En Alicante. ¿Sabes quién estaba empadronado en Alicante en aquella época? Casto Weyler. Pero espera, que hay más. ¿Sabes que los dos, Casto Weyler y José Ramón Oliva, Yarum y Nahín, iban al mismo colegio y a la misma clase cuando eran niños? Ahí me acordé de lo que contasteis de la entrevista con Nahín, que no era más que un charlatán, y de la de Weyler, que era muy listo y controlador. Llegué a una conclusión: el que está en la cárcel es Nahín, pero el verdadero líder de la secta es Yarum. Solo que han cambiado de actividad. Si alguno ha tenido contactos con la Red Púrpura es Casto Weyler, no Nahín.

Elena solo necesita pensar un segundo para decidir que Mariajo está en lo cierto. O que por lo menos es muy creíble.

—Casto Weyler todavía no ha pasado a disposición judicial. Lo quiero en la sala de interrogatorios lo antes posible.

Capítulo 22

Elena espera en la sala cuando un agente hace entrar a Casto Weyler, esposado. Al verse cara a cara con ella, esboza una media sonrisa y levanta un poco las muñecas. Elena le hace un gesto al agente para que le quite las esposas y la deje a solas con él.

—Estaba muy tranquilo en el calabozo, meditando, y de pronto me sacan a empujones. Espero que tenga una buena razón.

—Silencio —ordena autoritaria Elena, antes de continuar más amable—: Ya hablará cuando yo le pregunte.

La inspectora revisa los datos que le ha pasado Mariajo: ha encontrado hasta una fotografía de los dos juntos, de Nahín y Yarum cuando tenían quince años. Están en una piscina municipal, Yarum es más alto y algo, incluso en la foto, dice que es el líder de los dos amigos. Ella no tiene prisa, se demora en leerlo todo y en pensar en ello; mientras, Casto Weyler contiene la curiosidad y disimula un conato de impaciencia. Elena por fin levanta la vista y los ojos de ambos se cruzan.

—Ayer estuve con José Ramón Oliva en la cárcel. Nahín, Yarum... Dos nadies. Qué ingenioso.

—¿Y bien? —Casto trata de que no se le note la sorpresa y lo consigue.

—Me pareció un iluminado. Y no cabe duda de que compone bien su personaje: la melena, esos ojos que te escrutan, una voz de ultratumba... Solo hay algo que no cuadra: su discurso. Es un poco simple.

—No sé por qué me cuenta todo esto.

—¿Sabe una cosa, Casto? No me creo que él convenciera a todos esos pijos de que el amor y el sexo libre liberarían sus almas, de que debían entregarse a orgías cuando él lo decidiera... Algunas de las chicas acababan de salir de los pisos de sus papás en el barrio de Salamanca, en Chamberí, en El Viso... En sus casas había servicio y sus padres eran abogados, jueces, empresarios, hasta un ministro... Seguro que sus madres las llevaban de compras por Serrano y por Ortega y Gasset para regalarles lo que quisieran y que iban a los mejores colegios. Pero ellas se iban a follar con todo el que Nahín les pusiera por delante. No, no me lo creo.

—A lo mejor es que Nahín es más convincente de lo que usted cree.

—No —responde la inspectora—, yo creo que Nahín, como su nombre indica, no era nadie. Que había otra persona que lo ideaba todo y que dejaba que José Ramón usara sus dotes de actor, que no cabe duda de que las tiene.

—Le voy a decir algo que a lo mejor le sorprende. Nahín es una de las personas más tontas que he conocido en mi vida.

—¿De verdad? —intenta sonar burlona.

—Ya sé que no está bien hablar mal de un amigo. Pero ¿quién no lo hace de vez en cuando?

—¿Tan tonto como para suplantar su identidad y comerse él los años en la cárcel?

—Hay una recompensa en el sacrificio, pero eso usted no puede entenderlo. Tiene una gran herida que le impide penetrar en el interior de las cosas. Una herida que la mata poco a poco y que nunca se curará.

Elena se queda sorprendida, no esperaba este giro.

—¿Hay libros que enseñen a hablar de esas patrañas? Se parece usted a las echadoras de cartas del Retiro, que siempre descubren el sufrimiento del cliente —se burla la inspectora.

—Quizá. Pero volvamos a lo importante, a mí lo único que me interesa es cuándo me va a dejar en libertad. Le aseguro que mi casa es más cómoda que sus instalaciones.

—Son los inconvenientes de que te detengan. De momento vamos a acusarle de abuso de menores, por Daniel, de tráfico de vídeos *snuff*, de estafa por el dinero negro... Y me queda tiempo para ponerlo a disposición judicial, seguro que se me ocurren más delitos.

Elena sigue desgranando sus teorías ante Casto. No lo acusa solo de ser el cerebro de todo y de haber dejado que Nahín corriese con las culpas en Soto del Real. También de usar los vídeos pornográficos que grabaron en la secta para introducirse en la Red Púrpura.

—Qué barbaridad —se defiende Casto Weyler—. La Red Púrpura, nada menos.

—Usted es el que vende los enlaces para sus espectáculos.

—Ya se lo dije, vendo enlaces para todo el que me ofrece una comisión. Es lo único que puede usar contra mí. Aceptaré los cargos ante el juez, me pondrá una multa que no podré pagar, porque ya sabe que no tengo dinero a pesar de mi fachada. Así que tendré que pasar unos meses en la cárcel, y ya está.

—No va a ser así, Casto. Voy a encargarme de que le acusen hasta de la muerte de John Lennon.

—Seamos sensatos, inspectora Blanco. Estoy seguro de que podemos negociar, habrá algo que usted quiera a cambio de tratarme de una forma racional.

—Dimas. Quiero a Dimas, el de la máscara mexicana.

—No sé de quién me habla.

—Le dejaré pensarlo. Tal vez se despierte su memoria.

Elena piensa en que es domingo y a lo mejor podía tomarse libre el resto del día. Tal vez acercarse al Retiro, dar un paseo, comer en alguna terraza de Sainz de Baranda. Quizá hasta aprovechar el buen tiempo para leer alguna novela negra de esas que hubo un tiempo que le gustaban tanto. Pero sabe que no lo conseguiría. Tan pronto saliera de las oficinas de Barquillo, las palabras de Casto le golpearían: «Una herida que la mata poco a poco y que nunca se curará». Se siente como si ese hombre la hubiera visto desnuda. Sin maquillaje, sin máscaras que oculten el profundo dolor por Lucas. Se acuerda del informe que dejó sobre la mesa sin abrir, el de la visita de Zárate y Chesca a San Lorenzo. Se obliga a sí misma a volver a su despacho para ver qué descubrieron sus compañeros.

Antes de hacerlo, se encuentra con Mariajo en la zona común.

—¿No te vas?

—Sí, estaba esperando a que terminaras con Yarum. ¿Qué tal ha ido?

—Tus sospechas son ciertas, él es el jefe. Hay que dejar que se cueza a fuego lento.

—Pues nada, mañana seguiremos. Me voy a ir al cine. ¿Te apetece?

—No sé cuándo fue la última vez que me encerré en un cine, pero han pasado años.

—Vente.

—No. Disfruta.

—Hasta mañana, entonces. Y descansa un poco.

—Sí, miro un tema que tengo pendiente y me voy. Hasta mañana.

Elena se sienta, sobre la mesa está la carpeta. Al abrirla, ve unos informes que llevan sendas fotografías cogidas con un clip. Uno de ellos es el de Aisha Bassir. Está sonriendo y tiene los ojos muy grandes. Es la primera imagen que ve de ella sin el sufrimiento de la tortura. No se puede decir que sea una chica guapa, pero tiene la belleza de la juventud y sonríe. El informe describe el lado conflictivo de la joven, las fugas del centro, alguna pelea con otra interna y con una monitora.

El segundo informe, el de Aurora, la hija de Mar Sepúlveda, contiene una descripción muy parecida de su paso por el centro. Pero no llega a leerla, porque al ver la fotografía sufre una sacudida que la deja sin respiración. El rostro de Aurora, sus ojos color miel. La conexión en su memoria es inmediata, un fogonazo que la lleva hasta el vídeo que le mandó su hijo Lucas, las imágenes que se han colado en sus pesadillas: su hijo con un cuchillo en la mano, pidiendo a su madre que deje de buscarle porque no le gustaría saber en qué se ha convertido. Elena no puede olvidar el brillo febril de esa mirada, ni la sonrisa de sádico. Tampoco ha olvidado la expresión de terror de la joven del vídeo. En la foto que ahora mira encuentra una expresión muy distinta, entre desvalida y desafiante, pero no hay ninguna duda. Aurora es la chica a la que torturó su hijo Lucas.

Segunda parte

NADIE

Te lo juro, nadie,
ni siquiera el destino,
nos puede separar.

Pasan horas jugando a las cartas. A la mujer le sorprende que el niño no se aburra nunca. A veces, Lucas echa en el mazo dos cartas superpuestas para que parezca que está poniendo solo una. Ella descubre la trampa y se lo recrimina con una tanda de cosquillas. Le gusta ese niño. Es cariñoso, juguetón. También reflexivo. A menudo se tumba en el catre y se queda mirando al techo pensando en sus cosas. La mujer aprovecha esos momentos para salir a fumar o para dar un paseo y respirar un poco.

El niño apenas se queja del encierro. Es como si hubiera comprendido de golpe cuál es su destino. Al principio quería salir al exterior, preguntaba si podían ir a los columpios o a correr por un parque. Ya no lo hace. Nunca ha preguntado dónde está su mamá. La mujer sabe que esa pregunta le arde por dentro, no es posible que no se la formule cada minuto del día. Pero una especie de orgullo salvaje le impide hacerla en voz alta. No quiere mostrar debilidad, prefiere disimular su sufrimiento.

La mujer también disimula. Le da pena el niño, pero no debe flaquear. Es arriesgado permitirse esa clase de sentimientos. Así que lo trata bien, con cariño y con paciencia, aunque sin llegar a convertirse en una madre suplente. Es difícil marcar los límites en esa primera fase de la convivencia, cuando el niño está asustado y todavía ignora lo que se le viene encima. Ella puede anticipar el camino entero y por eso se entrega a la dulzura de las primeras semanas.

Entra el hombre y se lleva a Lucas. La mujer le reprocha las prisas y le suplica que no lo haga todavía, que lo deje unas semanas más. Es muy pronto, le dice, aún es muy pequeño. De nada sirven sus quejas. Lucas se va con el hombre. Está asustado, pero tampoco mucho, en el fondo le anima la perspectiva de salir de la habitación y cambiar de aires. A los niños les gustan las novedades. Esa ignorancia termina con la escasa resistencia de la mujer, que llora conmovida durante varias horas. El paraíso se ha terminado. El niño ya no volverá a ser quien era, si es que sobrevive.

La noche ha caído hace mucho cuando Lucas regresa de la mano del hombre. Pero ya no parece Lucas. La ropa está ensangrentada y hecha jirones, los nudillos en carne viva. La mirada muerta. Los labios le tiemblan y refulgen en ellos varios puntitos rojos, marrones, violáceos. Un hematoma en la sien derecha le da al rostro un aspecto deforme y aterrador. La mujer se acerca al niño para abrazarlo. Él la aparta con la mano, sin mirarla. Se tumba en el catre y se gira hacia un lado, dándoles la espalda.

—Este niño es la hostia —dice el hombre—. No sabes lo que ha sido.

Unos golpes sordos, regulares, resuenan en la habitación. El niño se está dando cabezazos contra la pared. La mujer intenta acercarse a él, confortarlo, conseguir al menos que deje de hacerse daño, pero el niño la aparta de una patada. Deja a la mujer tirada en el suelo. El hombre se marcha, no le importa lo que suceda a continuación. Horrorizada, ella no puede dejar de mirar a Lucas que, ahora, se golpea la cabeza contra la barra de hierro de la cama.

Capítulo 23

Elena Blanco ha vuelto a Pan Bendito, al lugar donde aparcó su coche la otra vez que estuvo allí, en la plaza del Cazador, que más que una plaza es un callejón sin salida, rodeado de edificios de mala construcción, un lugar deprimente. Busca con la mirada a los dos chicos que le cuidaron el Lada, los que se quedaron con la mitad del billete de veinte que les ofreció Zárate. Tiene la suerte de verlos, se fía de ellos.

—¿Me cuidáis el coche?

—Vale, pero ahórrate la gilipollez de romper el billete —le dice uno de ellos—. Después nos lo das.

—Cincuenta pavos —negocia el otro—, que es domingo y los precios suben.

—De acuerdo, cincuenta.

Respira hondo antes de entrar en el edificio. No sabe lo que le va a decir a Mar. ¿Que su hija está muerta y que la ha asesinado su propio hijo? Tampoco está segura, vio las torturas, pero el vídeo acababa antes de que la mataran, quizá Lucas y el hombre de la cara picada tuvieron compasión y no llegaron al final. Tal vez Aurora siga viva, hasta que no aparezca el cadáver hay que tener esperanzas.

Habría preferido hablar con Mar en la comisaría de Carabanchel, pero ha llamado y le han dicho que la soltaron, que Manuel Romero, el abogado, había conseguido que la pusieran en libertad con una fianza ridícula de seis mil euros.

—¿Y los tenía?

—El mismo abogado se hizo cargo.

Al ser domingo no ha logrado ponerse en contacto con el bufete de Romero, no le ha quedado más remedio que volver a Pan Bendito a buscarla. A ese edificio que le provoca de todo menos serenidad. A ese barrio, que refleja como ninguno la plomiza opresión de los domingos.

El otro día funcionaba el ascensor. Hoy no. Son cinco pisos a pie que Elena afronta con una pereza inmensa. Como siempre que su trabajo la somete a un esfuerzo físico, se dice que quizá deba volver a hacer algo de ejercicio. A la altura del tercero se cruza con un latino, gorra ladeada y cadena de oro encima de una camiseta de baloncesto de la NBA, que baja corriendo y que casi se la lleva por delante, sin pararse ni a pedirle disculpas. En el siguiente descansillo está su madre gritando. Es muy gruesa y lleva una camiseta igual que la del hijo y un pantalón corto tan apretado que no le extrañaría que estallase por las costuras.

—Que tú no te puedes marchar a la calle sin hacer la tarea, Wilson —grita a su hijo sin pudor, sin importarle que allí esté ella.

La mujer, que sabe que su hijo Wilson ya no la escucha, mira a la inspectora sin saber qué hace esa mujer bien vestida en su edificio y, frustrada por Wilson, se mete otra vez en su piso.

Llama al timbre. El otro día Mar tardó mucho en abrir, así que se arma de paciencia. Toca dos o tres veces más sin que nadie responda. Por fin se asoma una señora mayor en la puerta de al lado.

—Mar no está.

—¿Sabe cuándo vuelve?

—Yo no sé nada. Ayer vinieron a por ella y se la llevaron.

—¿Cómo que se la llevaron?

—Ay, Dios, con lo bien que iba —se lamenta la anciana—, pero ayer estaba como antiguamente, como cuando se pinchaba. Pobre mujer. Y pobres sus padres, lo que sufrieron por ella.

La anciana cierra sin más. Antes de subir al coche, Elena llama a Zárate.

—Mar ha desaparecido. Llama a Chesca y poneos a buscarla.

—Elena, es domingo y son las siete de la tarde —se atreve a protestar Zárate.

—Me da igual que sea domingo. Si quieres librar un día a la semana, vuélvete a la comisaría de Carabanchel —contesta con un tono del que sabe que se arrepentirá.

Los chicos han cumplido su palabra y el coche está en perfecto estado. Les da dos billetes de cincuenta, uno a cada uno.

—Para botijos. No os los toméis todos de golpe.

Elena no conoce San Lorenzo de El Escorial tan bien como Chesca y da un par de vueltas inútiles antes de encontrar el centro de menores. Aunque los días siguen siendo calurosos, ha empezado a caer la tarde cuando entra por la puerta; comienza el otoño.

—Buenas tardes, estoy buscando a la directora.

—Hoy no está. ¿Puedo ayudarla en algo?

La mujer con la que se ha encontrado la inspectora se llama Nieves y lleva más de quince años trabajando en el centro.

—¿Conoció usted a Aisha Bassir y a Aurora López Sepúlveda? —pregunta, mostrando su identificación de policía.

—Claro que las conocí. ¿Es que les ha pasado algo?

Diez minutos después están las dos sentadas en la terraza del Croché Cafetín, en la plaza de San Lorenzo, delante de dos tazas de café con leche y un plato con pastas.

—¿Muerta Aisha? Qué pena. ¿Y Aurora?

—No lo sabemos, la estamos buscando —la inspectora Blanco no miente, pero sí oculta parte de la verdad.

—Eran dos chicas rebeldes, todas las que están en sitios como este lo son, es su forma de protestar contra la vida que les ha tocado en gracia. Pero yo creo que no tenían mal fondo, no eran más que dos pobres crías asustadas.

—Me han dicho que se escaparon antes de llegar a la mayoría de edad.

La mujer le cuenta a Elena que se escaparon muchas veces, la última cuando solo les faltaban unas semanas para cumplir los dieciocho, que ella insistió en que lo denunciaran, pero que el director de entonces, Ignacio Villacampa, decidió que no valía la pena.

—La madre de Aurora me dice que Villacampa la tenía tomada con su hija.

Nieves mira a uno y otro lados y le hace prometer a Elena que lo que le diga será confidencial, antes de confesar que a ella no le gusta nada ese hombre.

—Siempre hablan de él maravillas, hasta en la tele he visto que lo ponían como referente a la hora de tratar a los menores con problemas; pero ese hombre a mí no me gusta. Yo creo que no es bueno. Y con ellas dos era especialmente estricto.

—¿A qué se refiere?

—Una vez encontré a Aurora en su cuarto, atada al pie de la cama. Fue el mismo director quien la castigó.

—¿Es un hombre violento?

—A veces hay que tener mano dura con los chicos para que esto funcione. Por ejemplo, la directora que tenemos ahora, doña Julia. Ella es dura, pero yo creo que quiere a los chicos. Don Ignacio no los quería, solo le gustaban los que no le creaban problemas, por no hablar de los medicamentos que mandaba que les suministraran. Los tenía siempre abotargados. No sé si era violento, yo nunca le vi pegar a ninguno, pero he escuchado cosas... No, no es buena gente, inspectora.

Capítulo 24

La heroína ha vuelto a las calles de las grandes ciudades. Tanto Madrid como Barcelona han recuperado la triste imagen de los muertos vivientes que buscan su dosis, que miran al mundo como si solo ellos tuvieran la clave, aunque estén al borde del fin.

—Los nuevos adictos creen que, al no pinchársela, solo fumarla, están a salvo de lo que pasó en los ochenta y los noventa. Es verdad que tienen menos contagios y es más lento, pero al final el resultado es el mismo —les explica Costa, el antiguo compañero de Zárate en la comisaría de Carabanchel—. Además, ha bajado mucho de precio, por ocho o diez euros un yonqui puede meterse su dosis diaria.

En algunos barrios de toda España —la Cañada Real en Madrid, la Mina en Barcelona, las Tres Mil Viviendas en Sevilla, el Puche en Almería, el Príncipe en Ceuta o las Mil Viviendas en Alicante—, la ley la marcan los narcos, la policía solo entra si no le queda más remedio y pertrechada como si fuera a la guerra.

—Hace unos años se decidió que, cuando se desmantelara un punto de venta de drogas en la Cañada Real, se derribaría la casa con excavadoras. En principio era una buena idea —sigue instruyéndolos Costa—, el problema es que los grandes clanes quieren minimizar riesgos y se están expandiendo hacia otros lugares. Barrios que teníamos medio controlados están cayendo en sus manos.

Los grandes clanes de la Cañada —los Gordos, las Niñas, los Emilios o los Fernández-Fernández— están sacando sus intereses de la zona. Compran terrenos en Morata de Tajuña para construir sus viviendas, aprovechan los pisos vacíos de los bancos y los fondos de inversión para darles una patada en la puerta y alquilarlos de manera ilegal a okupas, familias que fueron desahuciadas de pisos muy similares a esos. Son inquilinos que no podrán quejarse a sus caseros si en el piso de al lado, en el mismo descansillo, se pone en funcionamiento un narcopiso.

—En Carabanchel son los Gordos los que se han quedado con el negocio. Siendo grave la situación, no es tan mala como en San Diego, en Vallecas; allí tienen censados treinta y cinco narcopisos en unas pocas manzanas.

En algunas calles del barrio quedan casas bajas con patio. Allí, además de drogas y okupas, hay cría de gallos y de perros de pelea para apuestas. También hay zonas en las que las prostitutas atienden en pisos por unos pocos euros, servicios de quince minutos, sin higiene; expuestas —ellas y sus clientes— a todo tipo de contagios. A muy poca distancia, en Villaverde, se ha hecho famoso el polígono Marconi, donde mujeres y travestis se ofrecen, a veces completamente desnudas, a los automovilistas.

—Y una cosa más, la droga ha copiado la forma de trabajar de las empresas que te llevan la comida a casa. La gente de otros barrios ya no tiene que ir a los supermercados de la droga para comprar, hay servicio a domicilio, con reparto en moto, para que llegue cuanto antes. Así que, suerte —concluye Costa—; la mujer esa que buscáis puede estar en cualquier zona de Madrid, hasta en un chalet de La Moraleja. La droga mueve en España miles de millones de euros al año, tienen dinero para vivir allí si quieren.

Chesca y Zárate están de mal humor. Y esta vez no es porque no se aguanten el uno al otro, es porque van a tener que comenzar a dar vueltas y vueltas un domingo por la noche por Carabanchel, sin saber muy bien qué buscan.

—Por lo poco que me ha dicho Elena, Mar Sepúlveda ha podido recaer en la heroína, aunque llevaba semanas sin meterse.

—Ya nos podían echar un cable tus antiguos compañeros de la comisaría —sugiere Chesca—. Se supone que lo saben todo.

—Si empiezan a dar vueltas los coches patrulla, los Gordos van a saber que estamos buscando algo. En menos de media hora tendríamos a más gente de lo que te imaginas impidiendo que lo encontráramos y recibiéndonos a pedradas. Mejor que sigamos tú y yo solos, sin llamar demasiado la atención.

El primer lugar de los que les ha indicado Costa es lo que los consumidores del barrio llaman la Ventana. La desmantelaron el año pasado, pero dicen que está en funcionamiento otra vez. Se encuentra en la avenida de Abrantes y la policía localizó allí dos pisos en portales contiguos, uno para atender a los compradores y otro como almacén y zona de administración y descanso. Tenían puertas blindadas y cámaras de seguridad instaladas para trabajar en las mejores condiciones. Una ventana daba a la calle, por allí se atendía durante las veinticuatro horas del día a todo el que se acercaba a comprar. Chesca y Zárate aparcan a pocos metros su coche, el Citroën C3 de Chesca que han decidido llevar para que no llame tanto la atención como los Volvo de la brigada.

—¿Y ahora?

—Solo hay una manera de saber si aquí se vende. Comprando.

Zárate se acerca a la Ventana con la idea de comprar lo mínimo, solo una micra de heroína. Toca el cristal con los nudillos, pero nadie sale a abrir. Espera un minuto antes de que alguien le hable desde las sombras.

—Está cerrado, por lo menos una semana. Los maderos están tocando los cojones.

—¿Adónde puedo ir? —Zárate intenta conseguir información—. Mar me recomendó que viniera aquí.

—¿Mar la Comistraja?

Zárate no tiene ni idea, no sabía que Mar tuviera un apodo y no sabe si *comistraja* significa algo que le pueda ayudar a identificarla. Decide jugársela.

—Sí, ella.

—Mar lleva tiempo sin meterse, ya volverá.

—¿La has visto?

—No, hace dos o tres meses que no la veo. Si eres su amigo, ve a la calle de la Guayaba. Ya sabes, donde las casas bajas.

En la calle de la Guayaba es Chesca la que se apea del coche y se acerca a un grupo de hombres que se ha sentado en la acera a fumarse un cigarro.

—¿Mar? Hace mucho que no la veo por aquí. Alguien me dijo que estaba con la metadona. ¿Para qué la quieres?

—Soy su amiga. Bueno, lo fui hace años.

—Ella intentaba no comprar por el barrio, iba en cunda a la Cañada. A lo mejor te pueden decir algo de ella en la Comilla. Allí venden los Gordos, seguro que la conocen.

El resto de la noche lo pasan dando vueltas, por el barrio de la Comilla, por Caño Roto, por la Colonia de los Olivos, por el Alto de San Isidro... En todas partes conocen a Mar la Comistraja, pero en ninguna han sabido de ella desde hace semanas o meses. El proceso de búsqueda no es tan pesado como Zárate pensó al principio. Al lado de Chesca, se ríe, disfruta de estar recorriendo la ciudad y metiéndose en los peores rincones. No ha vuelto a pensar en Elena ni en esa distancia que ella le ha impuesto y que, desde hace tiempo, le hace verla como a una extraña. Como si ya no quedara nada de la mujer con la que, un día, creyó que podría tener una relación.

Vuelven a Pan Bendito, Chesca quiere entrar en una de las casas bajas de la calle de la Guayaba, pero el ambiente alrededor les indica que no debe hacerlo. Están aparcados allí cuando un hombre se acerca a la ventanilla.

—Lleváis toda la puta noche dando vueltas. No os quiero ver más.

—¿Ahora te tengo que pedir permiso para ir donde me salga de los ovarios? —salta Chesca, poco acostumbrada a advertencias como esa.

—Más te valdría —responde el hombre sin alterarse—. Es un consejo de los Gordos. Nadie en este barrio os va a decir nada porque aquí, para vosotros, todo el mundo es mudo, ciego y sordo, ¿estamos? Y si insistís y a alguien se le calienta la boca y habla con vosotros, también estará muerto.

Chesca arranca antes de que Zárate salga del coche a discutir con el mensajero. Aparcan en una zona apartada, junto al cementerio.

—Parece que ha llegado el fin de nuestra aventura carabanchelera.

—Eso parece. ¿Sabes a qué me recuerda este sitio? A uno que había cerca de la Ciudad Universitaria. Tenía un novio que me llevaba allí.

—Todos hemos estado en sitios así de jóvenes —Zárate sonríe al recordarlo.

—¿Hace mucho que dejaste de ir?

—Tanto que no me acordaría de cómo ponerme para no hacerme daño con el freno de mano y la caja de cambios.

—Vamos —dice Chesca a la vez que se quita la camiseta.

—Pensé que me odiabas.

—¿Sabes una cosa que me pone mucho? Tirarme a tíos a los que odio... Espero que no aparezcan los Gordos a cortarnos el rollo.

Más tarde, deciden hacer un último intento de encontrar a Mar. Vuelven a su casa de la plaza del Cazador. El ascensor sigue averiado y tienen que subir andando la escalera. La encuentran tirada en el suelo, entre el segundo y el tercero.

—Llama a una ambulancia —grita Chesca.

Mientras él llama, Mar habla con ella, quizá con las últimas fuerzas que le quedan.

—Aurora está viva, díselo a la inspectora.

Capítulo 25

La ambulancia conduce a Mar al Hospital Clínico San Carlos. Al ser policía, los sanitarios han permitido que Chesca la acompañase, pero una vez allí, los médicos se la han llevado adentro. A los pocos minutos, en el C3 de la agente, ha llegado Zárate.

—¿Has hablado con Elena?

—Sí, está de camino.

No tarda en llegar, viene con la cara desencajada.

—¿Y Mar?

—La han pasado dentro, no saben si va a salir. Una sobredosis.

Elena cabecea, se niega a aceptar esa versión.

—No puede ser, estaba bien.

Zárate trata de confortarla. Él sabe que todos los yonquis pueden recaer, que estar bien es un paréntesis muy precario en la vida de un adicto.

—Siéntate, han dicho que vendrían a avisarnos.

Elena se sienta con aire de derrota. No tiene fuerzas ni para preguntar por los detalles: ¿cómo la han encontrado?, ¿han dado con alguna pista?

—Ha llegado a decirme algo —le anuncia Chesca—. Que Aurora está viva.

Ahora sí, Elena da un respingo.

—¿Qué? ¿Por qué cree eso?

—No lo sé. No le dio tiempo a decirme nada más.

—¿No le preguntaste? ¿Qué clase de investigación has hecho?

—He pasado la tarde del domingo dando vueltas detrás de una yonqui que no sé qué pinta en lo que estamos investigando porque tú no me lo has explicado —dice Chesca, enfadada—. Esa es la mierda de investigación que he hecho.

—Estaba muy mal, Elena —media Zárate—. La encontramos por casualidad, tirada en las escaleras de su casa.

—A lo mejor la llamó por teléfono —aventura ansiosa Elena—. ¿Habéis traído su móvil?

—No, lo estuvimos buscando mientras llegaba la ambulancia, pero no lo vimos. Tal vez lo vendió para comprar su dosis.

—No, no tiene sentido. ¿Por qué iba a recaer? Menos todavía si había recibido una llamada de su hija. Estaba limpia solo para demostrarle a Aurora que la quería.

—Es una yonqui, nada de lo que hace tiene sentido —se desentiende Zárate de las dudas de su jefa, enfadado porque se niega a valorar el trabajo que han hecho.

—Podemos hablar con las compañías de teléfono —propone Chesca, ya más calmada—. Seguro que queda un registro de llamadas en algún sitio. Si vemos las últimas que recibió Mar, puede que encontremos el número desde el que llamó su hija. Si es que la llamó al móvil.

—No es fácil, pero podemos intentarlo. Hay que intentarlo todo —acepta Elena—. Yo se lo pido a Rentero; si la solicitud llega de arriba, será todo más rápido.

Se quedan en silencio, agotados.

Por fin sale un médico a informar. Les cuenta que Mar ha sufrido, como ya sabían, una sobredosis de heroína.

—Una heroína de calidad ínfima. Espero que no sea lo que están vendiendo ahora en la calle; si es así, vamos a tener muchos ingresos más. Normalmente se meten matarratas, pero esto era todavía peor, como si su camello la quisiera matar.

Por un momento Elena piensa en las sospechas de Mar. ¿La han intentado asesinar? Después recuerda el supuesto atentado de Al Qaeda contra ella. Contarles aquello no fue lo mejor para ganarse la credibilidad.

—¿Se va a salvar?

—Cuesta saberlo. Vamos a ver cómo evoluciona. Lo raro es que llegara con vida. Tuvo mucha suerte de que la encontraran.

—¿Podemos verla?

—La tenemos intubada, está en coma. Y ni siquiera sabemos si saldrá.

Elena lamenta su mala suerte. Necesita a esa mujer despierta, siente de pronto que toda la investigación pasa por explorar en esa mente dispersa hasta descubrir un cabo sólido del que tirar. Pero está condenada a la espera. Se consuela pensando en la posibilidad de que Aurora esté viva. Puede que no sea verdad, que fuera solo una fantasía de Mar en medio de su viaje, tal vez, su último viaje. Pero necesita aferrarse a ella como a un clavo ardiendo. Si Aurora está viva, es que su hijo no la mató al final de aquel vídeo. Y si no lo hizo, puede ser que quede algo de humanidad en él, que no sea un asesino. Ha pensado mucho en Lucas los últimos días, sobre todo viendo a los padres de Daniel, la ira de Alberto, el amor desmedido de Soledad, que aparta a un lado la maldad de los actos por los que ellos entraron en la casa de Rivas. Le gustaría ser como esa madre, pero teme no conseguirlo. Si algún día aparece Lucas, no cree que pueda evitar mirarlo como se mira a un ser sin alma.

Capítulo 26

Elena Blanco ya no se pregunta si alguien se fija en sus ojeras o en las huellas de la fatiga en su forma de moverse. Entra en las oficinas de la BAC y nadie nota su cansancio extremo después de una noche en vela. Horas de insomnio que ella encaja como un justo castigo. Su búsqueda desesperada por alcanzar un buen final genera víctimas colaterales. Es consciente del daño que está haciendo a su equipo, a Chesca, a Zárate. En esas noches eternas, su convicción flaquea, como si tuviese la tarea de armar un puzle a sabiendas de que faltan piezas, de que el cuadro resultante será una imagen amorfa, monstruosa. Pero se ha acostumbrado a vivir con ese miedo. El trabajo y la obsesión de encontrar a su hijo la sostienen. Le dan la esperanza de que, cuando llegue al final, el viaje habrá merecido la pena.

—¿Alguna novedad con las cuentas de Yarum?

—Ninguna —asegura Mariajo—. No ha recibido mensajes en ninguna de ellas, aunque parezca raro. Ni de clientes ni de proveedores. Hay que tener paciencia, nadie sabe que está detenido. Si necesitaran sus servicios, contactarían con él. Pero creo que tengo algo.

Mueve el monitor para que Elena pueda verlo.

—¿Te acuerdas de cuando estábamos en aquella casa en Rivas? Comentamos que a veces parecía que iban a hacer algo y después se arrepentían.

—Sí, recuerdo que lo hablamos.

—Creo que he encontrado la causa. Os he editado algunos momentos del vídeo para que lo veáis.

Es verdad que hay muchas veces en las que parece que reciben instrucciones de alguien: van a saltar el ojo de Aisha con un punzón, retiran la herramienta, un torturador aparece con un martillo y le atraviesan la mejilla; van a dispararle a la cabeza, bajan el arma, colocan la pistola en su corazón; van a violarla con un bate de béisbol, apartan el bate, y lo cambian por un rodillo de cocina...

—Sí, es lo que vimos. Pero seguimos sin entender el motivo —Elena asiente.

—Hay otras veces que van a hacer cosas, esperan un poco y no lo abandonan, las cumplen. Creo que hay un criterio.

Todos miran a Mariajo intrigados hasta que ella revela lo que cree haber descubierto.

—Están recibiendo órdenes de fuera. En algún lugar, probablemente un foro en internet, se dan ideas para torturar a esta pobre chica. Ellos se disponen a hacer lo que les piden y están atentos a cualquier sugerencia nueva.

—Joder, cada vez me cae mejor esta gente —explota Chesca.

—Eso explicaría la extravagancia de alguna de las torturas, como la del pájaro en la vagina —admite Buendía—. Si os fijáis, no todas son sexuales, no todas son ultraviolentas, no llevan un orden ascendente de dolor.

—¿Cómo lo interpretas? —se interesa Elena.

—No las ha ideado la misma persona. Atravesar la mejilla con el punzón o cortarle un párpado pueden obedecer al mismo criterio; pero darle una muerte compasiva, con el disparo, o meterle un pájaro en la vagina, no responde a las mismas motivaciones. Son personas distintas con intereses distintos, aunque todo lo hagan los dos torturadores que vemos, ellos solo cumplen órdenes.

—Tiene lógica. Vamos a investigar. Yo hablaré con Casto Weyler. A lo mejor él también vendía la opción de dar instrucciones en la tortura.

Elena ha colocado sobre la mesa de la sala de interrogatorios dos fotografías, de Aisha y de Aurora. Casto Weyler, Yarum, mira los retratos con curiosidad.

—¿Se supone que debo conocerlas?

—La de la izquierda, Aisha, es la chica que asesinaron en el vídeo que te ha traído aquí.

—Supuestamente, no se le olvide decir supuestamente, inspectora. Sabe que no me creo que las maten de verdad, es todo una especie de representación.

—Tenemos su cadáver dentro de una nevera en el depósito. Un cadáver de verdad, no de atrezo.

—Sería una muerte casual —rechaza, despectivo, Casto—. Detrás de todo esto debe de haber hombres de negocios, no salvajes.

—Casual... Con quemaduras, violada, un ojo sin párpado, decenas de heridas y fracturas y un disparo en el pecho. ¿Casual? No, no creo.

Cualquiera que viera la cara de Casto Weyler supondría que lo que oye le desagrada y le hace sufrir, que de verdad es nuevo para él.

—Le repito que no soy responsable. Yo solo vendo servicios en internet. ¿Quiere ver películas que todavía no se han estrenado en los cines? Hable conmigo. ¿Quiere ver el vídeo sexual de una artista de Hollywood que nadie ha visto? Hable conmigo. También puedo facilitarle visionados de polvos de estrellas españolas, incluyendo alguna actriz con un Goya. Es solo dinero. Ah, y si quiere usted tener sexo con personas famosas de verdad, hombres o mujeres, puedo conseguirle un descuento. Se sorprendería si viera el catálogo.

—No estoy interesada en sus servicios, solo en desmantelar la Red Púrpura.

—No va a poder. Olvídelo. Si estas dos chicas están muertas y han sido ellos, lo siento mucho, pero no puedo hacer nada por devolverles la vida. Lo que sí puedo es ayudarla a usted.

—La única forma de ayudarme es darme datos de la Red. ¿Cómo contactan con usted? ¿Cómo les hace llegar el dinero?

—¿Ha oído hablar de los bitcoins y del *blockchain*? El dinero no deja rastro, pero eso son nimiedades, yo quiero que usted y yo tratemos temas más importantes, inspectora.

Yarum mira con fijeza a Elena, casi la atraviesa con la mirada.

—¿Por qué no me cuenta qué le ocurre? No crea que no lo puedo averiguar solo, por muchas puertas que ponga usted para que sus sentimientos no salgan a la luz, no serán suficientes. Hay algo que le preocupa por encima de cualquier cosa en el mundo. ¿Un hijo? ¿Un amante? ¿Es cierto? ¿He acertado?

—¡Cállese! —grita Elena, y se arrepiente de inmediato de haber perdido el control—. Quiero que me diga cómo contacta con usted la Red Púrpura.

—Su hijo o el amor de su vida, por un lado, esa es su inquietud personal, la luz; la Red Púrpura, por otro, esa es su inquietud profesional, la sombra. Son las dos únicas cuestiones que ocupan su mente. Pero su asunto personal es tan potente que no entiendo cómo deja sitio para un asunto profesional. A no ser... Claro, a no ser que su hijo, o su amante, y la Red Púrpura sean lo mismo. La luz y la sombra están íntimamente conectadas. ¿Su marido está enganchado a las *snuff movies*? No, no es eso, es su hijo.

Elena se ha quedado callada, cualquier cosa que diga servirá para que Casto sepa que ha acertado y para perder toda autoridad sobre él.

—¿No es maravillosa la vida? —se burla Yarum—. Cuando parece que no tienes nada a lo que agarrarte, descubres un asa en una de las paredes del pozo. Usted me ayuda y yo la ayudo. Vamos, inspectora, pregúnteme todo lo que quiera saber y negociaremos el precio de las respuestas una a una. Se lo dije desde el primer día, solo soy un ejecutivo que cambia su trabajo por dinero.

—No quiero que me diga nada, solo si estoy en lo cierto en lo que pienso —reacciona Elena—. Tengo claro que la gente le compra los enlaces para ver los eventos de la Red Púrpura.

—Nunca lo he negado —concede Casto.

—Pero hay dos tipos de suscripción: unos son meros espectadores, hay otros que además deciden.

—Como todo en la vida, inspectora. Hay gente que viaja en Turista y gente que viaja en Business. Se parece a lo que usted dice, pero no es exactamente así. No basta con pagar para que se haga tu voluntad. Hay que ganar.

—¿Ganar una subasta? ¿Es eso? ¿Se subastan las torturas?

—Es usted inteligente, inspectora, es agradable hablar con usted. Pero ahora no me deje con la duda. ¿Qué une a la luz y a la sombra? La Red Púrpura, su hijo... Porque se trata de su hijo, ¿verdad?

—Sé que se ponen en marcha subastas con esas torturas.

—¿No es ingeniosa esa línea de negocio?

—Es monstruosa.

—Y poco rentable, si quiere que le diga la verdad. Hay una línea de negocio mucho mejor.

—Dígame cuál.

—Dígame quién le hace sufrir de esa manera.

Elena lo mira con furia. Casto logra dibujar una expresión de empatía, como si fuera un psicólogo o algo más que eso, como si fuera un espejo en el que Elena pueda verse reflejada, una figura que ofrece toda la comprensión del mundo.

—Es mi hijo. Lo secuestraron hace ocho años.

Yarum, porque ahora no es Casto Weyler, se ha transmutado en el líder de la secta, asiente con ternura y casi parece al borde del llanto.

—Lo siento mucho —dice.

—Usted no siente nada. Usted no tiene humanidad.

—Son apuestas.

—¿Qué?

—La gran línea de negocio. Las subastas existen, pero lo que más dinero da son las apuestas.

—¿A qué apuestan? ¿Tanto dinero a que la chica se queda sin ojos?

—Algo así. Y algo mucho más grande.

—¿Qué puede ser más atroz que esto?

—Le estoy dando una pista muy buena; si se le pasa el enfado, la sabrá ver. ¿Quién es el rey de las apuestas? ¿Quién necesita siempre más para saciar su adrenalina?

Elena piensa. No se le ocurre nada.

—Piense.

—Un ludópata.

—No me insulte, esa palabra no describe con precisión la figura de la que estamos hablando.

—Un psicópata.

—Un ludópata es Andoni, ¿sabe de quién hablo? No sé su apellido, pero le llaman Kortabarría. Y tiene algo de psicópata, a lo mejor encaja en el perfil.

—¿Por qué me da ese nombre?

—Porque usted me ha dicho que el gran trauma de su vida es su hijo, y yo la creo. Los hijos no son como soñamos. Yo tuve uno, ¿sabe? Digo que tuve, y no que tengo, porque nunca lo he conocido. Su madre me apartó de él. Vive con ella, en Alicante. A veces provoca mi ira no haberlo podido abrazar, pero, en el fondo, creo que su madre ha hecho bien alejándolo de mí.

—¿Me está diciendo que ese hombre, Andoni o Kortabarría, tiene algo que ver con la Red Púrpura?

—No debería haber hablado de mi hijo, siempre que lo hago me pongo triste. Quiero volver al calabozo. No voy a decirle ni una palabra más.

Elena sale a la calle Barquillo y camina hacia las Salesas. Allí, en un pequeño parque, se sienta en un banco. No es la primera vez que oye ese apodo.

Kortabarría era un tipo al que estaban investigando cuando Lucas desapareció. Recuerda que tuvieron un soplo de apuestas ilegales que jugaban absolutamente con todo, y al parecer uno de los principales organizadores era ese hombre, apodado Kortabarría. Su nombre real es Andoni Arístegui. Recuerda que Orduño se infiltró en ese ambiente. Pero toda la investigación se vino abajo cuando secuestraron a Lucas. Ella se quedó sin fuerzas. Se marchó de la BAC. Meses de paranoia y locura, la ruptura con su marido..., hasta que regresó a su puesto. Para entonces, esa investigación ya se había abandonado. Y ahora encaja las piezas. Ha visto cuál es el tipo de víctimas a las que acude la Red: Aisha, Aurora, dos chicas sin familia, que nadie reclamaría..., pero Lucas no era así. Lucas, en realidad, desapareció para destruir a Elena. Lo secuestraron para apartarla del caso Kortabarría porque, aunque ella aún lo ignoraba, esa investigación tenía que ver con la Red Púrpura. Tomar conciencia de que su hijo fue secuestrado por su culpa hunde por completo a Elena. Recuerda el vídeo que le mandaron en el que Lucas se había convertido en un torturador. De alguna forma, ella es responsable de que acabara así...

Un mendigo, al verla llorar, se le acerca.

—Señora, ¿puedo ayudarla en algo?

—No, gracias. Tenga.

Saca un billete de cincuenta de la cartera y se lo da.

—Coma bien por un día, un buen filete.

Se aleja. Aunque a veces sea insoportable, la vida sigue: tiene que encontrar a Kortabarría y ha quedado en verse esta tarde con Rentero.

Capítulo 27

Dry Martini by Javier de las Muelas, así se llama el último sitio al que le gusta ir a Rentero por las tardes, a tomar una copa antes de volver a casa. Está en el hotel Gran Meliá Fénix, en la calle Hermosilla, junto a la Castellana, al lado de la plaza de Colón. Antes de llegar a la coctelería, Elena ha tenido que entrar en el baño y retocarse el maquillaje para que el comisario no notara sus lágrimas de hace unos minutos a pocos pasos de allí. No le va a hablar de Kortabarría, aún no.

—¿Me permites por una vez recomendarte algo en vez de uno de esos aguardientes que te gustan? Por mucho que le pongan un nombre italiano, es una cazalla, como las que toman los peones camineros.

—Prefiero mi grappa, Rentero.

—Qué difícil es enseñar al que no quiere aprender...

Él se ha decidido por un cóctel, un Noche Jerezana: Pedro Ximénez viejo, Mahou negra helada, un *twist* de naranja, pimienta Sechuán, pimienta rosa y nuez moscada. A Elena le sirven una copa de Elisi, una grappa de la destilería Berta, del Piamonte, de color ámbar, afrutada.

—Me cuentan que has mandado a tu gente a San Lorenzo, a hacer preguntas sobre Villacampa —abre el fuego el comisario.

—Qué rápido circulan las noticias. Todavía no he decidido si Villacampa es buena o mala persona cuando tú ya estás al cabo de la calle de todo.

—Villacampa es, a todos los efectos, una buena persona.

—¿Es una orden?

—Como si lo fuera. Villacampa está ahora mismo metido en un proceso judicial y nosotros no vamos a intervenir, ni a favor ni en contra. Por si fuera poco, en cualquier momento le nombran ministro y nos conviene llevarnos bien con él. No es que sea una buena persona, es que es una bellísima persona. Cuéntame cómo está el caso. También me han dicho que habéis encontrado un cadáver en Gran Canaria y os lo habéis traído.

—¿Qué fue de aquellos tiempos en los que se podía mantener una investigación reservada? —protesta Elena.

—Murieron cuando se inventó internet. Los que los conocimos somos unos viejos al borde del asilo, adáptate a los nuevos tiempos. Ahora todo se sabe y todo tiene consecuencias. Debo saber qué ha pasado por si algún periodista viene a preguntarme.

Un hombre atractivo, bien trajeado, de unos cuarenta años, con semblante simpático y agradable, se acerca a ellos. Elena lo reconoce de inmediato de la televisión. Rentero ni siquiera procura hacerlo pasar por un encuentro casual, es una encerrona que él mismo ha preparado.

—¿Inspectora Blanco? Soy Ignacio Villacampa. Supongo que los dos teníamos ganas de conocernos.

—Y yo sobro aquí —Rentero se levanta y se despide—. Llamadme cuando acabéis. Estaré junto a la barra, terminándome mi cóctel y leyendo el periódico. No sé cuánto hace que no podía leer el *Marca* con tranquilidad.

El recién llegado es un hombre de mundo, muy acostumbrado a agradar y a desenvolverse en cualquier ámbito.

—¿Está tomando una Elisi? Creo que yo tomaré lo mismo.

Elena no es tan inocente como para creer que ha identificado su bebida. Está segura de que le ha preguntado al camarero antes de acercarse.

—Bien, inspectora, aquí me tiene, para que me pregunte todo lo que quiera. No sé si sabe que se habla de mí para el Ministerio de Sanidad, prefiero contestarle en persona a que aparezca la noticia de que me está investigando en cualquier panfleto de esos que circulan por la red.

A Elena le cuesta recomponerse, pero enseguida va a lo que de verdad le importa.

—¿Recuerda a Aisha y a Aurora?

—Perfectamente. Dos adolescentes de esas que nos llevan a pensar que ningún trabajo que hagamos tendrá recompensa. Las dos se comportaban en el centro de manera agresiva, conflictiva. Por no hablar de Mar, la madre de Aurora. No sé si sabe que el otro día me atacó a la salida del juzgado. Me dio con un huevo en la frente.

—Según ella, se lo tenía bien merecido.

—¿Ha conocido a muchos yonquis, inspectora? Yo creo que solo hay algo que los caracteriza a todos: son unos mentirosos, mienten cuando aseguran a los suyos que los quieren, cuando prometen que van a dejar la droga, cuando juran que están limpios. Mienten, mienten, mienten... Mar le mentía a su hija Aurora y ella, mientras era niña, la creía. Después, en algún momento, dejó de creer en ella y la perdimos. Estaba llena de rabia, de rencor. Una vez hubo que atarla a la cama porque amenazó con prender fuego al centro.

—Supongo que alguien que ocupa el puesto que usted tenía debe estar preparado para que los adolescentes den problemas.

—Aisha y Aurora se iban a veces de fiesta —Villacampa ignora el comentario de Elena—, tardaban varios días en volver. Le aseguro que sus compañeros no las echaban de menos. La vida era mucho mejor para todos cuando ellas no estaban cerca.

—Entonces usted se alegró cuando se marcharon definitivamente.

—No le voy a decir que fuera un disgusto para mí. Tampoco para el resto de los habitantes de esa casa. A enemigo que huye, puente de plata. ¿No es así el refrán? No se crea las historias de Mar, no son más que patrañas de una mujer que debería estar recibiendo tratamiento psiquiátrico. ¿Le ha contado lo del atentado de Al Qaeda? Si no fuera patético, tendría gracia.

—¿No sabe adónde fueron las dos tras salir del centro?

—No lo sé con seguridad, aunque me temo que, si está usted preguntándome por ellas, no han tenido un destino grato.

—Aisha está muerta. No sé si Aurora también.

—Lo siento, no soy un monstruo y me afecta tener noticia de la muerte de esas pobres chicas. Pero no puedo decirle que me extrañe lo que me dice.

—Aisha ha sido salvajemente torturada por una organización que se llama la Red Púrpura. Su muerte ha servido de espectáculo para unos canallas.

La cara de pesar de Ignacio parece sincera.

—Qué horror. ¿Cómo llegaron a eso?

—Pensé que usted podría indicarme sus pasos fuera del centro.

—¿Ha leído algo sobre los adolescentes desaparecidos en España? Son más de los que se piensa.

—¿Adónde van a parar?

—Si yo lo supiera, no los consideraría desaparecidos. No hay nada más ingrato que tratar con esos chicos. Se lo digo yo que he dedicado parte de mi vida a intentar sacarlos del pozo.

—¿Lo ha conseguido alguna vez?

—No siempre, pero con una sola vez que se logre, merece la pena. Hay chicos que aprovechan las oportunidades y otros que no lo hacen. No le voy a mentir, no suele ser una sorpresa cuáles están en un grupo y cuáles en otro. Aisha y Aurora tenían el destino marcado desde años antes de abandonar el centro. No se puede culpar a nadie. Así es la vida.

Cuando Villacampa se despide de Rentero y de Elena, el comisario se queda todavía unos minutos hablando con ella.

—¿Y?

—Todo lo que dice parece sensato, lo que no quiere decir que sea verdad.

—Olvídate de él, Elena. No levantes una alfombra cuando no te interesa ver lo que hay debajo...

Capítulo 28

Esta mañana, Orduño se habría levantado a las seis para hacer una hora de ejercicio, ducharse, desayunar y estar a las ocho en punto en las oficinas de Barquillo. En lugar de eso, se ha quedado remoloneando en la cama con Marina, le ha llevado el desayuno y los dos lo han comido entre las sábanas, se ha tenido que dar una ducha rápida y ha llegado a la BAC con un cuarto de hora de retraso respecto al horario habitual. Cuando ha entrado, ya estaban los demás reunidos en la sala.

—Buenos días, Orduño, llegas a tiempo —le recibe Elena—. Pasa, nos viene bien tu presencia.

Sus compañeros han leído en diagonal el informe de sus pesquisas con Marrero. Ya sabían que no habían llegado a nada concreto. Ninguno le ha preguntado qué tal le ha ido en Canarias. Por qué retrasó un día su vuelo de regreso.

Elena les está contando las sospechas —que parecen confirmadas— de Mariajo al ver el vídeo de la muerte de Aisha. Las órdenes desde fuera para dar instrucciones de lo que se le debía hacer a la chica, las torturas iniciadas y no terminadas...

—Yarum, Casto Weyler, me ha confirmado que hay clientes que pueden decidir lo que se le hace a la chica, pujando en una especie de subasta siniestra. Pero además me dijo que lo que más dinero da son las apuestas.

—¿Apuestas de qué tipo? —pregunta Orduño.

—No lo sabemos. Pero nos ha dado un nombre que conocemos desde hace tiempo: Andoni Arístegui, Kortabarría.

Orduño no siente nada, pero esperaba que un escalofrío le recorriera la espalda: Kortabarría es la única persona a la que él tiene verdadero pánico.

Entre Buendía y Elena cuentan a los nuevos el caso en el que tuvieron relación con Kortabarría. Fue hace años y estaba relacionado con una red de apuestas ilegales: carreras de coches en dirección prohibida por la carretera de La Coruña, amaños de encuentros deportivos, ruletas, timbas que terminaban de vez en cuando con un deudor muerto...

—Hubo un actor famoso que les debía dinero al que sacaron de la carretera de Burgos con el coche. Un aviso de lo que podría ocurrir si no pagaba.

El organizador de la red era Andoni Arístegui, apodado Kortabarría. Le llamaban así porque había llegado a jugar al fútbol en segunda división y, al parecer, recordaba a un famoso jugador de la Real Sociedad con ese nombre. A Andoni lo retiró del deporte una cardiopatía, desde entonces se dedicaba a las apuestas.

—La cardiopatía era muy severa. Hace años, cuando tratamos con él, ya era raro que estuviera vivo. Por lo visto, es verdad eso de que bicho malo nunca muere: ahí anda, dando guerra todavía.

—Orduño es el único de nosotros que llegó a conocerlo en persona —dice Elena.

—Si lo que pretendes es que me infiltre en el mundo de las timbas clandestinas, mi respuesta es no —dice Orduño.

A todos les extraña que se muestre tan tajante.

—Si es necesario, lo harás —responde Elena.

—No. No voy a volver a hacerlo. Sabes muy bien los problemas que me trajo esa investigación.

—Tú te habías ganado la confianza de Kortabarría, eres el más indicado para llegar a él.

—No pienso hacerlo. Lo siento, Elena, pero tengo que pensar en mí.

—¿Te estás negando a seguir una orden?

—Así es. Si tengo que dejar la brigada, lo haré.

—Si esa es tu posición, quiero hoy mismo tu renuncia sobre mi mesa —zanja Elena, para sorpresa de los demás—. Y esto es un aviso para todos, en la brigada hay que estar al cien por cien; el que quiera estar a medio gas no tiene sitio.

No es hasta más tarde, a solas con Buendía, cuando Zárate se entera de lo ocurrido años atrás. Orduño se infiltró en las timbas clandestinas en Madrid, conoció a Andoni Arístegui, hizo un buen trabajo, pero lo pagó personalmente: acabó enganchado al juego que trataban de combatir, se gastó sus ahorros y dinero que pidió prestado, durante meses solo pensaba en apostar, hasta que el mismo Buendía se dio cuenta y lo ayudó a salir de ese mundo.

—Tuve que llevarlo a psicólogos, hasta lo alojé en mi casa para tenerlo controlado. Desde entonces, Orduño no juega, no ha echado ni una moneda en una tragaperras.

—Si yo fuera él, tampoco me arriesgaría. No sé cómo Elena no lo entiende.

—Puede que no sepa hasta dónde llegó su adicción. Fue cuando... —duda si debe seguir, pero lo hace—. Fue cuando lo de su hijo.

Un silencio se hace entre los dos, como siempre que surge el fantasma del hijo de Elena. Zárate recuerda la cicatriz de la cesárea que le llevó a indagar. Esa ausencia pesa como una condena sobre la inspectora. Un trauma que, poco a poco, la está alejando de la gente que la rodea, que la empuja a la soledad, a la autodestrucción. Y aun así...

—Sé que aquello la dejó marcada —se decide a afirmar—, pero eso no le da barra libre para olvidarse de que los demás también somos personas.

—Elena, quiero hablar contigo.

Zárate no va a buscar a Elena en el karaoke, no va a posponer esta conversación; necesita avisarla de que está cometiendo un error.

—No puedes tratar así a la gente.

—Este es un equipo de élite, muchos policías ahí fuera se pelearían por pertenecer a la Brigada de Análisis de Casos. No hay sitio ni para los que no cumplen órdenes ni para los que no están a gusto aquí. Ya ha pasado antes, ha habido otros compañeros que se han marchado, tú mismo conociste a Marrero en Canarias. No es nada grave, la BAC sigue funcionando.

—¿Estás usando la brigada para algo personal?

La pregunta de Zárate deja a Elena paralizada unos segundos. Le cuesta dar con la respuesta adecuada porque, tal vez sin pretenderlo, Ángel ha hurgado en la herida. Apenas escucha lo que le dice después. Nombra a su hijo. ¿Es posible que su desaparición tenga algo que ver con el comportamiento de Elena en los últimos meses? Un ruido que ella decide cortar enérgica.

—Sal de mi despacho, Zárate. Ahora mismo.

Capítulo 29

Chesca y Orduño toman unas cervezas en el Café de Belén. Está cerca de la oficina, es discreto y pueden hablar tranquilos. Chesca no sabe cómo convencer a Orduño para que no abandone la BAC.

—Ya sabes que Elena funciona a base de calentones. No se lo tengas en cuenta.

—No, Chesca, es peor que eso. Elena nos trata como si fuéramos piezas de un engranaje. Para ella no somos personas. Ha perdido por completo la capacidad de empatizar.

—Está nerviosa por la investigación, entiéndelo.

—En la vida hay cosas más importantes que una investigación. Tú no sabes lo mal que lo pasé, todavía no estabas en la BAC. Pero Elena sí que lo sabe. Y no le importa ponerme en riesgo con tal de que averigüe cualquier gilipollez.

—Eso fue hace mucho tiempo.

—No juego. Pero un ludópata nunca está curado.

—Es verdad que Elena ha sido muy dura —concede Chesca.

Orduño desgrana sus recaídas, las peores vivencias del infierno que vivió. Siente el deseo de contarle su romance con Marina, que empezó en un hotel de Las Palmas y continúa en Madrid, con esa luz extraña y mágica que tiñe los comienzos amorosos. Quiere compensar todo lo que le ha contado, la pesadilla de su adicción al juego, con un relato más cálido. Le gustaría decir con una sonrisa que Marina, en ese momento, le está esperando en su piso, que decidió retrasar su vuelo para volver con ella porque estaba harto de dejar pasar la vida, porque ha vuelto a ser feliz como no lo era desde no se acuerda cuándo. Pero ve entrar a Zárate y lamenta la interrupción que se va a producir, la ruptura de ese espacio sagrado que forman dos amigos intercambiando confidencias.

—Menos mal que os encuentro. Buendía me ha dicho que podíais estar aquí.

—¿No te ha dicho que nos gusta estar solos? —le recibe, agresiva, Chesca.

—Vengo en son de paz.

Está seguro de que puede conseguir que Elena se piense lo de la renuncia de Orduño, ha hablado con ella y la ha notado enfadada, sí, pero también un poco arrepentida.

—No voy a infiltrarme otra vez en la red de Kortabarría, no voy a volver a pasar por lo mismo —Orduño se mantiene firme.

—Me infiltraré yo —dice Zárate.

Orduño lo mira con escepticismo.

—Tú no conoces a Kortabarría. ¿Te has movido alguna vez por esos ambientes?

—He perdido kilos y kilos de garbanzos jugando con mi primo los veranos en Comillas —Zárate intenta sonreír.

—¿Sabes jugar al póker?

—Sí, sé jugar tanto Texas Hold'em como Omaha.

—No es lo mismo jugar cara a cara que en internet.

—Quiero ayudarte, Orduño. Y a Elena le ha parecido bien.

—¿De verdad?

Zárate asiente. Chesca le da un codazo amistoso a su compañero.

—Tiene sentimientos. ¿Qué dices ahora?

Orduño se queda mirando a Zárate.

—Te lo advierto: no es lo mismo jugar con garbanzos que con dinero.

Zárate recorre Madrid en compañía de Chesca y Orduño. Esta vez no es Carabanchel, se mueven más por el centro y la zona norte. Orduño lleva años sin meterse en ambientes de juego y algunos han desaparecido, pero otros siguen allí: un chalet al lado de Alberto Alcocer en el que suelen jugar futbolistas profesionales, actores, empresarios...

—Este es el más sofisticado. Aquí no hay cosas raras y es difícil acceder. La gente viene, juega y paga sus deudas. Es muy extraño que haya movidas: alguna cazafortunas que intenta venir a asuntos que no tienen que ver con el juego y poco más.

El sitio donde más le gustaba jugar a Orduño está cerrado, era un local de la calle Menéndez Pelayo, muy cerca del Retiro, que se ocultaba como escuela de póker.

—Partidas de gente que sabe, de profesionales que se presentan a torneos. De vez en cuando despluman a un pringado, pero suelen ser buenas partidas.

En Bravo Murillo, pasado Cuatro Caminos, por el barrio de Tetuán, están las timbas más peligrosas: pisos a los que van los más enviciados, con prestamistas que embaucan a los jugadores para seguir jugando cuando han terminado con sus fondos.

—Estoy seguro de que habéis oído historias de gente que se ha jugado el piso, la empresa o hasta a la esposa. Yo nunca lo he visto, pero si ocurre en algún lugar, es aquí.

—¿Y Kortabarría?

—Andoni no tiene un lugar fijo, organiza partidas una vez al mes más o menos. No va cualquiera, te tienen que invitar y hay que hacer un ingreso muy alto, por encima de los cien mil euros, en una cuenta corriente. Además, se quedan una parte solo por organizar la partida.

—¿Cómo podemos enterarnos de cuándo es la próxima?

—Haré un par de llamadas. Ahora me voy a casa, me están esperando.

—¿Quién te está esperando?

Orduño se siente cogido en falta. Marina ha ocupado un lugar tan importante en su vida que le cuesta comprender que no lo note todo el mundo, que no se transparenten en su piel las emociones o incluso los momentos que comparte con ella. La curiosidad de Chesca es imparable. Él empieza a desgranar su enamoramiento con timidez, le cuesta hablar ante Zárate de temas personales, pero acaba contándolo todo.

—No sé si fue Marina o la conversación con Marrero, allí, en mitad de la isla... Pero todo esto me ha abierto los ojos. Pasamos tanto tiempo rodeados de lo peor del ser humano que nos olvidamos de que no todo el mundo es así. ¿Qué le está ocurriendo a Elena? Cada día cuesta más reconocer en ella a la persona que era. Y, un día, nos sucederá lo mismo a nosotros.

Capítulo 30

En los días difíciles, Elena solo encuentra paz en el Cheer's. Hoy están allí algunos de los mejores cantantes y ella prefiere quedarse en uno de los sillones, escuchándolos, tomándose su grappa y pensando. Tiene la sensación de que su equipo se le va de las manos, justo cuando más los necesita: Chesca está respondona, Orduño parece dispuesto a abandonar la BAC, Zárate le exige explicaciones que, aunque él merezca, no está dispuesta a dar. Solo Mariajo y Buendía siguen a su lado con los ojos cerrados. Este es el caso que más le interesa de todos los que ha llevado en su carrera y está bloqueada, sin saber hacia dónde tirar, en lugar de apoyarse en los suyos, los ahuyenta.

Ve entrar en el karaoke a Zárate, no le apetece nada hablar con él —con nadie, en realidad—, pero se obliga a poner buena cara.

—¿Has decidido cantar? Te pega que te guste Camilo Sesto.

—Vengo a hablarte de Orduño. No puedes permitir que se vaya.

—Yo no obligo a nadie a quedarse en la brigada. Si él no quiere estar, tiene la puerta abierta.

—¿Cómo una persona tan inteligente como tú puede estar tan ciega? La brigada son ellos. Eres tú, es Buendía, es Mariajo y son ellos, no te desprendas de la gente así como así, cometerás uno de los mayores errores de tu vida.

—¿Para eso has venido? ¿Para decirme eso? Supongo que ya puedes irte.

—No, hay algo más: mañana en la reunión vamos a proponer que sea yo el que se infiltre en las partidas de Kortabarría, con la ayuda de Orduño. Te lo digo para que no te pille por sorpresa y para darte la oportunidad de proponerlo tú, como idea tuya. Así todos pensarán que los tienes en cuenta y los aprecias.

—¿Y si no estoy de acuerdo?

—Eres la jefa y se hará lo que digas. Pero perderás a un buen efectivo y tal vez el respeto de los demás.

—Gracias por los consejos. Espero que sean gratis, ¿o tengo que pagar?

Las palabras las pronuncia con amargura. Antes de irse, Zárate remata su maniobra.

—Te dejo sola, que es como te gusta estar. Ah, ya les he dicho a Orduño y Chesca que me habías anticipado todo esto. Ahora no me dejes con el culo al aire.

Esta noche le pesa la casa vacía. Las ausencias se hacen casi palpables: Lucas, su exmarido, incluso su madre, a la que hace casi un año que no ve. Huecos que, en otro tiempo, estaban ocupados y en los que ahora no hay nada. No suele encontrar valor para hacerlo, pero se adentra por el pasillo hasta el cuarto que perteneció a su hijo. Abre la puerta y enciende la luz: lo ha conservado tal y como él lo dejó. Le provoca un escalofrío ver sus juguetes infantiles, su ropa. La sensación de vacío se hace aún más poderosa. Piensa en sus compañeros, los que fueran también sus amigos o incluso algo más, como Zárate, y, al hacerlo, le parecen fantasmas que se desintegran. Un día llegará a las oficinas de la calle Barquillo y tampoco allí habrá nadie. Saldrá a las calles de Madrid y las encontrará desiertas, sin el tumulto, sin el caos de voces y ruidos que le hace sentir en casa. Decide mitigar el vértigo de ese abismo con grappa hasta que se queda dormida en el sofá del salón. Completamente sola.

A la mañana siguiente, Juanito está de mal humor. Es fácil notarlo: hace mucho ruido colocando los platos y las tazas, pone a funcionar el molinillo del café con su barullo estridente y desagradable, se aleja tras dejar la tostada con tomate sobre la barra, le da un vaso de agua sin hielo.

—Venga, Juanito, que el hielo es gratis.

—No hay nada gratis, todo cuesta dinero.

—Eso será en Rumanía, aquí el hielo del vaso de agua es gratis. ¿Qué te pasa? Eres el único que no se había enfadado conmigo esta semana.

—No es contigo, es con mi jefe, que es un capullo.

Juan, el jefe de Juanito, no es el hostelero más simpático de España, hay días que saluda y días que no, lo mismo trata a los camareros a gritos que va a Rumanía a asistir a sus bodas o apadrina a sus hijos y los ayuda a sacar los papeles para que no tengan problemas. Elena le tiene por un hombre brusco, pero buena persona.

—¿Qué te ha hecho?

—Todo tiene que ser como él diga. Aunque no tenga razón. El que está todas las mañanas en la barra soy yo. ¿No sabré yo lo que quieren los clientes? Pues nada, él, erre que erre.

A Elena le apasiona el conocimiento de las expresiones más antiguas de Juanito: erre que erre.

—Ahora, que le digo una cosa, inspectora: me han hecho una oferta para coger en traspaso mi propio bar en Pueblo Nuevo. Como me siga tocando las narices, me voy. Ya verá cómo me echa de menos.

Elena piensa, mientras saca el Lada del garaje y va hacia Barquillo, en Juan, en Juanito y en el bar de Pueblo Nuevo. En lo que van a echar de menos Juan y ella misma a Juanito. Espera que el jefe no meta la pata y le deje marchar. Se alegraría de que a su camarero favorito le fuera bien, pero se quedaría sin lugar para desayunar. Un hueco más en su vida. Sabe que no es muy distinto de lo que está haciendo ella con sus agentes.

—Anoche vino a verme Zárate y me propuso ser él quien se infiltrara. Me dijo que tú le habías ayudado, Orduño. No era mi idea, pero me convenció, así que vamos a trabajar para conseguirlo. He metido tu renuncia en la trituradora de papel.

Nadie dice nada, como si fuera normal ver cambiar de opinión a la inspectora Blanco, pero hay en sus rostros un alivio evidente.

—Hemos tenido suerte —anuncia Orduño, soslayando el tema—. Kortabarría organiza una partida mañana jueves.

—¿Podemos conseguir que me invite? —se interesa Zárate de inmediato.

—Que te invite es fácil, es una partida de tanto dinero que no van a poner muchas trabas a nadie que lo tenga. Son ciento cincuenta mil euros. Hay que ingresarlos y esperar a que digan el lugar de la timba.

—¿De dónde sacamos ciento cincuenta mil euros? —Elena plantea la gran pregunta.

—Infiltrarse en la mayor red de timbas ilegales de Madrid no es fácil, o pones dinero o no consigues plaza ni de camarero.

—Bien, supongamos que conseguimos el dinero. ¿Qué hacemos?

—No lo sé, tenemos que pensarlo —reconoce Zárate—. El póker no nos interesa, pero necesitamos meternos ahí para que nos inviten a otro tipo de apuestas.

No es seguro, ¿hasta qué punto puede fiarse de Casto Weyler? Ha sido él quien le ha insinuado que hay que llegar a Andoni Arístegui para acceder a la Red Púrpura, pero no deja de ser la palabra de un detenido, de un hombre que se gana la vida vendiendo entradas para ver muertes y torturas de adolescentes. Solo hay algo que le obliga a tomar riesgos sin tenerlo todo controlado: si es verdad que

Kortabarría la puede llevar a lo más recóndito de la Red Púrpura, también puede conducirla hasta su hijo Lucas, y tal vez pueda impedir que más chicas como Aisha mueran. Que todavía no sea tarde para Aurora.

—Pensad en el operativo —acepta—, yo me encargo del dinero.

Capítulo 31

No es fácil reunirse con Rentero si no es él quien concierta la cita, Elena tiene que esperar casi media hora hasta que su secretaria le permite entrar en su despacho. No recuerda haber ido al edificio de la calle Miguel Ángel dos semanas seguidas desde que él ocupa ese despacho.

—¿Ciento cincuenta mil euros para jugar al póker? Debes de haberte vuelto loca —se escandaliza Rentero.

—No es para jugar al póker, es para infiltrarse en una banda que organiza timbas clandestinas y que creemos que también participa en las torturas de la Red Púrpura; a través de ellos se decide lo que se les van a hacer a las chicas.

—Sí, muy bonito, pero con esos ciento cincuenta mil euros lo que se va a hacer es jugar al póker.

—Tienes fondos reservados.

—Tú has visto mucho la tele. No, no hay fondos de los que sacar ese dinero para apuestas. La respuesta es no. Y no insistas.

—No puedes pedirme resultados si no me das medios.

—Si no fuera absurdo, te pediría que fueras al despacho del ministro y se lo contaras. Estoy seguro de que te daría el dinero de su bolsillo —Rentero desprecia la propuesta.

En la familia de Elena ser policía no es una tradición, nunca había habido una antes de que ella, para escándalo generalizado, decidiera serlo. Lo que sí es tradición es tener dinero y Elena es la única heredera de dos familias que disponen de todo lo que quieren desde hace siglos. La familia de su padre, los Blanco, tiene participaciones en un gran banco —su padre fue miembro del consejo hasta su muerte— y en grandes empresas, de las del IBEX 35; su madre pertenece a una familia de terratenientes que en las últimas décadas cambió muchas de sus fincas por pisos en el centro de las ciudades más importantes. La única de las herencias que ha aprovechado Elena, que siempre ha presumido de vivir de su sueldo, es el piso de su abuela en la plaza Mayor. Con el dinero que le va llegando de las inversiones, Elena no hace nada: va al banco y allí se encargan de moverlo en acciones, carteras de valores, inmobiliarias o lo que sea. Ella nunca saca ni un euro.

—¿Ciento cincuenta mil euros? Sí, claro que dispone de ellos, señora Blanco. Puede llevárselos ahora mismo en efectivo, pero tardaríamos al menos una hora.

En una banca privada, la suya está en Serrano, sin letreros en la puerta, todo son facilidades para los clientes. Cuando entró, se cruzó con un chico joven cuya cara le resultaba muy familiar; ahora, mientras habla con el director, se ha dado cuenta de que era un jugador muy importante de la selección española de fútbol, uno que juega en el Barcelona pero que, al parecer, las inversiones las hace en Madrid.

—No, no me los quiero llevar en efectivo, quiero que se transfieran a una cuenta que todavía no le puedo indicar. Probablemente en bitcoins. ¿Es posible?

—Todo es posible.

Las criptomonedas son una realidad y los bancos no quieren dar la espalda a ese nuevo negocio. Como siempre, las primeras fueron las entidades suizas, como el banco Maerki Baumann, pero el ejemplo cundió rápido. El director pide que pase al despacho su experto en bitcoins. Él será el encargado de explicarle a Elena cómo se llevará a cabo la transacción. Ella apenas atiende a los datos técnicos y guarda silencio cuando le recuerdan que, una vez se realice el cambio de moneda, se perderá el rastro del dinero. Es la primera vez que Elena usa su dinero personal para una operación, espera que sea útil.

Orduño y Zárate están encerrados en una de las salas de la BAC. Nadie que los viera con las barajas de cartas y las fichas delante pensaría que se trata de trabajo, que están preparándose para una operación en la que se jugarán una fortuna en una timba ilegal.

—Supongo que ya has oído lo que siempre se dice, que si a los diez minutos de estar jugando no has identificado al pringado de la partida, preocúpate, eso es que el pringado eres tú.

—Tiene gracia —se ríe Zarate.

—Pues no te vale para nada. En la partida de mañana, el pringado serás tú y todos se darán cuenta enseguida. Solo vamos a intentar que no te desplumen demasiado deprisa. A ver, el póker es un juego de estrategia, no de suerte.

—Y de que te salgan buenas cartas.

—Eso es lo de menos. Tú tienes que hacer la mejor jugada posible con las cartas que te salgan. Ganar o perder depende de lo que hagan los demás; jugar bien o mal, no. Cuando te den las cartas tienes que calcular tus posibilidades, reconocer cómo apuestan los demás, cuándo se echan faroles... Y, sobre todo, que nadie note si estás contento con tus cartas o no, hay que esconder las emociones.

—Cara de póker. Venga, ¿barajamos?

—Solo una cosa antes. No te enfades, nunca. Si te enfadas, lo mejor que puedes hacer es levantarte de la mesa y servirte una copa. Jugar enfadado es la mejor manera de perder hasta la camisa.

Durante las siguientes horas, mientras los demás compañeros se ocupan de ingresar el dinero en la cuenta que les han indicado, esperar a que les informen del lugar de la partida y preparar el operativo con el que podrán hacer seguimiento de todo lo que ocurra, Orduño y Zárate juegan una mano tras otra.

—¡Elena! Tengo la dirección de la timba —anuncia Mariajo.

Se reúnen alrededor de la mesa de la hacker. En la pantalla de su ordenador, fotografías de un viejo chalet en El Plantío, cerca de la avenida de la Victoria, por detrás de las vías, a la altura de la carretera del Monte del Pilar.

—La zona es buena para nosotros, podremos instalarnos cerca sin llamar la atención.

—Ve a decírselo a los tahúres. Estamos en marcha.

Capítulo 32

Cómo cambia la vida en apenas unos días: Orduño está deseando llegar a casa. El viernes pasado, el día que viajó a Las Palmas, todavía pensaba que lo más importante del mundo era la BAC, disfrutaba si Chesca le proponía tomarse una caña al salir de las oficinas, iba al gimnasio, muchas veces se llevaba algún expediente para leerlo con atención y tenerlo anotado y aprendido por la mañana. Su única distracción, los días que no decidía quedar con alguna mujer a través de una app, era ver la tele, a ser posible una serie policíaca. Intentaba hacer oídos sordos a ese dolor que crecía dentro de él, a la creciente necesidad de escapar del círculo vicioso del trabajo. Pero ahora está deseando entrar en su apartamento y que Marina salga a recibirle con un beso.

Se mandan varios wasaps a lo largo del día, hablan un par de veces; aunque la ha llamado al salir de la oficina y ella no le ha contestado, tal vez estaba dando alguna clase de boxeo, pilates o algo así, tiene que aprenderse sus horarios para no resultarle molesto o inoportuno... Hoy ella ha estado en su antiguo apartamento para coger algo de ropa, cosas de aseo... Cuando aterrizaron en Madrid, fueron directos a la casa de Orduño, y desde entonces, sin hacer demasiados planes ni preguntas, ella ha dormido allí todas las noches.

Sería un inconsciente si no tuviera dudas con Marina. Ella siempre lleva pulseras en las muñecas, muchas pulseras, de cuero, de tela, de colores; nunca se las quita... Anoche, mientras dormían, se le echaron hacia atrás y él pudo ver que no las usa solo porque le gusten: sirven para tapar cicatrices inequívocas en sus muñecas. Entonces, pensó en aquella primera intuición que tuvo en el avión; la sensación de que estaba huyendo. No le ha preguntado y no le va a preguntar, algún día se lo contará ella si quiere. Él tampoco le ha dicho todo, no le ha hablado de su antigua adicción al juego. Lo hará, pero no todavía, cuando llegue el momento.

Ayer tuvo que acompañar a Chesca y a Zárate para que vieran dónde estaban los locales en los que se organizaban timbas, esos que conoció tan bien en otros tiempos, y se retrasó, por eso hoy tiene tantas ganas de ver a Marina. No lo hizo por la brigada, lo hizo para ayudar a dos compañeros. Antes de volver a casa, dejó sobre la mesa de la inspectora Blanco su carta de renuncia, hoy ella la ha roto. Se ha alegrado, pero sabe que es algo temporal, él no va a seguir mucho tiempo allí, sin horarios, sin días libres... Cuando acaben con el caso, redactará otra vez la carta de renuncia y no se echará atrás, será irrevocable.

Mientras va en el metro a casa —él prefiere no llevar su propio coche—, se nota inquieto: ha pasado toda la tarde jugando al póker con Zárate. Aunque no hayan apostado dinero, ha vuelto a sentir la emoción de intentar engañarle o pillar sus faroles, de esperar con ansiedad un descarte, de levantar las cartas para ver si su jugada era mejor o peor que la de su contrincante. A pesar de lo mucho que ha sufrido por el mundo del juego, reconoce que le apasiona. No hay nada más emocionante que ese instante previo a que la bolita caiga en el número de la ruleta o al de levantar la carta. No puede ni imaginarse lo que tiene que ser apretar el gatillo sin saber si la bala está en la recámara, como en aquella película que vio, la del grupo de amigos norteamericanos en la guerra de Vietnam. Le intriga, pero está seguro de que nunca lo probará.

Tiene que reorganizar su vida, sus horarios de deporte, sus ratos de ocio con Marina, conseguir que el trabajo ocupe un espacio razonable y que no lo llene todo.

—Hola, estoy en casa —anuncia.

Nadie sale a recibirle. No ocurre lo que él esperaba, lo mismo que sucedió ayer, que Marina llegue corriendo desde el salón y salte, rodeándole con las piernas, para que él la coja en vilo, la bese, la abrace, le permita ver esa sonrisa y esos ojos que son, ahora mismo, lo que más le gusta en el mundo. Lo que en otro tiempo fue la brigada. Ha dejado una nota pegada con un imán en la nevera: «No he podido llamarte porque he perdido el móvil y no me sabía tu número. Me he tenido que quedar en mi apartamento para recibir a una amiga que viene de fuera de Madrid. Mañana hablamos. Te quiero, te quiero, te quiero...».

Por lo menos le dice que le quiere y eso compensa la frustración de no haberla encontrado en casa y, según parece, de no verla esta noche. Marca de nuevo su número de móvil, por si tuviera suerte y lo hubiera encontrado, pero le salta el buzón. Ahora entiende por qué no se lo cogió cuando antes de salir de la oficina le iba a avisar de que llegaría pronto.

Mira en la nevera, no tiene nada. No lo tenía antes de ir a Las Palmas y ni él ni Marina han encontrado el momento para ir a la compra. Tendrá que bajar al bar de la esquina para cenar algo.

Mientras se come un pincho de tortilla —es lo mejor que tienen allí—, escucha la música de las máquinas recreativas. Las ignora, como se ha acostumbrado a hacer los últimos años. Pide la cuenta, en las vueltas vienen un par de monedas de un euro, no pasa nada por echarlas a la máquina, así se quita el gusanillo de haber estado jugando al póker sin dinero toda la tarde...

Capítulo 33

Elena llama a Chesca a su despacho. La joven agente sabe lo que le va a preguntar: por Orduño. Esta mañana no ha aparecido, le han llamado y no ha cogido el teléfono. No es normal, es jueves, el día de la partida de Andoni Kortabarría, y tienen una operación importante en marcha, si alguien puede ayudar a Zárate, darle consejos y hablarle del vasco es Orduño.

—No sé dónde está —asegura Chesca, preocupada—. Yo también le he llamado media docena de veces. Le he dejado varios mensajes en el contestador, pero no me contesta.

—¿Le pasa algo?

Chesca no quiere traicionar la confianza de su compañero, pero sabe que algo va mal, que debe decirle a Elena lo poco que sabe.

—Orduño conoció a una mujer en el viaje a Las Palmas.

—¿Y?

—Pues que creo que se está replanteando su vida entera —añade con una mueca, como si fuera una tontería.

—El viaje a Las Palmas fue este fin de semana. ¿No es muy pronto para replantearse nada? Bueno, cada uno tiene sus ritmos. Intenta localizarlo.

La partida se ha convocado a las diez de la noche. Seis antes, a las cuatro de la tarde, se reúne toda la Brigada de Análisis de Casos, excepto Orduño, que no ha aparecido, para cerrar la operación.

169

—Tenemos dos furgonetas blancas, sin ningún tipo de distintivo, con todos los sistemas de escucha dentro, aparcadas cerca de la casa. Ya están situadas allí: una está en la misma avenida de la Victoria; la otra, en el aparcamiento del restaurante El Descanso. Las dos furgonetas están preparadas para recibir la señal de Zárate y así podremos actuar según lo que escuchemos.

—¿Voy a llevar un micro? —el agente se asusta—. Pueden pillarme.

—Llevas uno que no van a ser capaces de detectar, ni aunque te pasaran un detector de dispositivos electrónicos —explica Buendía—. Son diminutos y están fabricados en Israel; oficialmente no los tenemos, solo los tienen el Mosad y la CIA.

—Pero, aunque no los tengamos, los tenemos —Mariajo sonríe.

—Estamos bien relacionados. El micro va oculto en un botón de la camisa y podemos recibir su señal hasta a quinientos metros.

—Espero que tengáis razón y sea indetectable —Zárate suspira.

—Si quieres ir armado...

—No, no quiero ir armado, yo voy solo a jugar al póker y a intentar ganarme la confianza de Kortabarría. No pienso meterme en ningún lío, ni enfrentarme con nadie, nada... Jugar al póker e intentar ganar, solo eso.

—Bien —aprueba Elena—. ¿Te han elaborado una tapadera?

—Sí —Mariajo pone una carpeta sobre la mesa—. Le hemos mantenido el nombre, para que no haya errores, Ángel Zárate. Empresario, se dedica a organizar viajes para la tercera edad, excursiones al Monasterio de Piedra, a la catedral de Santiago, a Benidorm y sitios así.

—¿Eso da dinero para jugárselo así como así?

—Ni te lo imaginas. Jugarse ciento cincuenta mil euros es una nimiedad para él.

—Para darle opciones de hacerse amigo del objetivo, Zárate también fue jugador de fútbol, aunque no llegó tan lejos como él. Su máximo nivel fueron los juveniles del Moscardó, un equipo de fútbol de la Colonia Moscardó, en el barrio de Usera, aquí en Madrid. Van vestidos como el Atlético de Madrid, solo que con medias azules.

—Me lo he estudiado todo, me sé hasta el himno del club —sonríe Zárate.

Le enseñan a Elena una fotografía de Zárate con el uniforme del Mosca.

—Parece real —aprueba ella.

—Es casi real, en realidad soy yo, lo que han cambiado es el color del uniforme. Fui jugador en el equipo de la policía cuando estaba en la Academia. Pero era muy malo.

—Ni sabía que teníamos equipo. Una cosa que me preocupa —prosigue Elena—: si tienes tanto dinero y te gusta el póker lo suficiente para jugarte ciento cincuenta mil euros en una sola noche, ¿cómo es que ninguno de los aficionados al juego te conoce?

—Ahí tenemos que confiar en mi capacidad de persuasión y en que se crean mi historia. No jugaba porque le prometí a mi esposa no hacerlo cuando nos casamos. Y ahora nos hemos divorciado. Cumplí mientras ella siguió a mi lado, ahora estoy liberado.

—Yo no me lo creería.

—Tú eres mujer, policía, inteligente... Esperamos que Andoni Arístegui no sea tan perspicaz.

—Si ha llegado a jefe de lo suyo, tonto no puede ser, sea lo que sea lo suyo.

—Yo me creo mi historia, estoy convencido de que puedo conseguir que se la crea cualquiera.

—Está bien, dejemos de lado esto. Ahora pongámonos en lo peor, que las cosas salgan mal.

Mariajo saca una carpeta más, llena de planos de la zona y de la casa donde va a tener lugar la timba.

—Si fuera necesario intervenir, tendremos apoyo de los Geos, estarán estacionados y convenientemente camuflados a una distancia de poco más de un kilómetro de la casa, en el Club Internacional de Tenis. Desde que los llamemos hasta que puedan estar en el lugar de la timba pegando tiros no pasarán más de cuatro minutos.

—Bien —aprueba la inspectora Blanco—. ¿Han estudiado los planos de la casa?

—Los tienen desde ayer; antes de la reunión nos han dicho que no nos preocupemos, que podrían entrar sin problemas aunque los accesos a la vivienda estuvieran protegidos por una compañía entera de los Marines.

—Cómo les gusta exagerar. Parece que está todo bien, vamos a prepararnos todos. Zárate, ven a mi despacho, hablaremos a solas.

Zárate tiene claro que no debe convertirse en un héroe; que si esta noche surge algún contratiempo, no debe intervenir.

—Descuida, no tengo madera de mártir.

—Eso espero. No son las partidas de póker lo que nos interesa, son las otras apuestas, las que tienen que ver con la Red Púrpura, que te inviten a jugar el dinero en eventos que para ellos merezcan de verdad la pena.

—Te lo dije antes: lo único que pretendo esta noche es jugar a las cartas y ganar. ¿Es verdad que el dinero es tuyo?

—Eso da igual.

—Intentaré no hacerte perder demasiado...

Elena se queda sola, no quiere precipitarse y le dará la oportunidad de que se explique, pero el día de la operación más importante de los últimos tiempos, uno de sus agentes, Orduño, no se ha presentado en las oficinas de la BAC.

172

Capítulo 34

No pueden desearle suerte en persona antes de entrar en la casa donde se celebra la partida porque los miembros de la brigada están metidos en las furgonetas desde dos horas antes de que Zárate llegue al lugar. Lleva vaqueros, camisa blanca a la que se ha cambiado uno de los botones por el micro de los israelíes y una americana azul. Se ha probado y el micrófono funciona a la perfección. Él mismo se detiene a saludar tras bajar del coche, a pocos metros de entrar en la casa.

«Buenas noches, vamos allá. Deseadme suerte.»

Todos escuchan cómo le abren la puerta y una mujer le da la bienvenida.

«¿Su nombre?»

«Ángel Zárate.»

«Perdónenos, señor Zárate, tenemos que comprobar que se trata de usted.»

Suponen que Zárate está enseñando el DNI para que comprueben que está en la lista de invitados. Aunque hayan conservado su nombre, el DNI no es el verdadero, pero lo ha hecho la misma policía: imposible descubrir que se trata de una falsificación.

«Aquí está. Gracias —vuelve a decir la voz femenina—. Tenemos que comprobar que no lleva armas, ni dispositivos de escucha. Por favor...»

Todos contienen durante unos segundos la respiración. Ha llegado la hora de saber si los miles de euros que pagaron a la empresa israelí que vendía los micros estuvieron bien invertidos.

«Muchas gracias, señor Zárate, puede entrar —respiran todos tranquilos en la furgoneta—. Espero que las cartas le sean propicias y que usted lo pase bien.»

La chica que le ha atendido en la entrada era una verdadera belleza, con nivel para participar en algún concurso de Miss España, y también lo es la siguiente que se le acerca.

—Señor Zárate, vengo a entregarle sus fichas. Puede cambiarlas en las mismas mesas de juego.

Le entrega doce fichas cuadradas de color rojo, cada una con un valor de diez mil euros: ciento veinte mil euros; lo que falta hasta los ciento cincuenta mil que ingresaron en la cuenta que les dieron es la comisión de los organizadores, tres fichas más, treinta mil euros. Por ese dinero tiene derecho a todo lo que ve: la partida, las copas, el bufé que hay en una mesa y quién sabe si hasta los servicios de las bellísimas chicas y chicos que lo atienden todo. Uno de ellos se acerca a él.

—¿Le puedo ofrecer una copa de champán, señor Zárate?

—Gracias.

—Es un Louis Roederer Cristal, espero que esté a su gusto.

—¿Louis Roederer Cristal? Los hay con suerte —se ríe Mariajo en la furgoneta—. Seguro que me toca infiltrarme a mí y me ponen uno de tetrabrik.

Todos secundan su broma con risas. Han pasado un día difícil: los nervios de la operación, los últimos preparativos, la ausencia de Orduño...

—Me encantaría ver lo que Ángel está viendo —suspira ansiosa Elena—. Me muero de nervios oyéndolo sin ver nada. ¿Por qué los israelíes no inventan otro botón que sea cámara?

—Seguro que lo han inventado. Otra cosa es que seamos capaces de pagarlo —se escucha la voz de Buendía, que está en la otra furgoneta.

174

Zárate ve una sala lujosa, muy grande, con dos mesas de juego. Ya hay algunos hombres sentados en cada una de ellas —reconoce a algunos de haberlos visto en la tele: actores, cantantes, deportistas—, charlando tranquilos con los crupieres, pero las partidas todavía no han empezado. En varias zonas del salón hay butacas, una barra a la que puede acercarse a pedir lo que quiera y una mesa con un variado surtido de comida: canapés, quesos, jamón... En cada una de las cuatro puertas que se ven en la sala hay dos hombres grandes como armarios. Son ocho en total y es de suponer que van armados. Fuera habrá otros tantos, no sabe Zárate si la afirmación de los Geos de que no tendrían problemas para entrar no es más que una chulería. Mejor que no haya líos y no le toque comprobarlo.

—¿Señor Zárate? Es usted al único de los asistentes al que no conozco. Me llamo Andoni Arístegui. Todo el mundo me conoce como Kortabarría.

—¿Como el jugador de la Real?

—Dicen que me parecía y que jugaba como él, pero lo tuve que dejar muy pronto. ¿Es usted futbolero?

—Mucho, pero solo llegué a jugar en juveniles, en el Mosca —Zárate disimula su interés en la conversación con Kortabarría: gordo, tanto que cuesta pensar que algún día vistió de corto en un campo de fútbol, el organizador de la timba respira ruidosamente y se sonríe al oír el nombre del Moscardó.

—Un clásico del fútbol madrileño, me alegro de conocerle. Seguro que a lo largo de la noche tenemos ocasión de charlar un rato.

—Me encantará.

—Y mucha suerte en la mesa, que disfrute.

Zárate casi puede sentir cómo un suspiro de alivio rompe el silencio de la furgoneta, el primer contacto con el hombre que les interesa se ha producido y él se ha desenvuelto muy bien. Ya queda menos para cumplir con sus objetivos de la noche.

—¿Se va a sentar usted a jugar? —se dirige a él otro de los jugadores. No lo reconoce, tal vez sea un empresario, lleva un Rolex de oro espectacular.

—Es mi primera vez en una partida así, prefiero mirar un poco. No quiero que me desplumen antes de tiempo.

—Eso está bien, hay que ser prudente. Pero no se olvide de que ha venido a divertirse, no se lo piense mucho. Se puede empezar despacio, al tran tran. A mí, si le soy sincero, me da igual ganar que perder, como decían en el *Un, dos, tres,* he venido a jugar...

Después de dos horas de escuchar a los crupieres, las exclamaciones de los jugadores y los comentarios sin poder ver las cartas y sin saber si Zárate gana o pierde, la vigilancia en las furgonetas se vuelve monótona. De buena gana saldrían a estirar las piernas, algo que no pueden hacer porque no quieren que nadie vea que los vehículos están ocupados y se pregunte por el motivo de que esa gente esté allí.

—Me muero de ganas de mear —protesta Chesca.

—Pues ya sabes, hemos traído orinal. Lo más que puedo hacer por ti es mirar para otro lado —ofrece Buendía.

Zárate también se levanta de la mesa y le dice a una camarera que quiere ir al servicio. Ella avisa a uno de los hombres que cuidan las puertas y él le acompaña; se queda en la puerta esperando a que salga. Una vez dentro, Zárate le habla al micro.

«Os diré que es bastante aburrido esto del juego, pero que voy ganando siete mil euros.»

—¡Idiota! —exclama Elena—. ¿Y si ellos también tienen un micro en el baño?

Tiene razón la inspectora, pero no pueden advertir a Zárate de su error, solo desear que no lo repita y que los de Kortabarría no hayan puesto micros en la casa.

Cuando Zárate vuelve a la sala, sin dejar de ser vigilado por el guardaespaldas, le aborda el anfitrión, Kortabarría.

—Me dicen que está usted ganando.

—Muy poco, siete mil euros.

—Hay gente que no lo gana en un mes —se ríe el vasco.

—Tiene razón... ¿Usted no juega?

—No hoy; hoy me toca estar atento a todo. ¿Le apetece una copa? Julio, el barman, hace los mejores *gin-tonics* de España, como los del Dickens, en Donosti.

—Eso no me lo pierdo.

Los dos se acercan a la barra, es el momento que esperaban en la furgoneta, el momento en el que Zárate tiene que ganarse su confianza y conseguir toda la información posible.

—Julio, ponle un *gin-tonic* a don Ángel. Y a mí ponme un medio *gin-tonic,* que no me quiero emborrachar. Si va a seguir jugando de inmediato, se lo llevan a la mesa —ofrece al policía.

—No, prefiero tomarme un respiro —Zárate aprovecha la ocasión de charlar con él—. Me gusta la moda de los medios *gin-tonics.*

—Para el aperitivo son lo mejor. Y cuénteme, ¿a qué se dedica usted?

—Tengo una agencia de viajes.

—No parece que le vaya mal, pensaba que ahora todo el mundo se sacaba los billetes de avión en internet.

—Me dedico a las excursiones de la tercera edad: una mina de oro, amigo...

—Me alegra oír que hay negocios que siguen funcionando bien.

—No se puede quejar usted del suyo. Aquí estamos unos doce jugadores, a treinta mil de comisión por cada uno, si no me equivoco, salen trescientos sesenta mil en una noche. Ni con las excursiones de los viejos se gana tanto.

—Hay muchos gastos: camareros, seguridad, crupieres, champán a discreción...

—No me llore. Además, seguro que tiene negocios que dan más dinero... Las cartas están bien, pero no es lo único por lo que se puede apostar.

Andoni Arístegui mira a Zárate, sin decir nada. El policía piensa que tal vez se ha precipitado y ha destapado sus intereses demasiado pronto. Pero Arístegui vuelve a sonreír.

—Lo único con lo que no juego es con los partidos de la Real Sociedad, esos son sagrados. Lo demás es planteárselo, pero vaya a jugar un rato más, que para eso estamos aquí. Más tarde seguimos charlando...

—Bien, bien, por ahí vas bien, Zárate —murmura Elena en la furgoneta—. Me parece que esta noche sacamos más de lo que esperábamos.

Capítulo 35

Más horas de juego, interrumpidas por momentos de charla con Kortabarría. Parece que Zárate le ha caído en gracia y se va abriendo con él, hasta han pasado a tutearse. Ya han hablado de sus respectivas y frustradas carreras de futbolistas, de negocios, de apuestas deportivas...

—Y gustándote tanto el juego, ¿cómo es que nunca te había visto en ninguna partida por Madrid?

Elena se espabila, ahora es cuando van a ver si la coartada que se ha buscado Zárate funciona.

—Por mi esposa, le prometí que nunca jugaría.

—¿Y qué ha pasado?

—La muy cabrona se lio con el monitor de *spinning* de su gimnasio, ¿te lo puedes creer? Me he separado de ella y pronto me divorciaré. Se va a cagar, lo tengo todo preparado para que no se lleve nada, ni un puto euro. Y ya no hay promesas que valgan, voy a jugar todo lo que me apetezca, que para eso me gano el dinero llenando autobuses de viejecitos. Además, no se me da mal, ¿sabes cuánto llevo ganado hoy?

—Unos veinticinco mil, sé lo que ha ganado y perdido cada uno de los que han venido a jugar.

—Pensaba que esta noche podría perder ciento cincuenta mil, otros ciento cincuenta la próxima semana y así hasta que me cansara, y a este paso me voy con más de lo que traía...

—Es una suerte que lo tengas tan claro. Y me decías que te gustaba apostar, no solo a las cartas.

—A todo, hasta a los chinos. Y me voy a la mesa, que queda solo una hora hasta el cierre.

Todos están contentos, Zárate le ha puesto el caramelo en la boca al vasco. Va a querer quedarse con ese dinero que dice que está dispuesto a perder cada semana, le va a ofrecer nuevas modalidades de juego... Pero son las cuatro de la mañana, están cansados, incómodos dentro de las furgonetas, acalorados...

La siguiente hora pasa monótona, como las anteriores, son ya nueve las que llevan en sus puestos en la furgoneta, dos más de las que lleva Zárate ahí dentro. Escuchan el aviso de que se van a cerrar las mesas. Kortabarría se dirige entonces a su compañero.

«Si te apetece, quédate un rato y charlamos —oyen por el micro—. Seguro que encontramos eventos en los que te vas a divertir más que en una timba de póker.»

Todos se ponen de nuevo en tensión.

—¿Le va a invitar a algo de la Red Púrpura? —se pregunta Chesca.

—O le ha descubierto. No me fío —teme Elena.

Los jugadores y los empleados van saliendo del chalet, pasan junto a las furgonetas. Muchas matrículas han sido fotografiadas para identificar a sus propietarios. Escuchan entonces a Zárate dirigirse a ellos a través del micro.

«Se está marchando absolutamente todo el mundo. No me creo que me vaya a quedar solo con este tío.»

A Elena le gustaría pedirle que se fuera, pero no tiene posibilidad de ponerse en contacto con él, depende de lo que Zárate decida.

—Que estén preparados los Geos, por si acaso —advierte.

Zárate se preocupa cuando ve salir a los de seguridad con las maletas en las que están las fichas que se han usado y el dinero recaudado. Muchos de los que han perdido los ciento cincuenta mil que habían ingresado en la cuenta han sacado más en efectivo y lo han cambiado para seguir jugando. Zárate ha podido escuchar las conversaciones de alguno que se dirigía al anfitrión para recibir préstamos y la exagerada y usurera tasa de intereses que debían pagar. Se imagina a Orduño pasando por eso mismo en su época de adicción al juego y siente una tremenda pena por su compañero.

Él ha cambiado sus fichas, ciento sesenta mil euros al final de la noche —ha compensado los treinta mil de la comisión y ha ganado diez mil más—, ciento cincuenta mil seguirán el mismo camino por el que llegaron: le han entregado un pagaré con el que se comprometen a ingresar el dinero por la mañana en la cuenta a través de la que él hizo el pago.

—No mires con escepticismo nuestro pagaré, te aseguro que aquí todo se basa en la confianza —dice Kortabarría—. Aunque no nos puedas denunciar con él, vas a cobrar. Más me vale... Si la confianza se rompe, todo se va a la mierda.

Otros diez mil se los han dado en efectivo y en la mano, en billetes de cincuenta cogidos con simples gomas.

—Si los quieres contar.

—No hace falta —responde guardando el fajo en el bolsillo interior de la chaqueta.

Un empleado, el que parece el jefe de los de seguridad, se acerca.

—¿Quiere que se quede alguien?

—No, José Luis. Podéis marcharos, Ángel Zárate es mi amigo.

Se sirven dos *gin-tonics* más, comen unos sándwiches que han sacado a última hora, se sientan en los sofás...

—¿Qué tal ha ido la noche?

—Muy bien, he ganado casi tanto como si llevara ancianos a conocer la catedral de Burgos...

—No lo creo —se ríe Zárate—. Eso son palabras mayores.

—Hay que celebrarlo.

Los de la furgoneta no lo ven, pero Andoni se ha acercado a la barra y ha sacado de debajo una bandeja con varias rayas de coca perfectamente alineadas.

—¿Gustas?

—Es de los pocos vicios que no tengo.

—¿Promesa a tu esposa? —se ríe el vasco.

—No, recuerdo de mi vida de deportista.

Siguen charlando mientras Andoni va esnifando las rayas una tras otra. Zárate se acuerda de los informes: ese hombre está mal del corazón, tuvo que dejar el fútbol, creen que ha sido operado varias veces, no para de comer, beber y meterse coca, a pesar de su sobrepeso y las dificultades respiratorias. Si está vivo, es porque es una fuerza de la naturaleza.

—Me dijiste que me podías invitar a apostar en otros eventos. ¿Partidas de más dinero?

—No, me refería a otras cosas.

—¿Por ejemplo?

—De todo, carreras, peleas ilegales...

—Me interesa. ¿Nada más?

—Hay algo más, pero para llegar hasta allí debemos conocernos mejor. Tendrás que pasar por todo lo anterior.

—Estoy dispuesto.

—Muy bien. Poco a poco.

Andoni se rasca en el pecho y se le forma una arruga fea en la camisa. Se queda mirando a Zárate con una sonrisa deformada, casi grotesca, como la de un padre borrachín a punto de darle un beso a su hijo. Y de pronto se desploma.

En la furgoneta solo les falta abrir una botella de cava y brindar. En una sola noche han llegado al cogollo de lo que buscaban. Pero se escucha entonces la voz preocupada de Zárate.

«¡Andoni! Andoni, ¿qué te pasa?»

Todos se quedan escuchando tensos hasta que se le vuelve a oír. Esta vez habla al micro, a ellos.

«¡Creo que este tío se ha muerto!»

Capítulo 36

Elena tiene que tomar una decisión de inmediato. ¿Entran? ¿Se limitan a sacar a Zárate? No quiere que la Red Púrpura sepa que han estado tan cerca, significaría arruinar todo lo logrado, no puede meter a los Geos en el chalet...

—Todo el mundo a casa, se suspende la operación.

—¿Y qué hacemos con Zárate?

—Entro yo a por él.

Cuesta convencer a los Geos, que han estado toda la noche esperando.

—Yo entro contigo —dice Mariajo—. No vamos a perder la información que haya dentro. Seguro que hay un ordenador.

Cinco minutos después, Zárate sigue esperando en la sala del chalet. El dueño de todo aquello está tirado en el suelo, muerto, ha sufrido un infarto. Las maniobras de reanimación que le ha practicado el policía no han servido de nada.

—Por fin. No sabía qué hacer.

A Elena le ha costado decidirse y todavía no sabe si ha hecho bien en entrar en la casa. Le ha tomado su tiempo convencer a los Geos de que se vayan sin intervenir. A su lado está Mariajo.

—Seguro que hay cámaras. Hay que buscarlas y borrar las imágenes; también deberíamos hacer copia de los ordenadores —organiza la hacker.

Ha entrado con una gran bolsa en la que está todo lo necesario para clonar la información de los discos duros que encuentre.

—Vamos a llevarnos todo el contenido, sin tocar nada.

Recorren la casa hasta localizar un despacho donde hay varios portátiles y discos de almacenamiento. Mientras Mariajo trabaja, Zárate y Elena lavan todo lo que Zárate ha tocado. No quieren que al día siguiente, cuando se descubra la muerte de Andoni, la policía saque huellas y llegue hasta él. Recorren la casa una y otra vez buscando alguna caja fuerte, armas, lo que sea...

—¿Te falta mucho?

—Cinco minutos, en cinco minutos nos marchamos —Mariajo sigue trabajando.

En el último recorrido por la casa, Elena entra en una habitación. Allí hay algo que no había visto hasta ahora, parece un disco multimedia. No sabe por qué decide hacerlo; es una intuición, la sensación de que no todo lo que encuentren en la casa de Kortabarría debería estar al alcance de sus compañeros. Por eso, coge el disco y lo guarda en su bolso. Zárate está a punto de descubrirla cuando entra a buscarla, pero Elena logra componer una imagen de normalidad.

—Dice Mariajo que ya está, que podemos marcharnos.

Los tres salen del chalet, se vuelven a Madrid en el coche de Zárate, un Audi que sacaron del almacén de la policía para la operación. Está amaneciendo cuando dejan a Mariajo en su casa de la Dehesa de la Villa. Descansará un rato y se encontrará con ellos en las oficinas de la calle Barquillo para analizar todo lo que ha sacado de los ordenadores. Siguen camino hacia la casa de Elena.

—Cuando todos se marchaban y ese tío me dijo que me quedara, pensé que habían descubierto el micro y me iban a matar —confiesa Zárate.

—También nosotros lo temimos —reconoce la inspectora.

—Creo que me he ganado saber qué estamos buscando de verdad en la Red Púrpura.

Elena duda, pero, por fin, decide que él tiene razón, se lo ha ganado. El coche se ha detenido en un semáforo en rojo. La ciudad, a su alrededor, reanuda la vida con el amanecer, como un corazón que recupera su latido.

—Hace ocho años, mi hijo fue secuestrado —Elena rompe el silencio—. Fueron ellos los que se llevaron a Lucas. Sé que sigue vivo. Que está atrapado en la Red.

El semáforo se pone en verde, pero Zárate no se decide a retomar la marcha. No sabe cómo encajar la revelación. Le parece que Elena está esperando un abrazo, y él se siente culpable por no dárselo. ¿Desde cuándo lo sabe? ¿Cuánto tiempo ha estado ocultándoselo al equipo? Aunque trata de evitarlo, el rencor se desliza entre sus palabras.

—¿Cómo lo sabes?

—Hace un par de meses, cuando estábamos analizando los vídeos del caso de las novias gitanas, me llegó un mensaje con un vídeo. Era mi hijo, torturando a una chica joven y advirtiéndome de que debía dejar de buscarlo. No pude guardar el vídeo ni recuperarlo. Tan pronto lo vi, se borró de mi móvil —Elena prefiere no contar toda la verdad, callar que en su teléfono guarda una captura de pantalla en la que solo se ve a Lucas—. Cuando se lo llevaron era un niño, ahora es uno más de ellos.

Un claxon los sobresalta. El coche que tienen detrás les urge volver a la circulación y Zárate lo hace en silencio. Las farolas de la ciudad se apagan. La claridad se va imponiendo. Piensa en el dolor de la inspectora, pero también en las incógnitas que quedan tras la confesión.

—¿Quién era la chica a la que torturaba? ¿Aisha? —necesita saber Zárate.

—Aurora, la hija de Mar Sepúlveda. Por eso es tan importante que su madre dijera que estaba viva, por lo menos mi hijo no la mató.

Elena apoya la cabeza en la ventanilla. De repente, tiene la sensación de que sus esperanzas son infantiles. De que está empeñada en buscar animales fantásticos cuando es consciente de que no existen. La experiencia le grita que nada de eso sucederá. Que la realidad es cruel y no deja espacio a los milagros. De Aurora, solo encontrarán un cadáver. De Lucas..., no se atreve ni a pensarlo.

—Vamos a desmantelar la Red Púrpura, Elena —le promete Zárate cuando aparca junto a su casa—. La vamos a desmantelar y vamos a sacar a tu hijo de allí.

—No sé si ya es tarde para ayudarle, pero hay que impedir que otros niños pasen por el mismo infierno.

Cuando sube a casa, Elena está derrotada. Le habría gustado reconfortarse en un abrazo de Zárate, sabe que él no la habría rechazado, pero sigue convencida de que lo mejor para Ángel es estar lejos de ella. No quiere romper el dique que los separa. Le gustaría cerrar los ojos, dormir y olvidar, pero se siente incapaz. Abre el bolso, saca el disco multimedia que se llevó a escondidas de la casa de Kortabarría y lo conecta a su ordenador. Se abre una pantalla con una carpeta que contiene decenas de archivos. Reproduce el primero e inicia el visionado de una larga lista de vídeos que contienen torturas, asesinatos, violaciones. No sabe el tiempo que ha pasado cuando llega a uno que la deja helada.

Un hangar, una especie de nave industrial. Salen dos niños de unos trece años, semidesnudos. Suena una campana y empieza una pelea entre ellos, una pelea salvaje. Pese a ser dos niños, no tienen compasión el uno por el otro: hay patadas, puñetazos, mordiscos, dedos que intentan arrancar los ojos del contrincante.

Uno de los niños es africano. El otro es Lucas.

Pese a que el africano es más alto y en apariencia más fuerte, Lucas es más decidido, más salvaje.

Elena ve cómo su hijo gana la pelea. El vídeo termina.

Tercera parte

NADA DE NADA

No digo que ya no parezcas tú,
o que hayas cambiado.
Eso no,
tú eres el que siempre has sido.

Lo han emparejado con Pável, una mole de Uzbekistán que le saca una cabeza y que no ha perdido nunca un combate. Su primer oponente le duró apenas unos segundos, lo que tardó en conectar una patada directa a la nuca. Le partió el cuello. Al segundo lo mató con un puñetazo en la oreja. Le dijeron que debía ser menos agresivo, que las peleas no tenían gracia si duraban tan poco. Desde entonces, Pável disfruta haciendo bailar a su oponente, como un púgil bien adiestrado. Ahora sabe espaciar los golpes dañinos durante media hora para que el espectáculo dé más de sí.

La mujer lo ha visto en acción. El uzbeko es una bestia mortífera, un luchador invencible. En cualquier momento entrará el hombre para llevarse a Lucas, que ya está listo. Lo mira en silencio. Es bajito y compacto, no ha dado el estirón que le correspondería por la edad y no ha adquirido la pinta de garza, de junco, de chaval larguirucho y enfermizo que ella sospechaba que tendría. Sabe que no tiene ninguna posibilidad contra Pável. Espía sus gestos. Está sentado en el catre, mirando un punto fijo del suelo. Con una mano se va estirando los dedos de la otra, uno por uno, como para desentumecerlos. A su manera indolente, tímida, insegura, se está preparando para el combate.

Ella quiere despedirse. Quiere decirle que le ha alegrado la vida estos años, que ha sido una bendición cuidarle, hacerle reír, verlo crecer. Pero teme caer en una efusión patética, justo cuando Lucas tiene que pelear por seguir vivo. Dimas no necesita entrar en la habitación ni decir una sola palabra. Abre la puerta y Lucas se levanta y sale sin mirar a la mujer. Ni siquiera una señal de gratitud por si no se vuelven a ver.

La mujer aprovecha para preparar el botiquín. Alcohol de noventa y seis grados, agua oxigenada, yodo, hilo de sutura. Esteriliza las agujas y las tijeras, dispone las gasas y los algodones, se prueba los guantes quirúrgicos. Repasa la maleta de traumatología: férulas, corsés, rodilleras. Abre el estuche de odontología: tornos, tenazas, anestesia local. Sonríe al sentirse ilusa, una madre ingenua que confía ciegamente en su hijo. Lo normal es que Lucas muera en el combate y que Pável salga de él con uno o dos rasguños.

Pasa una hora. Dos esbirros de Dimas entran con apremio y llevan en brazos a Lucas, ahogado, azul, casi sin respiración. La mujer aplaca un acceso absurdo de orgullo al comprobar que su niño ha resistido más que el resto. Está cianótico, no le llega el oxígeno; ella manda que lo tumben en el catre y antes de lanzarse en busca de la mascarilla se da cuenta de que tiene algo en la tráquea. Le mete el índice hasta la úvula y con un barrido digital saca el objeto. Son dos dedos pegados entre sí por una plasta de sangre que gotea. Pendiente como está de la respiración de Lucas, que empieza a mejorar a base de espasmos, no advierte que Dimas ha entrado en la habitación. Se queda mirando al chaval fijamente y menea la cabeza en señal de incredulidad. La mujer se gira ahora hacia él.

—Está vivo de milagro —le dice—. ¿Es esto lo que querías?

Dimas sonríe de manera siniestra.

—Pável está en la enfermería, desangrándose por tres heridas distintas. No sabemos si pasará de esta noche.

La mujer lo mira con asombro. Lucas empieza a toser. El color de su piel se está recuperando.

Más tarde, mientras el uzbeko lucha por su vida, Lucas relata con euforia la pelea. Los dedos arrancados de cuajo, las patadas, los cabezazos, la forma de hurgar en las heridas para desgarrar la piel lo máximo posible. Cuenta los detalles con una excitación llamativa, mientras la mujer le pasa un poco de yodo por las brechas que va encontrando, en la ceja izquierda, en el pómulo, en la barbilla, y le mantiene las manos en una solución salina con alcohol y tomillo, una hierba que, según ha leído en alguna parte, ayuda a regenerar el tejido de las manos dañadas.

Capítulo 37

Zárate sabe que no va a pegar ojo: ha pasado la noche jugando al póker y conteniendo los nervios, ha visto morir al anfitrión de la partida, ha habido momentos en los que pensaba que no saldría vivo de esa casa, pero no es eso lo que realmente le pesa. La confesión de Elena sobre su hijo Lucas es una losa en su conciencia. Sabe que no alcanzará la relajación suficiente para meterse en la cama y descansar. Al llegar a casa se ha dado una ducha y se ha sentado en un sofá, ha puesto la tele para atontarse, tertulias políticas a la hora del desayuno. Tal vez no debió dejar sola a Elena. A una parte de él, le habría gustado acompañarla, darle cobijo, pero por otro lado ahora toma conciencia de las dimensiones de las mentiras de la inspectora. El tiempo que ha engañado, no solo a él, a toda la BAC. Pero el teléfono suena y Zárate espera que sea ella, quizá que le pida su compañía, sabe que no podría negársela, pero es un número desconocido.

—Dígame.

—Zárate, soy yo, Orduño. Necesito que me ayudes. ¿Puedes conseguir seis mil euros? —ante el silencio de su compañero, él insiste—: No es broma, los necesito.

Alguien le quita el teléfono a Orduño en cuanto acaba la frase y le dice a Zárate dónde tiene que ir —un local comercial en la calle Goiri, cerca de Cuatro Caminos— a hacer la entrega.

—Date prisa, cada hora que tardes le vamos a cortar algo a tu amigo: una oreja, un dedo, no sé... Lo que se nos ocurra.

—Tranquilos, tengo el dinero, no le hagáis nada. Ya estoy en camino.

Zárate tarda unos segundos en procesar la información. ¿En qué clase de lío se ha metido Orduño? No le resulta difícil imaginarlo y se siente culpable por haberle pedido un adiestramiento con las cartas. Se pregunta qué debe hacer a continuación, si llamar a alguien de la brigada o acudir solo al rescate. La respuesta le viene en dos segundos, no debe poner en peligro a su compañero con un operativo organizado a toda prisa. No se puede creer que su noche de aventuras no se haya terminado. Lo único que agradece es no haberse tomado un somnífero para coger el sueño, eso habría complicado mucho las cosas.

Como es lógico, no están allí, en la calle Goiri. Zárate sale del coche, se planta en la acera y curiosea aquí y allá. Está calibrando los pasos que debe seguir cuando le aborda un hombre.

—¿Has venido solo?

—Sí.

—Dame el dinero.

—¿Cómo sé que vais a dejar libre a mi amigo?

—No lo sabes. Lo que sí sabes es que si no me das la pasta, no lo vuelves a ver.

Zárate entrega un sobre con los seis mil euros que le han pedido. Es parte del que ganó en la timba de póker. Si lo de Orduño hubiera ocurrido otro día, no habría tenido modo de reunir esa cantidad.

—Espera dentro de diez minutos en la boca de metro de Estrecho.

El hombre se va, Zárate camina hacia donde le ha dicho, no le queda más remedio.

Quince minutos después, mezclándose con otros viajeros madrugadores, Orduño sube tambaleante las escaleras del acceso al metro. Zárate se acerca a él con apremio, casi con ansiedad. Su primer instinto es recorrer con la mirada sus manos, sus orejas, el rostro apenas iluminado, como en un claroscuro de Zurbarán. Busca heridas, señales del maltrato de unos matones, pero no hay nada.

—Estoy bien.

—¿Vamos a mi casa o te llevo a la tuya?

—Mejor a la tuya.

Un rato después, Orduño se ha duchado y se ha cambiado de ropa, se ha puesto un pantalón de deporte y una camiseta de Zárate. Tiene un dolor de cabeza espantoso y está convencido de haberse jodido la vida.

—Te debo seis mil euros, te los voy a pagar, te lo juro.

—No te preocupes por eso. Pero cuéntame qué ha pasado.

—Los he perdido jugando, eso y todo lo que tenía en la cuenta. Han sido veinticuatro horas sin parar, desde que ayer le eché una moneda de un euro a una máquina tragaperras en un bar, debajo de mi casa.

Orduño no oculta nada, jugó la primera moneda y ganó, se jugó las que salieron de la máquina buscando el premio gordo, perdió; después cambió un billete de veinte. Cuando se quedó sin nada, ya tenía al diablo dentro. Fue a un cajero y sacó doscientos euros, solo iba a jugarse eso... Se presentó en un piso en La Guindalera que conocía de sus tiempos. La noche de póker empezó muy bien; un par de horas más tarde sus doscientos euros se habían convertido en mil.

—Entonces me invitaron a otra partida, un poco más fuerte. Me sentía invencible. No sé exactamente dónde era porque me llevaron en coche y había bebido bastante, creo que por Pueblo Nuevo o Quintana. Ya era de día.

Allí también empezó bien; tenía cerca de dos mil euros cuando perdió una mano que creía que tenía ganada.

—Yo tenía un *full* de reyes, caballos... Pero perdí. Te dije que lo peor era jugar enfadado; no, lo peor es jugar con angustia, con el bicho dentro, que es como juegan los que no pueden parar.

197

En pocas horas perdió todo su dinero y empezó a pedir prestado.

—Después, ya volvía a ser de noche, me llevaron a otra partida, cerca de Cuatro Caminos.

—Allí te he recogido.

—Dejé de saber cómo me estaba yendo. De pronto no sabía ni qué hora era ni dónde me encontraba. Hasta que me pusieron una navaja en el cuello y me dijeron que, o pagaba lo que debía, o ahí se acababa todo.

—¿Por qué me llamaste a mí?

—Me daba vergüenza llamar a Elena o a Chesca. Y Marina... No sé, supongo que a Marina la he perdido.

Marina no ha podido dormir en toda la noche, ha llamado cien veces al teléfono de Orduño, sin éxito. No sabe si está en una operación de la brigada o si le ha ocurrido algo. Está arrepentida de no haberse presentado en el apartamento a dormir la noche anterior, pero tenía asuntos que atender.

Le sorprende estar tan preocupada por un hombre al que conoce desde hace solo una semana, un hombre que debería darle lo mismo, no importarle nada. Pero han sido días muy felices con él. Al margen de sus intenciones cuando se sentó junto a él en el avión, le ha cogido cariño; es un hombre honesto, que se ha enamorado de verdad de ella, no como todos los anteriores a los que ha conocido y la han usado. Para Marina es una sensación distinta, está a gusto con él, siente que nunca le haría daño, que puede dormir a su lado sin estar alerta.

No sabe qué hacer, si seguir esperando o marcharse a su casa, olvidarse de todo y dejar que la memoria vaya diluyendo poco a poco el recuerdo de Canarias.

El cansancio puede antes con Orduño —que se duerme en un sofá— que con Zárate. Son las siete y media de la mañana. No sabe si ir a Barquillo, si llamar a Elena y contarle lo sucedido. Si tuviera seis mil euros, los pondría de su bolsillo y callaría para siempre los incidentes de esta mañana. Por muchos errores que haya cometido, Orduño es un compañero y a los compañeros se les cubre hasta con la propia vida. Si por lo menos pudiera encontrar a Marina para que se quedara con él... Pero ni siquiera sabe quién es esa mujer de la que hablaba con tanto entusiasmo. Su única solución es Chesca.

Capítulo 38

Elena lleva horas viendo barbaridades que Kortabarría guardaba en su disco duro. Las pasa deprisa, pero algunas, las más atroces, se quedan grabadas en su mente y ella sabe que estarán ahí para siempre. Hay varias peleas en las que ha participado su hijo, todas con idéntico resultado: luchas a muerte en las que ha salido victorioso. Es probable que esa sea la causa de que siga con vida: ha ido imponiéndose a sus contrincantes, uno a uno, quién sabe cuándo empezó esa rueda cruel. Todos los vídeos que tenía Kortabarría son de los últimos meses, no ha podido ver si Lucas ha evolucionado, solo que es muy bueno en lo que hace, no duda, no tiene remordimientos cuando llega el momento de ser cruel, ha aprendido todo lo necesario para sobrevivir. Quien sí duda es ella: ¿de verdad quiere encontrarlo? ¿Será capaz de mirarlo a los ojos? Se intenta convencer de que su hijo hace lo que hace solo por salvar la vida, que desde muy pequeño se ha visto envuelto en una encrucijada terrible. Le abruma pensar en él con siete u ocho años entrando en ese círculo mortal. Se conmueve hasta un límite insoportable al imaginarlo en el trance de asimilar las normas, con la curiosidad que ponen los niños a la hora de aprender un juego.

Está harta, no puede ver un segundo más de torturas, de mutilaciones, de agonía de los que están a punto de morir. Aun así, necesita encontrar algo que le dé un hilo del que tirar. Por eso sigue abriendo vídeos.

En ese disco duro habría pruebas suficientes para implicar a Andoni Arístegui, alias Kortabarría, en la Red Púrpura, pero ¿de qué serviría? Andoni está muerto y todas esas pruebas las ha obtenido de forma ilegal. Tiene que seguir buscando y hallar la forma de llegar al núcleo de la organización. Al corazón de este monstruo. Es consciente de las consecuencias que eso le traerá: no solo Zárate sabrá la deriva que tomó su hijo, también el resto de compañeros, intervendrán los jueces..., pero Lucas no es la única víctima. Debe pensar también en las demás. En Aisha. En Aurora, que tal vez siga con vida.

Son las ocho de la mañana, es la hora de regresar a la BAC. De repente siente todo el cansancio de una noche entera en tensión. Lo que de verdad le gustaría es meterse en la cama y dormir, olvidarlo todo, sentir las sábanas limpias y dejarse ir. En lugar de eso, se ducha, se viste y parte hacia la calle Barquillo. Hoy no habrá parada donde Juanito, aunque sabe que necesita ese momento en que se siente normal, en que no todo el peso del mundo recae sobre sus hombros.

Cuando llega, encuentra a Mariajo sola, repasando las grabaciones de las cámaras de seguridad del chalet de El Plantío.

—¿Has dormido algo, Mariajo?

—Desde el día de la muerte de esa chica no puedo dormir —confiesa la hacker.

—Si te sirve de consuelo, yo tampoco. ¿Has encontrado algo en las grabaciones de las cámaras de seguridad?

—Muchas cosas, pero ninguna que nos sirva por ahora.

Mariajo ha señalado momentos en las imágenes que sus compañeros deben ver: personajes famosos que fueron a la timba —desde un presentador de televisión hasta dos deportistas—, ha sacado primeros planos de los miembros de seguridad para tratar de identificarlos, cuando se llevaron a un jugador que protestaba al crupier por una jugada... Pero lo que llama la atención de Elena es lo que Mariajo está viendo en ese instante: un hombre se acerca a Kortabarría y le entrega un sobre. El vasco lo mira, asiente y lo guarda en el bolsillo interior de su chaqueta.

—Ese tío... Busca un plano de su cara.

Mariajo va pinchando distintas cámaras en la pantalla del ordenador. Por fin encuentra un escorzo en la entrada del chalet.

—¿Es este?

No se le ve bien la cara, como si se hubiera esforzado por mantenerla oculta. Elena tiene un presentimiento que no puede decir en voz alta. Si se viera bien su rostro se distinguirían las marcas de la viruela: ese hombre de americana clara es Dimas. Su manera de moverse le recuerda al torturador de la máscara mexicana. Lo que busca, sea lo que sea, está en el sobre que hay guardado en el bolsillo interior de la chaqueta del cadáver que dejaron ayer en el chalet de El Plantío.

La inspectora Blanco va a hacer algo ilegal, lo que siempre se prometió evitar. Enfila hacia la carretera de La Coruña y la abandona en el desvío de La Florida. El chalet está igual que la noche anterior, no da la impresión de que nadie haya entrado desde que Zárate, Mariajo y ella lo abandonaron. Aparca a unos cincuenta metros, por si quedara alguna cámara en funcionamiento, y se pone un pañuelo en la cabeza para que no puedan identificarla. Ayer dejaron las alarmas desconectadas, así que no teme que empiecen a sonar. Conoce la distribución del chalet y sus entradas, va a la parte trasera y salta la valla, entra por una ventana que da al sótano. Sube la escalera; en la sala, el cadáver sigue en la misma posición que lo dejaron, aunque ahora esté rígido, con la piel violácea.

En el bolsillo interior de la chaqueta de Kortabarría está el sobre. Elena se lo guarda sin mirar su contenido. Entonces escucha ruido, se esconde. Ve entrar a una mujer mayor, probablemente la limpiadora, que grita al ver el cadáver. Elena aprovecha su confusión para deshacer el camino por el que entró, sale otra vez por la ventana del sótano y salta la valla.

Una vez en el coche, abre el sobre. Solo hay un papel con una dirección:

Cañada Real. Sector 6, 20 posterior. Viernes 11.00.

Elena Blanco mira su reloj, es viernes y son las diez y cuarto de la mañana, si se da prisa, llegará a tiempo. Quizá la nota hable de otro viernes, quizá se refiera a las once de la noche, pero no puede dejar pasar la oportunidad de encontrarse con Dimas.

Arranca el motor mientras escucha a lo lejos el eco de las sirenas aproximándose al vecindario de Kortabarría.

Capítulo 39

Las Cañadas Reales eran vías de unos setenta y cinco metros de anchura, de propiedad pública, en las que estaba prohibido construir ningún tipo de edificación. Se establecieron en la Edad Media para canalizar la trashumancia de las ovejas merinas, de norte a sur en otoño y de sur a norte en primavera. La Cañada Real Galiana era la más importante de todas: partía de La Rioja para llegar a Ciudad Real. Bordeaba Madrid, una de sus ramas pasaba a solo doce kilómetros de la Puerta del Sol... A finales de los años setenta, algunos vecinos empezaron a ocuparla ante la pasividad de las autoridades. Casi cincuenta años después, la Cañada Real a su paso por Madrid es el asentamiento irregular más grande de España, quizá de los más grandes de Europa: dieciséis kilómetros pertenecientes a Madrid, Coslada y Rivas en los que se alternan chalets de lujo, chabolas, infraviviendas, talleres mecánicos ilegales, cuadras de caballos, vertederos y el mercado de venta de droga más concurrido del país.

La peor zona de la Cañada Real es la que se conoce como Valdemingómez, el Sector 6, pegado al vertedero donde se vacían los desperdicios de una gran ciudad como Madrid. Se trata de un par de kilómetros —alrededor de la parroquia de Santo Domingo de la Calzada— en los que habitan los más pobres entre los pobres: colonias de gitanos rumanos, yonquis que ya no van a la ciudad y sobreviven allí en tiendas de campaña, esclavos de los clanes de la droga... Allí resisten cuarenta puntos de venta de droga de los más de ciento veinte que llegó a haber hace media docena de años; es donde llegan las cundas desde Vallecas o

Embajadores y donde los muertos vivientes vagan arrastrando los pies en busca de su dosis diaria. Pocos madrileños se atreven a entrar con su coche, como ha hecho esta mañana Elena Blanco; pocos saben que las fogatas que se ven a los lados del camino señalan los lugares donde encontrar la droga.

El 20 posterior es una parcela situada en la parte de atrás del 20, en la que viven unas treinta o cuarenta familias de gitanos rumanos. Allí es donde Elena se baja de su coche, cuando están a punto de dar las once, dispuesta a esperar lo que tenga que ocurrir. Está nerviosa, asustada, no sabe si se va a ver cara a cara con Dimas y, si eso sucede, cómo va a reaccionar.

Suena su teléfono y mira la pantalla. Es Zárate, y decide darse una oportunidad de sobrevivir si este viaje acaba mal.

—¿Zárate?

—Elena, ¿dónde estás? Han llamado, ha aparecido el cadáver de Kortabarría.

—Zárate, creo que he encontrado algo.

—¿Qué?

—No lo sé, no te lo puedo decir. Solo que estoy en la Cañada Real, en el Sector 6.

—No hagas locuras, vuelve.

—Deséame suerte. Tengo que encontrar a mi hijo. Ni se te ocurra aparecer por aquí.

Elena desconecta el móvil, no quiere más contactos con los suyos. No quiere que la convenzan de que lo que debe hacer es regresar y no ponerse en peligro. Piensa en aquello que oyó una vez en una película: «Soldado que huye sirve para otra batalla»; hasta ahora lo ha creído a pies juntillas, pero hoy no va a hacerle caso.

Otra vez entra en el coche y esconde allí el móvil, en un descosido de la funda del asiento del acompañante, por debajo. También su pistola reglamentaria y su documentación. No descarta que desmantelen el coche entero en cuanto lo pierda de vista y se quede hasta sin asientos y ella, en consecuencia, sin móvil, sin arma y sin acreditación de la policía. Tiene miedo y piensa en el que debió de sentir su hijo Lucas cuando se enfrentó a la primera de sus peleas. Se impone la obligación de plantarle cara al miedo, por él, para sacarle de allí.

La llamada de Elena ha dejado a Zárate muy preocupado. Su primer impulso ha sido llamar a Chesca para contarle lo que ocurre con Orduño. No sabe si ha hecho bien o si está traicionando a su compañero, pero no puede quedarse de niñera mientras Elena está en peligro. Sabe que Orduño no debe estar solo, lo imagina levantándose como si nada, olvidado de las promesas de no volver a apostar que se hizo antes de dormir. Pero él no puede ocuparse de ese asunto. Inesperadamente, Chesca le da la solución.

—Marina, la chica de la que nos habló, ha llamado a la brigada. Dice que no sabe nada de Orduño, que está en un sinvivir. Ha dejado su teléfono, voy a llamarla.

Dicho y hecho. Marina se ofrece a cuidar del enfermo y ellos pueden centrarse en el trabajo. Llevan a su compañero a su casa. En el portal los espera Marina. Les llama la atención su belleza, sus ojos azules, su gesto compasivo.

—¿Puedes ocuparte de Orduño? —le pregunta Zárate sin contarle cómo lo encontró a primera hora de la mañana. Cree que eso es algo que su amigo debe tener la oportunidad de elegir cuándo y cómo contar.

—Llamadle Rodrigo, por favor, es una persona, no un agente sin más —le responde—. Yo me encargo de él.

Resuelto el problema de Orduño, Chesca y Zárate vuelan hasta el chalet de El Plantío. El cadáver ha sido descubierto y la BAC quiere asumir la investigación. Los policías que no están bajo las órdenes de la brigada, los de Moncloa-Aravaca, los primeros que llegaron cuando avisaron del hallazgo del cadáver, se han marchado sin discutir demasiado. El caso es de la BAC y pueden borrar todas las huellas que no les interese que se vean. Otro paso más allá de la frontera de la legalidad.

Zárate le cuenta a Chesca la extraña llamada de Elena, aunque prefiere ocultar la sospecha de la inspectora de que su hijo está en la Red Púrpura.

—Hay que ir a por ella.

—Me lo ha prohibido.

—Quédate, voy yo —propone Chesca.

Él se lo piensa, no puede dejar que sea ella quien se ponga en peligro.

—No, no. Voy yo, te llamo con lo que sea. Tú encárgate de esto.

La brigada ha desplegado el operativo habitual en el chalet de El Plantío. Aunque sepan cómo murió Andoni, van a seguir todos los pasos reglamentarios. Buendía se llevará el cadáver y le practicará la autopsia, Mariajo confiscará los ordenadores y los examinará, Chesca mandará que se recojan las huellas y se hable con los posibles testigos... Al menos, seguir los trámites les permitirá legalizar la información que ya obtuvo Mariajo de los ordenadores.

—Ha llegado un hermano del muerto.

—Voy yo —se ofrece Chesca.

Joseba Arístegui se parece mucho a Kortabarría, aunque pese unos veinte kilos menos y aparente ser diez años más joven.

—Le acompaño en el sentimiento.

—¿Qué le ha pasado?

—Un infarto.

—Era de esperar —se lamenta por un momento el hombre.

Pero no le dura mucho la pena, mira alrededor. Hay varios policías de la Científica tomando huellas, otros empaquetando objetos para su traslado, varios cuidan el exterior del chalet.

—¿Todo esto por un infarto?

Chesca se encoge de hombros.

—Voy a tener que hacerle unas preguntas.

—Me acaban de decir que mi hermano ha muerto de un paro cardíaco. Si alguien tiene que hacer preguntas, soy yo. ¿Qué hace aquí tanta gente? ¿Dónde está su permiso para llevarse el ordenador?

—Creemos que anoche este fue el escenario de una timba ilegal de póker.

—¿En qué quedamos? ¿Infarto o timba ilegal?

—Ambos.

—O me enseñan la orden judicial o se van ahora mismo de aquí.

—No podemos dejar el cadáver. Hasta que no se realice la autopsia, no podemos certificar que se trate de una muerte natural.

—El cadáver es lo único que se van a llevar. O dejan de inmediato todo lo demás o no les va a servir de nada. Voy a llamar a un abogado...

A falta de Elena, Chesca consulta con Mariajo y Buendía.

—Tiene razón, no nos queda más remedio que salir de la casa. Recogemos. Ya habrá tiempo de confiscar los ordenadores.

Capítulo 40

Elena sigue esperando, apoyada en su coche. Hace muchos años que dejó de fumar, aprovechó el embarazo de Lucas y no retomó el vicio tras dar a luz, pero ahora mataría por encenderse un cigarrillo.

Han pasado por su lado varios hombres, casi todos con el torso desnudo, algunos mostrando tatuajes mal hechos, y pantalones vaqueros que les llegan por media pantorrilla. Caminan hacia algún lugar sin fijarse en ella, sin decirle nada. Una mujer se acerca, despacio. Lleva unos pantalones de chándal de un escandaloso color amarillo. Al ver su silueta escuálida, la inspectora no puede evitar pensar en Mar Sepúlveda. Las huellas que la droga cinceló en su cuerpo, la dentadura podrida, las marcas en la piel. Un demonio que acabó con ella en el hospital, donde aún sigue en coma, quién sabe si algún día despertará.

—¿Te manda Kortabarría?

—Sí.

La mujer se recoge el pelo en una improvisada coleta. Aunque su ropa le hizo creer a Elena que era una yonqui, su rostro le dice otra cosa. No ve en ella la mirada errante de los adictos; la piel, delicada, tiene el brillo de quien se la cuida con celo. En la mano izquierda luce un anillo que un drogadicto habría vendido años atrás para conseguir su dosis. Durante unos segundos, la mujer le mantiene la mirada en silencio. Elena cae en la cuenta y rebusca en su bolsillo el papel que halló en la ropa de Kortabarría. La hoja donde se especificaba la hora y el lugar de la cita. Se lo entrega a la mujer que, después de echarle un rápido vistazo, se lo devuelve.

—Ven conmigo, cariño.

No le dice nada más, ni adónde van ni nada. Elena, casi temblando de miedo, la sigue.

Zárate va lo más deprisa que puede. Sin embargo, al coger la salida de la M-203, la carretera que lleva a la Cañada Real, el tráfico está detenido. Decenas de vehículos se acumulan en una fila que parece interminable. Zárate se baja de su moto y le pregunta a un conductor que ha decidido armarse de paciencia y fuma un cigarrillo apoyado en el capó de su coche.

—Un camión se ha llevado por delante a una cunda. Lo raro es que no pase más a menudo; cogen el coche colocados para ir a pillar a la Cañada...

Se resiste a perder la posibilidad de llegar a tiempo. Intenta avanzar con la moto por el arcén. Sin embargo, no es fácil. Algunos conductores, hartos del atasco, le increpan por lo que está haciendo. Una señora rubicunda se planta en mitad de su camino y la emprende a gritos con él.

—¿Adónde te crees que vas? Te esperas, como todo hijo de vecino...

—Señora, soy policía —le dice mostrándole la identificación. «Vístete despacio, que tenemos prisa», se repite Zárate como un mantra, lo que su madre le solía decir cuando veía que la ansiedad le podía.

Elena sigue a la mujer del pantalón de chándal amarillo hasta una de las chabolas del 20 posterior de la Cañada. La vivienda está prácticamente vacía. Una mesa de plástico y un par de sillas, de esas que ponen en las terrazas, seguramente robadas. En una esquina, sentada en el suelo, hay otra mujer que, como un perro asustado, sale corriendo tan pronto ve aparecer a Elena y a su guía. Pasan a una especie de distribuidor del que nace un pasillo que se adentra en la casa, pero la mujer se detiene allí. Aparta unos cartones que hay en el suelo y descubre una trampilla. La abre. Unas escaleras descienden a un sótano del que brota una fuerte luz blanca.

—Son las normas —se disculpa indicándole que baje.

Elena siente un temblor que lucha por disimular. No tendría sentido huir, así que baja las escaleras. La mujer la acompaña y cierra la trampilla cuando está dentro.

Zárate ha logrado llegar a la glorieta donde se ha producido el accidente. Un camión embistió a la cunda cuando esta se salió de su carril. Un agente de tráfico le explica los detalles de la colisión. Los médicos del SAMUR están intentando recuperar las constantes vitales de uno de los pasajeros del coche. Zárate puede verlos trabajar de manera fugaz en la ambulancia. Hay abundante sangre en el asfalto. Sin dar más explicaciones al compañero de la policía, Zárate supera el cuello de botella que han creado los servicios sanitarios, las grúas que están retirando los vehículos, y sigue por la carretera. Ha vuelto a llamar varias veces a Elena, pero su móvil continúa apagado o fuera de cobertura.

El sótano al que ha accedido está bañado de luz blanca. Unos focos de leds se encargan de hacerles olvidar que están bajo tierra. Suelos de mármol blanco, paredes de idéntico color, lisas, sin decoración alguna. Un sofá de cuero, una mesa de cristal y, junto a esta, una barra de bar en cuya estantería brillan los líquidos de las diferentes botellas. Una mezcla del lujo de una de las mejores habitaciones de hotel de Madrid y la asepsia de un quirófano. Un hombre vestido de traje tras la barra pregunta a Elena si le apetece tomar algún coctel. Es alto, debe estar cerca de los dos metros, y corpulento. Le sonríe cuando ella rechaza la bebida. Está recién afeitado, el pelo peinado hacia atrás con gomina.

—¿Seguro que no le apetece tomar nada? —insiste, amable la mujer.

Elena vuelve a rechazar la oferta; aunque no sabe si sería mejor entumecer los sentidos, tal vez eche de menos el alcohol más adelante. La mujer se acerca a una puerta que hasta ese momento había pasado desapercibida para la inspectora. Al otro lado hay un cuarto de baño y, sobre un banco de madera, una toalla.

—Ahora debe darse una ducha. Cuando haya terminado, avíseme. Mi nombre es Pina.

Las dimensiones del sótano no parecen corresponderse con la chabola que había arriba. La sala, el baño, todo es más grande que el piso superior, pero eso es algo que tampoco extraña a Elena. Sabe que las viviendas de la Cañada han crecido como un tumor, informes, extendiéndose de manera irregular, colonizando el territorio. Es el lujo lo que más le llama la atención: grifería Gunni & Trentino acabada en oro rosa, la misma marca de las piezas de baño, de la cabina de ducha. Se desnuda despacio, deja su ropa junto a la toalla. Antes de abrir el agua, se da cuenta de que se escucha un suave hilo musical. Pega el oído a la puerta, por si puede escuchar alguna conversación entre Pina y el hombre de traje, pero no hay nada más que esa suave música clásica. Se da una rápida ducha; en una repisa de cristal puede encontrar gel y champú. Huele a miel. Después, se cubre con la toalla y avisa a Pina.

—Perdone, pero es mi obligación. ¿Le importa quitarse la toalla?

Elena no sabe qué pretende, pero obedece. Se queda desnuda ante Pina, que ha entrado en el baño y ha cerrado la puerta a su espalda.

—Tengo que asegurarme de que no lleva nada.

—No sé dónde lo podría llevar.

Pina le sonríe. Se acerca a ella y le mete los dedos entre las piernas.

—Le pido perdón, pero tenía que hacerlo.

Luego, la mujer abre un pequeño armario que hay en el baño. Saca un mono gris y unas zapatillas. Recoge la ropa que se ha quitado Elena y, antes de salir, le pide que se ponga la ropa que le ha dado.

—En cuanto se haya vestido, nos marcharemos.

Elena se pone el mono, las zapatillas. Antes de salir del baño, piensa en Zárate. Está metiéndose en la boca del lobo, es consciente de su imprudencia, pero se aferra a la esperanza de que Ángel, como ya hizo una vez, sepa dar con ella antes de que sea demasiado tarde. Cuando regresa a la sala, el hombre del traje ya no está allí. Pina le entrega un antifaz.

—¿Es necesario? —Elena intenta evitarlo.

—Confíe en nosotros. Vamos a cuidar de usted y le aseguro que no se arrepentirá.

Después de colocarle el antifaz, Pina también le pone una capucha. Elena está en completa oscuridad. Ni siquiera puede notar alguna alteración de la luz, si es que la hay. Pina la coge del brazo y le hace caminar en una dirección. Oye el sonido metálico de un cerrojo al abrirse.

—Ahora, viene un escalón. Eso es, muy bien —la felicita Pina cuando lo han superado.

Puede reconocer el ruido de una puerta de coche al abrirse. Ella tiene la impresión, por la altura cuando la ayudan a subir, de que es una furgoneta y de que, aparte del conductor, está sola. Le ponen el cinturón de seguridad, cierran su puerta y arranca.

Ignora adónde va, cuánto va a tardar o lo que se va a encontrar cuando llegue a su destino. Sabe que debería mantenerse despierta para no perder la orientación y ser capaz de reconstruir este viaje, algo que pronto da por imposible. En el coche suena suavemente la misma música clásica que sonaba en el sótano. El cansancio de la noche en vela hace mella en Elena, que se entrega al sueño.

Capítulo 41

Orduño se siente avergonzado delante de Marina. Entiende que sus compañeros le hayan llevado a su casa con ella, sabe que es la única persona que puede evitar que él salga y se ponga a jugar de nuevo.

—Perdóname, entenderé que te vayas y que no quieras saber más de mí.

—¿Es lo que harías tú si yo tuviera un problema?

—No, claro.

—Entonces no me insultes pensando que es lo que voy a hacer yo —le habla seca, pero con cariño, Marina.

Se conocen desde hace tan poco tiempo que prácticamente todo lo hacen por primera vez. Orduño nunca la había visto seria y no puede dejar de pensar que sus ojos azules son aún más bellos que cuando sonríe. La casa parece más agradable de lo que ha sido nunca, él está feliz de que ella esté allí, de ver sus cosas, de escucharla preparar café en la cocina. No quiere que se vaya, daría lo que fuera para no volver a separarse de ella.

—Solo te pido una cosa, que me digas la verdad —le dice Marina sentándose frente a él.

Orduño decide no dejarse nada, ni un detalle, desde lo que ocurrió ayer —de lo poco que se acuerda— hasta las primeras veces que se dio cuenta de que tenía un problema con el juego.

—Todo el mundo piensa que me enganché cuando tuve que infiltrarme en las partidas de Kortabarría, pero es mentira, fue mucho antes.

Orduño le habla de su padre, un hombre autoritario que mantenía la paz familiar a gritos; de su madre, que prefería vivir sometida antes que discutir con su esposo; de su infancia de hijo único al que nadie prestaba mucha atención, ni siquiera para felicitarle por ser buen estudiante, buen deportista, educado, respetuoso, amable...

—Quizá ellos sabían que todo era mentira, que lo único que me gustaba de verdad era apostar los cromos, apostar por quién hacía los trabajos del colegio, apostar que era capaz de esto o de lo otro...

—Eso es una tontería, Rodrigo.

—Puede ser, pero era lo que yo hacía.

Las apuestas con dinero no llegaron hasta la Academia de Policía, después de su etapa como deportista, lo que pasa es que no parecían apuestas, sino competiciones: quién era capaz de subir más veces la soga, de hacer en menos tiempo la pista americana, de escalar una pared casi lisa.

—Ganaba porque apostaba por cosas que controlaba, que no dependían de unas cartas o de una bolita. Solo tenía que estar más preparado que nadie. Pero luego descubrí el póker. Me enseñó un compañero de promoción. Para entonces, mi padre ya había muerto, de un cáncer. Mi madre, como si no supiera vivir sin que le gritaran y le dieran órdenes, solo le sobrevivió un año. De repente me encontré con que había heredado un piso y una cantidad de dinero que no estaba mal.

—Y te lo jugaste todo.

—Sin que nadie se enterara. Cuando apenas me quedaban unos miles de euros, fui a una psicóloga. En eso me los gasté. Hizo bien su trabajo, logró que durante tres años no me acercara a una mesa con cartas. En esa época fue cuando entré en la Brigada de Análisis de Casos.

Fue una etapa buena y tranquila para Orduño, pensó que no volvería a haber apuestas, pero empezaron a investigar la organización de Kortabarría...

—Y yo me infiltré en los ambientes del juego, convencido de que podía controlar mis impulsos. Entonces, recaí con más fuerza que nunca. Unos meses más tarde volví a la misma psicóloga que me ayudó la vez anterior, mi novia me abandonó, pero seguí trabajando... Sin apuestas, sin cartas, sin ruleta...

—Hasta ayer.

—Sí, hasta ayer. Sé que no es fácil estar al lado de alguien como yo. No puedo culpar a aquella novia de hacer las maletas y largarse. Como no te culparé a ti si decides hacerlo.

—Lo haré si sigues jugando; seguiré contigo si me dices la verdad.

—¿Me vas a decir la verdad tú a mí?

Orduño coge las manos de Marina, aparta las pulseras que tapan las cicatrices de las muñecas.

—Algún día te la diré —promete Marina—. Pero aún no y no es lo que piensas...

Abraza a Orduño, que se deja caer en su regazo. Le acaricia el pelo. Ha puesto el disco de los Kinks en el equipo de música. Se quedan en silencio escuchándolo y, por primera vez en las últimas horas, él tiene la sensación de que la vorágine en la que había caído se esfuma. Que recupera el control.

Capítulo 42

Zárate tiene que parar a la entrada de la Cañada para dejar pasar a una furgoneta negra, de las que llevan vidrio solo en la parte de delante y chapa negra atrás y en los laterales. Le llama la atención que esté tan cuidada y sea tan nueva. Algo le hace pensar que es buena idea aprenderse la matrícula; no llega a ver los números, pero sí las letras KFK.

Más adelante, ve el Lada Riva rojo de la inspectora y le da la impresión de que en ese sitio y con esa sensación de abandono está menos fuera de lugar que circulando por Madrid. Parece increíble, pero todavía nadie se ha acercado a él, sigue teniendo todo en su sitio. Zárate ha llegado en moto y no sabe cómo se lo va a llevar; si lo deja ahí no van a tardar ni media hora en desvalijarlo y llevarse hasta las ruedas.

Antes de ocuparse de eso, mira las chabolas que hay cerca. Una yonqui con unos pantalones amarillos sale de una de ellas.

—Oye, ¿sabes dónde está la dueña de este coche?

—¿Qué pasa, se lo quieres comprar?

—¿Lo sabes o no?

—Que te den por culo.

La yonqui se va. Zárate saca su teléfono, intenta llamar a la inspectora, pero nadie le contesta. Después marca el teléfono de Chesca.

—¿Seguís en el chalet de El Plantío?

—No, vino un hermano del muerto y nos tuvimos que marchar. ¿Has encontrado a la jefa?

—No, he encontrado su coche, pero ella no está.

—Dime dónde estás y voy.

—Tranquila, ve mirando una matrícula. No sé los números, pero es KFK, una furgoneta Mercedes negra, una de las grandes, no sé cómo se llama el modelo.

—¿Para qué?

—No tengo ni idea. Luego te llamo.

Zárate mira alrededor, unas mujeres han salido de sus chabolas y le miden a lo lejos, sin acercarse. Cuando él va hacia ellas, vuelven a meterse en sus casas de ladrillos, tablones y techo de uralita. No hay ni gasolinera, ni comercios ni nada. Ninguna cámara de vigilancia en varios kilómetros a la redonda. El lugar ha sido bien escogido: nadie que viva allí hablará nunca con la policía. Pase lo que pase, no quedarán testigos que lo cuenten.

Camina por delante de las chabolas, solo hay una que está abierta: esa de la que salió la mujer de los pantalones amarillos. Se acerca, dentro solo hay una silla y una mesa de plástico con publicidad de una marca de cerveza. Pasa a un distribuidor del que surge un pasillo que lleva a unas habitaciones igualmente deshabitadas. Pisa unos cartones mugrientos y sale de la chabola. Deben usarla para meterse lejos de miradas indiscretas.

De vuelta a la calle, Zárate se cruza con un hombre que está mirando el Lada, probablemente valorando la posibilidad de empezar a desmontarlo pieza a pieza.

—Ni se te ocurra tocarlo.

—¿Es tuyo? —contesta en un castellano casi perfecto, pero que deja ver que no es nativo.

Zárate no va a discutir, le deja ver la culata de la pistola colocada en la sobaquera y repite la advertencia.

—Ni se te ocurra tocarlo. ¿Sabes montar en moto?

—Mejor que Valentino Rossi.

—¿Quieres ganarte cincuenta euros?

—¿A quién hay que matar?

—Solo tienes que llevarla hasta el aparcamiento del Carrefour de La Gavia, yo voy detrás con el coche.

—Hecho.

Es muy fácil abrir el Lada y hacerle el puente para arrancarlo. Zárate se sorprende de que nadie se lo haya robado a la inspectora, probablemente nadie quiere una tartana soviética.

Cuando arrancan, pasan junto a la mujer con los pantalones amarillos. Ella saca un móvil, un aparato de última generación. Marca un número.

Zárate conduce detrás del rumano, que va en su moto. Llegan a La Gavia sin incidentes. El rumano es un tipo legal que solo quiere sus cincuenta euros, sin intentar engañarle.

—¿Tú sabes por qué habían convocado a mi amiga, a la dueña del coche, en la Cañada?

—Yo no sé nada, amigo.

—¿Ni por otros cincuenta?

—Por otros cincuenta, puedo decirte que a veces va gente y que los meten en una furgoneta. Antes era una Berlingo y hace poco la cambiaron por una Mercedes, se ve que les va bien, y se los llevan. Lo que no sé es adónde. Y tampoco lo sabría aunque me dieras mil.

—Gracias. ¿Cómo te llamas? Igual necesito que me lleves la moto otro día.

—Constantin, ya sabes dónde encontrarme.

Cuando se queda solo, Zárate busca en el Lada hasta que descubre el teléfono, la pistola de Elena, sus documentos, su identificación de policía y las llaves de su casa. Esté donde esté su jefa, va completamente desarmada e indocumentada. Se pregunta si ha hecho bien moviendo el coche. Imagina a Elena huyendo y descubriendo cómo alguien se ha llevado su coche y su pistola y la ha dejado sin posibilidad de defenderse. Se consuela pensando que, si los hubiera dejado allí, alguien los habría robado y la pistola oficial de una inspectora habría ido a parar a manos de algún narcotraficante de la Cañada.

—Chesca, ¿sabes algo de la matrícula que te di?

—Algo sé, pero no te va a servir de nada. Hay por lo menos ocho furgonetas Mercedes negras con las letras KFK, ninguna en Madrid. ¿Me das más datos para que busque?

—No, no hay más datos. Ni siquiera sé si tiene algo que ver con nosotros. Voy para allá.

Capítulo 43

Cuando Elena se despierta, la furgoneta sigue en marcha. No sabe cuánto tiempo ha dormido. Tiene la sensación de que avanzan a gran velocidad por una buena carretera, sin baches, quizá sea una autovía.

—¿Falta mucho? Tengo hambre.

—En la guantera, si palpa a su lado, tiene unas chocolatinas y agua.

Reconoce la voz, es la del hombre trajeado del sótano. Sigue sus indicaciones y encuentra la bebida. Se levanta la capucha para poder beber.

—No debería hacer eso.

—De cualquier forma, no veo nada.

Elena no miente. El antifaz le impide ubicarse y tiene la tentación de quitárselo. Podría inmovilizar al conductor y hacerse con el control del vehículo, pero ¿no sería un error?, ¿no es mejor esperar al final del trayecto para saber adónde la llevan?

La furgoneta reduce la velocidad. Tiene miedo de que el hombre del traje haya podido notar algo extraño, de que haya descubierto la mascarada, pero no es así. El firme de la carretera ha cambiado, es más inestable y pisan algún bache. Están llegando.

Chesca y Zárate se han encerrado en uno de los despachos de la BAC, sin avisar a los demás.

—Si Elena te llamó para decirte dónde estaba, no fue para que te llevaras su coche, fue porque se sentía en peligro.

—Perdóname, pero las llamadas de Elena no vienen con libro de instrucciones. Me llamó, fui a la Cañada Real, vi su coche y lo saqué de allí antes de que lo desvalijaran.

—Bien, no vamos a discutir por lo que ya está hecho. ¿Ahora qué hacemos?

—Intentar pensar lo mismo que ha pensado ella para ir a la Cañada. Tenemos que ponernos en su cabeza y averiguar qué buscaba allí.

Zárate sabe que le está esquilmando una información fundamental a Chesca: el hijo de Elena, ese es el motor de todos sus movimientos, pero no tiene tiempo de confesárselo. Mariajo entra en el despacho sin llamar.

—Mirad lo que he descubierto. Nuestro amigo Yarum, es decir, Casto Weyler, le debía doscientos sesenta mil euros a Andoni Arístegui.

—¿En serio? —dice Chesca—. Eso explica muchas cosas.

—Odio parecer idiota, pero no sé a qué te refieres.

—Zárate, despierta. Yarum no soltó ese nombre para ayudarnos. Quería que mordiéramos el hueso y le quitáramos de encima a un acreedor.

—Un acreedor muy concienzudo en sus cuentas. Mirad el concepto por el que lo tenía contabilizado el vasco: «260.000 € apuestas finca».

—¿Apuestas finca? —dice Chesca—. ¿Qué coño es eso? Mariajo se encoge de hombros.

—Habrá que hablar con él —dice Zárate—. ¿Está en el edificio?

—Se lo llevaron esta mañana, no podíamos retenerlo más tiempo.

—Hay que pedir que lo vuelvan a traer —decide Chesca—. Yo me encargo.

Por fin, para la furgoneta. Alguien abre la puerta de Elena.

—Por aquí —le dice una voz de mujer.

Nadie vuelve a hablar con ella hasta que entran en una casa. La conducen escaleras arriba hasta una habitación. Elena escucha cómo cierran la puerta con llave.

—Puede quitarse la capucha. Sentimos las molestias, son por su propia seguridad. Me llamo Carla y estoy a su servicio.

Elena está en una habitación amueblada al estilo de una casa de campo. Los postigos de las ventanas están cerrados y sellados por fuera, no puede ver dónde se encuentra. La mujer que le ha quitado las esposas y la ha acompañado hasta allí tiene unos veinte años, va vestida como una camarera, con pantalón negro y camisa blanca. Sería bella si no llevase uno de los ojos cubierto con un parche.

—¿Desea champán? —le pregunta mientras se lo sirve—. Ahora le traerán algo de comer, supongo que tendrá hambre. El viaje ha sido largo e incómodo.

—¿Dónde estamos?

—Lo siento, no se lo puedo decir. Todavía faltan algo más de tres horas para que empiece el espectáculo. Si quiere, puede comer o descansar un rato.

Carla sale de la habitación, la ha cerrado con llave. Elena mira alrededor. Hay una puerta que da a un baño que tiene todo lo necesario para asearse, hasta mullidos albornoces. Hay cepillos y pasta de dientes, gel, perfume... Sobre una cómoda, una bandeja con comida. Tiene mucha hambre, ni siquiera desayunó esta mañana en el bar de Juanito. Da buena cuenta del sándwich de rosbif con rúcula y parmesano y de la tarta de fresa y nata que componen el menú. Hay vino, lo prefiere al champán que le dejó Carla servido. Le encantaría pedir grappa, pero parece mejor conformarse con lo que le ponen.

La puerta vuelve a abrirse, es Carla de nuevo.

—¿Estaba todo a su gusto? ¿Quiere algo más?

—No, todo estaba bien. ¿Me van a dar otra ropa?

—No me lo han indicado. Me han dicho que en cuanto el espectáculo termine, volverá a Madrid. Ni siquiera pasará aquí la noche.

—¿Qué te ha pasado en el ojo?

—Lo perdí —contesta la criada sin emoción.

Elena se muere de ganas de preguntar en qué consiste el espectáculo, pero supone que no debe hacerlo.

—Lo mejor es que descanse, esta noche va a ser larga, divertida y muy emocionante —le dice la joven antes de volver a dejarla sola.

Capítulo 44

A través de un monitor, Chesca y Zárate observan a Yarum, que está en la sala de interrogatorios, esposado y con aire ausente.

—Es un tipo peculiar —instruye Zárate a Chesca—. He visto cómo sacaba de sus casillas a la inspectora. Empezará a decirte que ve dentro de tu mente, que conoce tus problemas. No caigas en la trampa, no te excites. No te cabrees, porque lo que nos interesa es lo que nos cuente, no entrar en un duelo de inteligencias.

—¿Crees que soy estúpida? Además, ya he estado con él.

Cuando entran en la sala, Yarum los recibe como si se tratara de grandes amigos.

—Menos mal que son ustedes. Me inquieta encontrarme con la inspectora.

—¿Y eso?

—Está tan angustiada por lo de su hijo. Esa mujer está siempre al borde de estallar, hay que cuidarse de ella. ¿Me van a quitar las esposas? Ya saben que no soy un hombre violento y es muy incómodo estar con ellas puestas.

Chesca se acerca a él para quitárselas. Yarum se frota las muñecas, como si el dolor que le hubieran causado fuese insoportable.

—¿No es muy antiguo esto de las esposas? En una película vi que ahora ponían unas bridas. Aunque seguro que cortan la circulación de la sangre. No sé qué es peor.

Ninguno de los dos policías le contesta, miran papeles, hacen como que no tienen prisa, pero el hombre no se calla, se ríe de ellos.

—Me encanta cómo les enseñan que hay que llevar los interrogatorios. Primero me ponen nervioso con su silencio, después uno de ustedes hace de bueno y otro de malo. Si quieren, seguimos jugando, pero su jefa les debería haber dicho que me van a dejar en libertad porque no tienen nada contra mí. Bueno, sí, cobrar en negro y sin IVA. Una multa y a casa.

—¿Por qué dice que la inspectora está a punto de estallar?

—¿No saben ustedes nada de su hijo?

—¿Qué tenemos que saber?

La pregunta de Chesca incomoda a Zárate. No esperaba que el interrogatorio pudiera circular por esta vía.

—Si ella no se lo ha contado, no seré yo quien lo haga. Pero tienen motivos para preocuparse. ¿No han notado su ansiedad? Yo tengo poderes, pero no es que hagan falta para verlo. Es una mujer atormentada. Si ustedes, que se supone que son sus amigos, no la ayudan, no sé quién la va a ayudar a la pobre.

—¿Dónde está su hijo? —se atreve a preguntar Chesca.

—Dónde está, yo no lo sé. Dónde cree ella que está, sí. Con la Red Púrpura, ya saben ustedes. Pero no tengo nada que ver con eso.

—Vendía usted enlaces para sus eventos, algo tenía que ver —interviene Zárate, que no deja de mirar a Chesca, es la primera vez que su compañera oye hablar de la posibilidad de este vínculo entre la Red y Lucas.

Pero Yarum hace oídos sordos a Zárate y se centra en Chesca, la mira a los ojos, como si la acabara de descubrir.

—¿No hay nadie normal en esta brigada? —se pregunta el detenido como si realmente estuviera sorprendido—. La jefa está angustiada y ansiosa por su hijo, y usted, Paquita, porque no es capaz de llevar una vida normal. Está deseando tener un marido que la quiera, unos hijos, un adosado y un monovolumen blanco y lo único que tiene es un carné de gimnasio y un polvo en un coche de vez en cuando... Lo que no sé es si se lo echa un compañero o una compañera.

—¡Silencio! —Chesca no logra contenerse.

—Calma —la tranquiliza Zárate, temeroso de que su compañera golpee al detenido.

Yarum sonríe ya la tiene a ella alterada, pensando más en el odio que siente por él que en sus preguntas o en la información que quiera conseguir. En cuanto le sea posible, será el turno del hombre.

—No se pregunte cómo lo sé, eso da igual —concluye el detenido—. Solo piense en que si no se ayuda usted a sí misma, no podrá ayudar a los demás. Le aconsejo que salga de esta sala, lo digo por su bien. No quiero cargar sobre mi conciencia el peso de haber destruido a una agente de policía que podía haber sido útil para España. Yo respeto mucho a la policía, no crean que no.

Chesca trata de respirar, de relajarse. Yarum sigue hablando, sin dejarla pensar, es probable que sea una de sus tácticas, no dejar que el adversario recapacite.

—Usted decide, pero si sigue aquí, descubriré más detalles de su vida. Quizá no quiera oírlos, quizá prefiera que su compañero no los conozca.

—Queremos ayudar a la inspectora Blanco, pero no sabemos dónde está —Zárate decide destapar las cartas.

—¿Y quieren que yo los ayude?

—Igual que nosotros le hemos ayudado a usted.

—Vaya, esto es nuevo para mí. Dígame cómo me han ayudado.

Zárate ha visto que está delante de alguien que no se va a quebrar, que tiene que ser sincero para que colabore. Le cuenta que después de que él mencionara el nombre de Kortabarría ante la inspectora, lo localizaron y se infiltraron en una de sus timbas de póker, que investigaron en sus posibles relaciones con la Red Púrpura y, lo más importante, que está muerto.

—Vaya, qué buena noticia. ¿Lo mataron ustedes?

—Un infarto.

Yarum compone una cara de pena que es más cómica que otra cosa.

—Lo raro es que haya durado tanto. No lo siento por él.

—Hemos descubierto que usted le debía doscientos sesenta mil euros. ¿Fue ese el motivo por el que le dio su nombre a la inspectora?

—A veces los planes salen bien. Es una deuda que queda saldada con su muerte. Soy doscientos sesenta mil euros más rico.

—Como ve, le hemos ayudado. Le pido que nos devuelva el favor. Ya no tiene nada que temer de Kortabarría.

—Bien, me gusta que tengan la humildad de pedir ayuda. ¿Qué fue lo último que supieron de la inspectora Blanco?

—Desapareció en la Cañada Real.

—¿En el Sector 6?

—Sí.

—Es algo en lo que yo nunca he entrado, solo he oído rumores en la Deep Web. Me parecía repugnante y, me crean o no, tengo mis límites. Dicen que desde allí salen a una finca, no sé dónde..., para ver peleas entre niños.

—¿Qué más sabe de esas peleas? ¿Va a haber alguna? —Zárate apenas puede disimular su ansiedad. Intuye que está muy cerca de la verdad.

—Le repito que nunca he estado en una.

—La deuda con Kortabarría —le recuerda Zárate—. Tenía apuntado que era por unas apuestas en una finca. ¿Eran de esas peleas?

—Una vez estuve a punto de ir, pero no lo hice. El cabrón de Kortabarría quería cobrármelo de todas formas —Yarum sabe sonar convincente.

—Estás mintiendo.

—No les puedo decir más, pero pregunten por una mujer. Se llama Pina y suele andar por esa zona. Ahora, llévenme a mi celda; he cumplido con mi palabra. Los he ayudado.

Capítulo 45

A Elena nunca le gustó cazar, pero su padre era muy aficionado y, a falta de un hijo varón, la llevaba a ella a alguna montería. Elena sabía que para él era la forma de demostrarle cariño y simulaba entusiasmo esos tres o cuatro fines de semana al año en los que él le pedía que le acompañara, los dos solos, sin la presencia de su madre. Sí que le gustaba la comida de después de las jornadas de caza y las fiestas, muchas veces amenizadas por guitarristas, cantaores y bailaoras. Fue en un fin de semana de aquellos cuando descubrió su pasión por los todoterrenos, de la mano de un montero portugués al que los perros obedecían como si fuera su dios.

Elena disfrutaba de las monterías, excepto cuando llegaba el momento de cazar, entonces erraba los disparos como si su puntería delante de una simple lata desapareciera cuando tenía un ser vivo delante. Solo una vez mató a un animal. Fue suficiente para descubrir que era algo que no quería volver a hacer.

Esas jornadas de caza, a las que asistían otros hombres como su padre, acompañados también por sus hijos y, con escasa frecuencia, por una hija, se celebraban cerca de la frontera con Portugal, alguna vez la traspasaban, como cuando iban a una impresionante finca en el Alentejo en la que era casi imposible no tirar sobre algún jabalí.

Desde que la bajaron de la furgoneta y la dejaron en esa habitación, Elena huele lo mismo que entonces. Le asalta la sensación de estar en una de esas fincas, aunque no tenga ningún dato que se lo confirme: no ha conseguido escuchar a nadie, aparte de Carla, que no tiene ningún acento peculiar; no ha logrado abrir la puerta ni los postigos de las ventanas; tampoco hay nada en la habitación que le indique dónde está. Solo puede fiarse de sus sensaciones, de sus presentimientos, del olor de aquellas jornadas de caza. Solo cabe esperar a que Carla o cualquier otra persona venga a por ella y la lleve donde se desarrolle el espectáculo.

Se sienta intentando imaginar qué está pasando y únicamente se le ocurren dos opciones. La primera de ellas es aterradora: ha sido descubierta y se va a encontrar cara a cara con Dimas. Pero no para desenmascararle y enfrentarse a él, no para descubrir el destino de su hijo Lucas, sino para convertirse en la nueva víctima de la Red Púrpura, va a sufrir lo mismo que sufrió Aisha Bassir, la chica marroquí, lo que tal vez padeció Aurora. El hombre de la máscara de lucha libre mexicana y el de la prótesis metálica en la mano se van a ocupar de ella mientras un centenar de espectadores disfrutan del espectáculo, hacen subastas para que se lleven a cabo sus torturas y apuestan a quiénes darán las órdenes.

La segunda opción se le antoja más probable: el sobre que cogió del bolsillo de la chaqueta de Kortabarría era la convocatoria para este evento. Alguien habría pagado para asistir, imagina que una gran cantidad de dinero, pero la muerte del vasco impidió que le llegara la noticia y en su lugar ha venido ella. Todo está sucediendo con normalidad, incluso esta espera, nadie sabe quién es ella en realidad.

Debe tranquilizarse y dejar de darle vueltas en círculo a lo que vaya a ocurrir, simplemente no lo sabe y no puede averiguarlo. Solo conoce una forma de dejar de pensar, cantar. Así que tararea en voz baja las mismas canciones que tantas veces ha cantado en el Cheer's: *Gira, il mondo gira, nello spazio senza fine, con gli amori appena nati, con gli amori già finiti, con la gioia e col dolore, della gente come me...* Detiene el canturreo de golpe; le ha parecido oír algo, unos pasos apresurados, el golpe de una puerta al cerrarse con fuerza. Aguza el oído, pero el silencio vuelve a imponerse. Con esfuerzo cree escuchar unas voces tensas en la distancia, el ruido de un motor. Pero la calma se extiende y ya le resulta difícil saber si está pasando algo fuera de su cuarto o solo son imaginaciones suyas. Se tumba en la cama, resignada a dejar pasar el tiempo.

Cuando por fin se abre la puerta, ha pasado más de una hora, y no solo entra su camarera, Carla, la del parche, sino también dos hombres que llevan la cara cubierta.

—Ha llegado la hora. Le tenemos que tapar los ojos —le dicen con educación, mostrándole el antifaz y la capucha.

Elena siente miedo, pese a la posibilidad de estar a punto de ver a su hijo. Siempre pensó que si este momento llegaba, un extraño coraje la poseería y le darían igual los obstáculos que se encontrara en su camino. Pero tiene miedo, tanto que lo único que le apetece es llorar, dejarse caer al suelo y esperar por lo que tenga que ocurrir. Hace unas horas, seis, siete, ocho, en realidad no sabe cuántas, le taparon los ojos en una chabola de la Cañada y ella resistió valerosa. Ahora vuelve a suceder y no está segura de ser capaz de mantener la entereza.

Una vez con la capucha puesta, la sacan de la habitación y la conducen al exterior de la casa; nota el viento cálido en la cara. Allí la suben en un vehículo, no es la misma furgoneta en la que llegó, ahora se trata de un todoterreno. El trayecto es corto, unos seis o siete minutos, los saltos que nota Elena hacen pensar que van a campo través. Es incapaz de adivinar qué camino llevan, si es una espectadora o la protagonista.

—Puede bajarse. Tenga cuidado, que vamos a subir unas escaleras.

Elena sube los peldaños uno a uno de la mano del hombre que la conduce. Llegan por fin a una especie de salita. Allí le retiran la capucha y el antifaz.

—El espectáculo solo tardará unos minutos en empezar. No sabemos cuánto durará. Al terminar, volveremos a buscarla. Recuerde que ha apostado cincuenta mil euros por el luchador verde. Mucha suerte.

No sabe dónde está, solo que hay una especie de balconcillo. Se asoma. Da a una pequeña plaza de toros cubierta. Intuye que hay más balconcillos, pero la oscuridad del perímetro es total y no puede ver quién ocupa los demás, ni siquiera si están vacíos o llenos.

Carla vuelve a entrar con una bandeja en la que hay una botella de champán, una copa y unos bombones.

—Disfrute del espectáculo.

Vuelve a salir al palco. En otro de ellos distingue la brasa de un cigarrillo, así que no está sola. Aunque intenta adaptar la mirada a la oscuridad, no logra ver nada más. De repente se enciende una luz, un foco que ilumina el centro del coso. Allí hay una gran jaula octogonal. Un hombre entra, es Dimas, con una máscara de lucha libre mexicana similar a la que llevaba el día del asesinato de Aisha.

—Bienvenidos —dice con correcto acento español, tal vez con un deje ligeramente extremeño o andaluz—. Ya han hecho ustedes sus apuestas. Algunos son veteranos, otros es la primera vez que vienen. Confío en que todos disfruten como esperan y volvamos a tenerles con nosotros pronto. Como siempre, les pedimos disculpas por las incomodidades del viaje. Ustedes saben que se trata de su seguridad. Damos comienzo al combate: los dos luchadores más salvajes de la Red Púrpura. Con calzón verde, desde Santa Cruz de Tenerife, Jonay. Con calzón rojo, desde Madrid, Caín. La pelea es, como siempre, a muerte.

Elena no logra reaccionar. Han dicho Caín, el asesino bíblico de Abel. ¿Es posible que Lucas haya escogido ese apodo con intención, por recordar a su padre de algún modo? No lo sabe, pero un estremecimiento la previene. Si ocurre lo que ella cree, está a punto de ver a su hijo en persona, después de tantos años.

Capítulo 46

Chesca y Zárate se bajan de la moto en el mismo sitio en el que él encontró por la mañana el coche de Elena. Todavía hay luz, pero ya imaginan cómo será aquello en un par de horas, cuando no se vean los charcos y no se puedan esquivar. Allí no hay farolas del ayuntamiento, solo la escasa luminosidad de las hogueras que marcan los lugares de venta de droga.

—Pensé que nos pondrían problemas para entrar hasta aquí —comenta Chesca mientras se quita el casco.

—Si pusieran problemas para entrar, no conseguirían vender drogas. En todo caso nos los pondrán para salir.

—No me tranquiliza lo que dices.

Ninguno de los dos tiene experiencia en ese poblado chabolista. Es un laberinto informe por el que no es fácil moverse.

—¿Hacia dónde vamos?

Saben lo que buscan: a Pina, la mujer que les señaló Yarum; lo que no saben es cómo encontrarla. Sospechan que si preguntan por ella a la gente de la calle, se van a ver metidos en problemas.

—De momento vamos a dar un paseo, a ver qué vemos.

El paso de coches es constante, algunos paran y de ellos se bajan varios hombres y mujeres. Son las cundas, los taxis de la droga que hacen el recorrido entre Madrid y el poblado, como el que esta misma mañana se había estrellado contra un camión. Es de suponer que los conductores de las cundas habrán quedado en recoger a sus pasajeros dentro de media hora en algún lugar. Ellos comprarán una micra o dos de heroína, se la fumarán allí mismo o la guardarán para más tarde, y volverán a subirse en la cunda. Dedicarán el día a conseguir más dinero para hacer el mismo recorrido mañana. También hay coches que parecen normales, con tipos dentro con aspecto de oficinistas; suponen que son los que están enganchados pero logran llevar una vida corriente, algunos lo hacen durante muchos años.

Otros, los que están en peor estado, se quedan allí, en chabolas o en tiendas de campaña. Hacen recados para los traficantes a cambio de su dosis diaria: reparten, venden, captan clientes o roban a sus propios compañeros de infortunio cuando estos se acaban de meter y no son capaces de defenderse. Son los que se ocupan de mantener vivas las hogueras, casi todos hombres, aunque también hay alguna mujer. Chesca las mira, quizá una de ellas sea Pina, la que ellos buscan.

—¿Estáis buscando comprar? —le pregunta una al notar su mirada.

—Después, ahora estamos echando un vistazo.

—Pues aquí se viene a comprar, a mirar vete a tu puto barrio, que tiene escaparates —le contesta la yonqui enfadada.

Los dos policías siguen caminando, de vez en cuando alguien los mira, pero los dejan seguir sin meterse con ellos.

—Yo creo que Pina es una que salió de aquellas casas, una que llevaba un pantalón de chándal amarillo, a la que pregunté si había visto a la dueña del coche. Me mandó a tomar por culo —recuerda Zárate.

—Me parece que aquí hay mucha afición a mandar a tomar por culo —comenta Chesca—. ¿Vamos para allá?

Cuando se acercan al grupo de chabolas, un hombre que estaba junto a una hoguera hablando con otros se levanta.

—¿Otra vez tú?

Es Constantin, el rumano que condujo su moto hasta el aparcamiento de La Gavia.

—Me dijiste que si lo necesitaba podía encontrarte aquí.

—Eso era antes de saber que hay gente muy peligrosa preguntando por ti.

—¿Preguntan por mí?

—Por el que se llevó el coche viejo aquel, pero no saben quién eres.

—¿Les has dicho dónde lo dejamos?

—Yo nunca digo nada.

—Estoy buscando a una mujer que se llama Pina.

Constantin suelta un silbido.

—Mala gente esa Pina. Te diría que lo mejor que te puede pasar es que no la encuentres.

—A veces uno no escoge.

—¿Qué gano yo con esto?

—¿Qué quieres?

—Deja que me lo piense, quédate por aquí y te digo lo que sepa.

El rumano se aleja de ellos, vuelve a sentarse con sus compatriotas junto a la hoguera. Chesca y Zárate no saben qué hacer, si alejarse unos pasos, si marcharse, si seguir allí quietos. Otro de los hombres se levanta.

—Por allí detrás, a unos doscientos metros, hay una chabola con un cartel que dice «kiosco». Esperad, ahora va Constantin.

En la chabola, que tiene el letrero de «kiosco» pintado con una brocha y pintura negra, hay una ventana por donde se atiende al público. Fuera han puesto algunas mesas y sillas de plástico, robadas en alguna terraza de Madrid, todas distintas: de Coca-Cola, de Mahou, de San Miguel, de Aperol... Hay algunos yonquis sentados, comiendo bocadillos, pero se ve que no es la hora punta.

—¿Te fías del rumano? —pregunta, inquieta, Chesca.

—Aquí no me fío ni de mi madre. Voy a pedir unas cervezas.

Zárate vuelve del kiosco con dos tercios de Mahou, bien fríos. Un hombre se les acerca.

—Si queréis coca buena, sé dónde tienen.

239

—Ya tenemos quien nos pase. Gracias.

—No tan buena como la mía.

—Seguro que no. Quizá otro día.

El hombre se aleja, Chesca lo ve ir con prevención.

—No sé cómo permitimos que esto exista. Deberíamos entrar con excavadoras y tirarlo todo.

—Ya lo hacen.

—Todo, no solo algunas casas.

—¿Y qué conseguiríamos, que la droga en lugar de venderse aquí se vendiera en la Gran Vía? Esto es como una herida que supura, no siempre es malo, quiere decir que las defensas hacen su trabajo.

—Medicina parda —se burla Chesca y le da un trago a su Mahou.

No hablan mucho, se fijan en los hombres y mujeres que se van acercando al kiosco en la siguiente media hora. La mayoría lo hace para comer bocadillos, pero también hay algunos que se sientan con un plato de lo que parecen unas patatas a la riojana que no tienen mal aspecto. Por fin, se les acerca un chaval de diez u once años.

—Que dice Constantin que vengáis.

Se levantan y le siguen, el rumano los espera a pocos metros.

—A Pina ya no la veis por aquí. Preguntad por ella en una narcosala que está en la calle de Palomeras, en Puente de Vallecas.

—Por allí hay muchas narcosalas.

—Es una que dirigen unos nigerianos, el jefe se llama Adisa. Pina está limpia, pero hace tratos con el tal Adisa.

—No me has dicho qué quieres a cambio.

—Me debes un favor y algún día me lo cobraré.

Constantin se aleja de ellos, siguen teniendo que encontrar a Pina, ya saben dónde hacerlo.

—Tengo un compañero de promoción destinado en Puente de Vallecas —recuerda Chesca.

—Llámalo, nos va a hacer falta.

Capítulo 47

Elena se siente en una pesadilla. El foco de luz cenital ilumina la jaula octogonal. Incluso ha dejado de entender la arenga que hace Dimas cuando los dos luchadores salen a la arena. Su voz se ha transformado en un ruido, como si sus sentidos estuvieran saturados. Ha visto a un muchacho fibroso de pantalón verde, ha recordado que el hombre que la acompañó al palco le dijo que había apostado por él. Intentaba fijarse en los detalles: en la plaza donde se celebra el espectáculo, en el tipo de construcción, quizá sea una de las que en las fincas se usan para probar la bravura de las reses, quizá la hayan construido solo para estas peleas. Eso pensaba cuando lo ha visto aparecer y, desde ese momento, ha sido incapaz de centrar la atención en otra cosa que no sea él.

Su hijo, Lucas.

Lleva un pantalón rojo y alza los brazos mientras pasea alrededor de la jaula, como si fuera un campeón. Tal vez los espectadores le estén aplaudiendo. No lo sabe, no puede escucharlos. Ella está concentrada en desenterrar los rasgos del niño inocente que perdió en la plaza Mayor. ¿Dónde está su hijo? Quiere pensar que sigue ahí, bajo la piel de un adolescente fibroso, no demasiado alto, pero compacto. Un adolescente que ríe y hace muecas a la gente que se oculta en la oscuridad de los palcos. Se sabe un héroe. Tiene algunas cicatrices, no demasiadas, en el cuerpo, en la cara. Le falta el lóbulo de la oreja izquierda. Lucas detiene el paseo ante su palco. Es algo que ha hecho varias veces, pero Elena nota un vuelco al corazón: ¿puede verla?, ¿la ha reconocido?, ¿existe ese hilo invisible que une a una madre con un hijo?, ¿es posible que él lo esté sintiendo? Lucas clava los ojos en la sombra donde está Elena y vuelve a sonreír. Durante una fracción de segundo, ella recuerda esos mismos ojos, llenos de vida, de ingenuidad, cuando guardaba los sellos que había comprado con su padre en la plaza, cuando se sentaba ante una taza de chocolate, cuando despertaba tras una siesta y descubría a su madre sentada en el borde de la cama, mirándole con amor. Son los mismos ojos que ahora están en mitad de la plaza y, al mismo tiempo, son unos ojos completamente diferentes. Como si ya no tuvieran vida.

Caín grita eufórico a la vez que retoma su paseo. Ahora, Elena puede escuchar el bullicio del resto de espectadores, que celebra con más gritos y aplausos la presentación del luchador. Ella no puede contener una lágrima: es evidente que, para su hijo, la inminencia de la pelea no es motivo de miedo, sino de excitación y orgullo.

Cuando termina el paseo, se va hacia el centro de la plaza, junto a la puerta de la jaula. Allí le espera su adversario, el chico del calzón verde. Es un poco más alto que Lucas, pero menos musculado. Elena se sorprende viéndole como un buen chico, parece tímido, educado, sin el aire chulesco de su hijo. Si ella fuera completamente imparcial, querría que Jonay ganara la pelea. Pero Lucas es su hijo y lo único que quiere es que esto no se produzca, que no haya vencedores ni vencidos.

—La pelea va a empezar, los dos luchadores han estado antes en este ruedo y han ganado. Hoy solo uno de los dos saldrá con vida. Ya sabéis —se dirige a los luchadores—, vale todo: puñetazos, patadas, mordiscos, golpes bajos... ¡Adelante!

Elena siente que no será capaz de soportarlo cuando el hombre sale de la jaula, del espacio acotado por el haz de luz que sigue a los luchadores. Jonay y Lucas pasan unos largos segundos, quizá más de medio minuto, observándose, dando vueltas el uno alrededor del otro, sin agredirse.

Jonay mira con temor, de la cara de Lucas no se borra la sonrisa.

Pese a que parece que va a ser al contrario, el primero que se abalanza sobre su adversario es Jonay. Es un ataque contundente que Lucas esquiva con cierta elegancia. Pese a lo aparatoso de los movimientos, no se han llegado a golpear. Regresan al tanteo, a avanzar y retroceder, a dar vueltas. Hasta que Lucas lanza una patada que golpea en el muslo del canario y le hace gritar y retroceder. Elena escucha su voz por primera vez.

—Te voy a matar.

Lucas avanza hacia él, ahora con decisión, pero Jonay se defiende con un golpe directo a la cabeza que lo lleva al suelo. Elena ve cómo su hijo escapa rodando sobre sí mismo.

La pelea retorna a un momento de calma. Será mucho más larga y dolorosa de lo que Elena preveía; durante los minutos siguientes alternan golpes crueles con pequeños descansos que se permiten los luchadores. Hasta que se desata la tormenta.

Vuelve a ser Jonay el que toma la iniciativa, pero esta vez alcanza a Lucas con una patada en el costado de la que este se resiente. A continuación le empieza a dar puñetazos y rodillazos, los dos se agarran y se golpean, ruedan por el suelo y, Elena no sabe cómo, su hijo acaba encima, descargando fuertes puñetazos en el rostro de su oponente; pero Jonay no ha dicho la última palabra y agarra a Lucas del cuello con los pies, tira con tanta fuerza que le hace perder el equilibrio y que se golpee la cabeza contra el suelo.

Los dos se levantan, pero da la impresión de que Lucas está aturdido y a merced de su contrincante, que se prepara para rematarlo. Jonay lo agarra, va a golpear su cabeza contra el suelo otra vez. Elena grita, pero no es la única persona que lo hace, se escuchan otros gritos, todos de excitación, el de ella es el único de desesperación. Tantos años buscándolo y está a punto de ver morir a su hijo sin poder hacer nada para impedirlo. Se asoma al balcón desde el que lo ve todo. Hay unos cinco metros de caída. Si saltara...

Pero, cuando está pensando en la caída, se escucha un nuevo rumor generalizado. Elena vuelve a mirar hacia la jaula y ve que la sonrisa de Lucas ha regresado a su rostro, estaba actuando para que Jonay se confiara y ahora es él quien está estrangulándolo.

Si el dolor por ver morir a su hijo era insoportable, peor es el de verlo sonriendo mientras Jonay va perdiendo la fuerza y sus músculos se van relajando. Va a morir y nada impedirá que Lucas complete su tarea. El grito de Elena se escucha en toda la plaza, en el silencio de los demás espectadores que están a punto de ver una muerte, lo que han venido buscando.

—¡No, hijo! ¡Para, Lucas!

Hasta Lucas mira alrededor sorprendido y suelta el cuello de Jonay, que cae al suelo como un fardo. Entonces Elena grita de nuevo.

—¡No lo mates!

Dimas regresa a la plaza y mira alrededor. Es Lucas quien, con la mano, señala hacia el lugar del que ha salido la voz, señala hacia su madre. Dimas echa a correr hacia alguna salida. Lucas continúa allí. Ayuda a levantarse a Jonay, como si entre ambos no hubiera ninguna animadversión, pese a que hayan intentado matarse.

Elena sabe que están a punto de entrar en su palco. Ahora sí que está obligada a saltar. Lo hace, cae y rueda por la arena; después corre hacia una salida que ve en el extremo opuesto. Lucas, desde dentro de la jaula, la ve pasar a su lado, Elena no sabe si va a correr tras ella, pero no lo hace, solo sigue sonriendo, como cuando peleaba... Un hombre sale a su paso, pero Elena consigue esquivarlo. Está por fin fuera, en medio de una noche oscura como boca de lobo. Corre, no puede parar ahora.

Capítulo 48

La calle de Palomeras es una de las principales del distrito de Puente de Vallecas, la que da nombre al barrio. Está a pocos pasos de la avenida de la Albufera, donde está el campo de fútbol del Rayo Vallecano —el orgullo de los vecinos—, la calle que ocupa el trazado que antiguamente pertenecía a la carretera de Valencia. También está muy cerca de la Asamblea de la Comunidad de Madrid. Las autoridades intentaron elevar el nivel de vida de la zona situando allí uno de sus centros de poder, pero la estrategia no funcionó del todo, solo han conseguido una pequeña isla de prosperidad en medio del caos.

—Ya estamos aquí, ahora a buscar el narcopiso de Adisa. A ver si tu amigo nos ayuda —dice Zárate.

Muchos de los llamados narcopisos de Puente de Vallecas no son pisos en realidad, sino locales comerciales o casas bajas del barrio que estaban abandonados y los han ocupado los traficantes que venden al menudeo. La zona preferida de los yonquis del barrio está en la misma calle de Palomeras, en las inmediaciones del parque de Amós Acero, un parque bonito, con una fuente redonda ante la que muchas veces se sientan los vecinos, aunque muy deteriorado por la falta de cuidado y por la presencia de pequeños camellos que se congregan allí.

En medio del parque hay un auditorio, hoy sin uso, con graderíos. Allí hay sentados grupos de chicos y chicas con litronas metidas en bolsas de plástico. Chesca y Zárate están seguros de que esos chicos no los van a ayudar, no porque tengan ningún interés en proteger a los narcos, sino porque en ese barrio se aprende muy pronto que meterse en los asuntos de los demás es uno de los peores negocios que se pueden hacer.

Por fin ven a la persona que están buscando, Paco, un antiguo compañero de Chesca destinado en Puente de Vallecas. Va vestido de paisano, pero Zárate no tiene dudas, antes de que se presente, de que es él. Canta a varias manzanas que es policía.

—¿Adisa? —repite Paco tras saludarlos—. Ni idea, en estas calles hay más de treinta narcopisos, muchos de ellos regentados por nigerianos. Tendremos que preguntar por ahí. No me vais a meter en un lío, ¿no?

—No —responde Chesca sin mucha seguridad—. Solo queremos encontrar a una mujer que se llama Pina.

Paco les hace un recorrido por el barrio, les señala algunas ventanas cegadas con ladrillos.

—Los mismos vecinos tapian los pisos que se han quedado vacíos por desahucios o lo que sea, así tratan de evitar que los okupen. En el edificio de mis padres hay uno así; tuvieron que pagar doce euros cada familia. Y aquí no sobra el dinero.

En una de las calles que bordean el parque ven a un yonqui entrar en un portal.

—Ahí hay un punto de venta.

—Si lo sabéis, ¿por qué no se cierra? —se escandaliza Chesca.

—¿Para qué? ¿Para que se cambie al edificio de al lado? Por lo menos, sabemos dónde está. En esta calle yo conozco tres, en la de al lado dos más, en la siguiente cinco... ¿Sabéis cuántos vecinos del barrio están presos en cárceles de Perú, de Bolivia, de Colombia o de Brasil por haber hecho viajes para volver cargados de coca? No sé el número exacto, pero más de media docena. Vamos a entrar en ese bar.

Es uno de los de toda la vida, de los que hace años hubieran tenido el suelo lleno de serrín. Piden tres botellines y el camarero se los sirve, al lado les pone un platito metálico ovalado con unos cacahuetes sin pelar.

—Llama al Milpicos —ordena Paco al camarero.

El hombre se mete dentro del almacén.

—Ya podéis suponer por qué le llaman así. Aunque el nombre se lo pusieron de joven, ahora lleva cerca de diez mil.

—Perdón, tenemos prisa —se atreve a decir Zárate, impaciente—. De que encontremos a Pina puede depender la vida de la inspectora Blanco.

—Lo sé, pero no se me ocurre una forma más rápida de encontrarla que tomarnos unos botellines en este bar —le responde Paco con calma.

Ni Chesca, ni Zárate lo entienden hasta que de detrás de la barra sale un hombre mayor, muy delgado, con el pelo casi blanco.

—¿Qué quieres, Paco? Un día me vas a buscar la ruina viniendo por aquí.

—Tú te has buscado la ruina solo, Milpicos. Estoy intentando encontrar a Adisa, un nigeriano que tiene un narcopiso.

—Todos los nombres africanos me suenan a lo mismo. Y ellos también son todos iguales, le ves la cara a un negro y se la has visto a todos.

—Haz memoria.

—¿Crees que me llamarían Milpicos si me quedara memoria? Hasta los quinientos, aguanté bien. Pero después se me ha hecho puré la cabeza. Menos mal que mis viejos me dejaron este bar. Si no, estaría en una tienda de campaña en la Cañada. De esas de Decathlon que se montan en dos segundos si las tiras al aire.

—¿Y Pina? ¿Sabes quién es Pina? —se atreve a intervenir Chesca.

—¿Para qué quieres ver a esa chunga? —el hombre la mira—. Mejor olvídala.

—Me encantaría, pero necesito hablar con ella.

—Pina no tiene nada que ver con la droga —ante el silencio de los policías, el Milpicos baja el tono a un murmullo para explicarse—. Hace tratos con los africanos, pero para conseguir mujeres. Es una proxeneta y, por lo que dicen, mejor no acabar dependiendo de ella.

—¿Dónde la podemos encontrar?

—En Entrevías, en la casa de su madre. Doña Carmen antes venía mucho por aquí, pero se quedó en silla de ruedas y ya no sale. Pina se pasa todas las noches a cenar por allí. Ya veis, aunque sea una hija de puta, tiene sentimientos y va a visitar a su madre a diario. ¿Cuánto hace que vosotros no vais a ver a las vuestras? Vive enfrente del Centro de Educación para Adultos, en una casa baja con una puerta de garaje pintada de blanco.

—Ahí es.

La casa de la madre de Pina no está mal cuidada, es una vivienda baja en la calle de la Serena, cerca de la Ronda del Sur. Se entra a través de una puerta de garaje, tal como les dijo Milpicos.

—¿Qué hacemos?

—Mira.

Es Chesca la que se ha dado cuenta de que en la acera de enfrente hay aparcada una furgoneta Mercedes negra.

—¿Es esa la que viste en la Cañada?

—Joder, esa es.

En la matrícula, las letras KFK. Las mismas que Zárate le dijo cuando desapareció Elena.

Capítulo 49

Elena corre, escucha a su espalda ladridos y se acuerda del montero portugués que llevaba las rehalas, sabe lo que le pueden hacer los animales si la cogen y sabe también que es imposible huir de ellos. Va completamente a oscuras y tiene miedo de tropezar, de torcerse un tobillo, de caer al suelo y ser atacada por los perros, a los que deben de haber soltado. Pueden destrozarla y, tal vez, lo mejor sea desistir de la huida; si los cuidadores están cerca cuando la alcancen, pueden impedir que la maten a dentelladas. Entonces piensa que quizá obligaran a Lucas a hacerlo y de una manera más cruel aún, así que decide seguir corriendo.

Empieza a bajar por una cuesta que no sabe dónde llegará, hasta que ocurre lo que más miedo le daba: pierde pie y se va al suelo. Su mano toca una corriente de agua. Puede que eso sea una suerte, puede que los perros no sigan su olor ahí dentro. Todo son suposiciones, todo lo que se le ocurre para salvar la vida es porque antes lo ha visto en alguna película.

Se mete unos metros en el río, el agua le cubre por encima de la rodilla, le cuesta avanzar, pero sigue haciéndolo, sin parar.

—Por aquí —escucha entonces.

Sabe que esa voz femenina se dirige a ella. Puede que sea el final de su huida, pero también es posible que sea su única oportunidad de lograr escapar, así que sigue a la voz. La mujer, o la chica —cree que es alguien muy joven—, la agarra de un brazo, la lleva más hacia el centro del río. ¿Va a ahogarla? Pero no se queda quieta, sigue tras ella hasta que el agua las cubre a la altura del pecho.

—Cien metros —le dice la voz—. Dentro de cien metros hay un lugar donde los perros no nos pueden oler.

Son cien metros, pero tardan una eternidad en recorrerlos, siempre con miedo a que las bestias aparezcan, a que los faros de los coches iluminen el cauce del río y los hombres que las persiguen —pueden escuchar sus voces— las descubran y disparen sobre ellas. O a que esa joven la esté engañando y la entregue.

—Hay que cruzar al otro lado.

La chica tira de ella hasta que salen del agua. Abre entonces una tapa de metal en el suelo y le llega un olor nauseabundo.

—Vamos, baja.

—No pienso entrar ahí.

—Pues quédate fuera, verás qué poco tardan los perros en olerte. Pero aléjate, que no quiero que me pillen a mí.

La chica entra, Elena se decide y va tras ella. Cierra la tapa. La oscuridad, que a Elena le parecía absoluta fuera, es ahora peor todavía.

—¿Dónde estamos?

—Creo que se llama fosa séptica. Nunca has estado tan metida en la mierda como ahora —la chica se ríe—. Ponte cómoda e intenta olvidarte del olor. Yo llevo aquí más de dos horas y se soporta. No es tan grave.

—Mañana los perros seguirán aquí.

—Mañana será otro día. Ya nos preocuparemos cuando toque. Y vas a oler tan mal que ni los perros querrán acercarse.

A la oscuridad, se suma el silencio. Elena aguanta poco tiempo sin hablar, sin intentar saber dónde está y cómo puede escapar.

—¿Cómo te llamas?

—Aurora.

Preferiría no haberlo preguntado, ¿le ha salvado la vida la adolescente a la que su hijo torturó en el vídeo? Sería mucha casualidad que coincidiera el nombre y no fuera ella. Por lo menos, Lucas no la mató. A ella no, eso hace dos días habría sido un gran alivio. Ahora no, sabe que ha habido muchos otros muertos en las peleas, lo ha visto grabado y ha estado a punto de verlo esta misma noche.

—¿Tu madre se llama Mar?

—¿La conoces?

—Te está buscando.

—Entonces no es ella. Mi madre solo busca dinero para meterse un pico, es lo único que le importa en la vida.

—Me dijo que la habías llamado, que estabas viva.

—Solo pude hacer una llamada y se la hice a ella.

—¿Quién está detrás de todo esto?

—No lo sé.

—Intenté rastrear esa llamada y me topé con un muro. Tiene que haber alguien muy poderoso metido en esto.

—Yo solo sé que no debería haber llamado a mi madre. Pensé que me podía ayudar, soy idiota. Tenía que haber llamado a cualquier otro sitio.

Vuelve el silencio, Elena no se considera capaz de convencer a Aurora de que Mar lo intenta, de que ha dejado la heroína, pese a que ahora esté ingresada en un hospital por una sobredosis.

Aunque parezca mentira, hay momentos en que se le olvida el olor, en que no piensa en dónde está y de qué está rodeada, sino solo en salir de allí y escapar.

—¿Conoces a Caín?

—¿El que peleaba esta noche? Es un loco. Los demás hacen lo que pueden por sobrevivir, Caín pelea porque le gusta.

—Te torturó.

—¿Cómo lo sabes?

—Vi el vídeo.

—Lo hizo para su madre. ¿Eres tú?

—Sí.

—Nunca debiste parir a esa bestia.

¿Qué va a hacer si lo encuentra? No duda de que Aurora tiene razón y su hijo Lucas se ha convertido en una bestia. Tampoco de que lo secuestraron solo porque era su hijo, por alejarla de la investigación de las apuestas de Kortabarría. Aún no habían llegado muy lejos en aquella investigación, pero los de la Red Púrpura sabían que era solo cuestión de tiempo, mejor evitarlo. Por eso secuestraron a Lucas. Y ahora, como le dice Aurora, su hijo es uno de ellos.

No puede evitar pensar en que ha tenido que haber muchos chicos secuestrados que han luchado, algunos han muerto, otros han sobrevivido, seguro. ¿Hay muchos que se han integrado en la Red o solo lo han hecho los que llevaban dentro el gen de la violencia? Ni ella ni Abel, su exmarido, son así, eran gente normal, que disfrutaba de la vida, de la lectura, de la música, de pasear por el campo. ¿O eran así porque nunca se habían enfrentado al abismo al que se ha tenido que enfrentar Lucas?

Era un niño normal, como ella, como Abel. Aunque era muy pequeño cuando se lo llevaron, tenía aficiones: el fútbol, los sellos, los coches en miniatura... Era cariñoso con ellos y con sus dos abuelas, le gustaba ir al colegio y que su padre se sentara en su cama por las noches para leerle un cuento.

Y, sin embargo, Aurora tiene razón: no debió parir a esa bestia.

Capítulo 50

Chesca y Zárate siguen esperando dentro del coche en la calle de la Serena. Mariajo les ha informado sobre el propietario de la furgoneta: Ramón Rodríguez Potrcro, cuarenta y cinco años, con antecedentes penales por tráfico de drogas y robo con violencia. Fue miembro de uno de los grupos de aluniceros más importantes de la capital.

—El tío robó con dieciséis años un autobús de la EMT y se dedicó a dar bandazos por Madrid con los municipales detrás; no lograron pararlo hasta que se estrelló contra la fachada de un Mercadona. Pero parece que se ha reformado, lleva casi diez años sin meterse en líos.

—Ya te digo yo que no se ha reformado, Mariajo —le contesta Zárate—. ¿Algo más?

—No reside en Madrid, vive en un pueblo de Cádiz: Coto Serrano, ahí es donde está dada de alta la furgoneta.

—¿Y has encontrado algo de la tal Pina? A lo mejor tienen alguna relación.

—Que yo sepa, ninguna. Estuvo detenida hace tres años después de una redada por tráfico de personas. Había quince mujeres malviviendo en un piso patera en la calle Buenavista. Dieron su nombre, pero no se pudo demostrar ningún vínculo y la pusieron en libertad. ¿Necesitáis que intente dar con su dirección?

—Estamos en la puerta de su casa. Busca lo que puedas sobre la finca del pueblo ese de Cádiz, a ver de dónde saca el dinero para comprarse esta furgoneta el tal Ramón.

—¿Entramos o esperamos a que salgan? —le puede la ansiedad a Chesca tan pronto como Zárate cuelga el teléfono.

—No tenemos ningún motivo para entrar. La casa está a nombre de la madre y ella no ha hecho nada. Imposible conseguir una orden. Paciencia.

Son las once y media de la noche, calculan que Elena desapareció hace unas doce horas o quizá algo más. No saben si seguirá con vida. Chesca tiene una idea.

—«Apuestas finca» —recuerda que estaba anotado en la documentación de Kortabarría—. ¿Y si han llevado a Elena a una finca en ese pueblo, en Coto Serrano? Una vez estuve de vacaciones por los pueblos de la sierra de Cádiz, por Grazalema y todo eso. Había fincas impresionantes. Si yo fuera un delincuente y quisiera hacer algo ilegal, me compraría una finca de mil hectáreas por allí.

—El asesinato de Aisha Bassir fue en Gran Canaria. ¿Crees que si tuvieran una finca de mil hectáreas se irían de turismo?

—No sé, no tengo ni idea. Pero prefiero que vayamos a mirar y quedemos en ridículo a tener razón y que no hagamos nada.

No pueden tomar una decisión porque en ese momento se abre la puerta de garaje de la casa y salen dos personas. Suponen que Pina y Ramón.

—Antes de que se suban a la furgoneta, ¿no?

—Antes.

Como si lo hubieran ensayado antes, cada uno va a por uno de ellos con la pistola en mano. Chesca a por Pina y Zárate a por Ramón.

—Silencio. Sed obedientes y no os pasará nada.

En menos de diez segundos los tienen dentro de la furgoneta, encañonados por Chesca y con Zárate conduciendo para alejarse de allí.

—¿Quiénes son? No tienen derecho a hacernos esto.

—¿Te digo por dónde me paso tus derechos? —Chesca suena contundente—. Te vas a callar hasta que yo empiece a hacer preguntas.

Zárate los lleva a una zona de descampado, no demasiado lejos. Se une a Chesca en la parte de atrás, apuntando también con su arma a la cabeza de los dos. Ramón, trajeado, peinado con gomina, parece más nervioso que Pina, a la que se diría que todo esto no le afecta lo más mínimo.

—Ahora vamos a hablar. Todo el mundo nos advierte contra ti, Pina. Dicen que eres una hija de puta —rompe el fuego Chesca.

—Las malas lenguas. En realidad, soy una santa.

—¿Sabes las ganas que tengo de que haya una hija de puta menos en el mundo? —amenaza y da la impresión de que lo que dice es cierto.

—Queremos que nos contéis lo que sepáis de la Red Púrpura —dice Zárate.

—La de cosas de las que podemos hablar y esa es de la que menos ganas tengo —contesta altiva Pina.

—Ya ves, hay veces que te tienes que joder hasta en una charla entre amigos. Creo que esta mañana has llevado a una amiga nuestra a una finca en Cádiz. Has tenido que correr para ir y volver en el día —dice Zárate centrándose en Ramón.

—¿Te crees que soy idiota y te lo voy a contar? —se jacta él.

—Eso es casi lo mismo que decir que «sí».

Ramón se calla, tenso. Es consciente de su error y ha decidido no volver a abrir la boca para que no le pillen en otro renuncio. Chesca y Zárate temen que les esperan horas de interrogatorio hasta que logren romper a uno de los dos.

—Yo no tengo nada que ver con lo que hacen allí. Solo preparo a los clientes —la confesión de Pina los sorprende. La mujer se sonríe al notar la estupefacción de los policías.

Ramón se gira hacia ella y deja ver un gesto de reproche.

—¿A qué viene esto, Pina?

—Te llamé para decirte que andaban preguntando por la mujer. ¿Y tú qué has hecho? Nada. Pues ahora te jodes.

No voy a cargar con la mierda de otros. A lo mejor, por eso todo el mundo dice que soy una hija de puta.

Diez minutos después, Chesca puede llamar a Mariajo.

—Hay que mandar a la Guardia Civil a la finca del pueblo ese, de Coto Serrano, se llama La Travesera. Han llevado a Elena esta mañana para allá y creemos que se celebran peleas entre niños.

—¿Peleas?

—A muerte, con apuestas. Hay que organizarlo todo y salir para allá cagando leches. Llama a Rentero o a quien haya que llamar.

En menos de media hora está todo organizado. Poco después de las doce de la noche, el comisario ya ha avisado a la Guardia Civil, Pina y Ramón están en un calabozo y Zárate y Chesca se dirigen hacia Cuatro Vientos, por segunda vez en muy poco tiempo, para salir camino de Coto Serrano, hacia una finca llamada La Travesera. Aunque ninguno de los dos lo menciona, echan de menos a Orduño. Les gustaría tener al lado a su compañero.

Capítulo 51

Han pasado horas allí dentro, o por lo menos eso es lo que le ha parecido a Elena. Ni siquiera nota el olor a mierda.

—¿Seguirán buscándonos?

—No lo sé —le contesta Aurora.

—Tenemos que salir.

Aurora está aterrada, le cuenta a Elena lo que le hicieron a Casimiro, un niño que intentó escapar poco después de que ella llegara a la finca.

—Lo decapitaron. ¿Has visto alguna vez cómo se decapita a alguien? Hicieron pases del vídeo, no te haces una idea del éxito que tuvo. Casimiro era de Huelva y contaba los mejores chistes del mundo. A mí me gustaba.

—¿Cómo lo trajeron? ¿Por qué?

—A todos nos traen igual. Él también se había escapado; yo del centro de San Lorenzo, Casimiro de un reformatorio en Sevilla, no sé por qué estaba allí. Después de fugarse, estuvo haciendo recados para unos que pasaban drogas en las Tres Mil Viviendas, llevaba los paquetes a algunas fiestas en los barrios buenos de Sevilla. Pero un día le atracaron y se quedó sin droga y sin dinero. Entonces, vino a la finca...

—¿Y a ti?

—A Aisha y a mí nos pillaron en Las Palmas. Nos pareció divertido ir a las islas, cogimos un avión con un dinero que robamos a un tío que quería que se la chupáramos en su coche... A mí me metieron en un barco y me trajeron a la península. De Aisha no sé qué ha sido.

—Está muerta.

Aurora se queda callada un par de segundos.

—Casi mejor, así deja de sufrir —murmura con más alivio que tristeza.

—¿Quién le cortó la cabeza a Casimiro? —pregunta Elena con miedo—. ¿Fue mi hijo?

—No, fue Dimas.

Es otro momento de respiro para la inspectora Blanco. Desea que Lucas no haya matado nunca a nadie fuera de las peleas. Solo así podrá justificarlo: lo hace por salvar la vida, el mantra que lleva horas repitiéndose.

—¿Le has visto alguna vez la cara a Dimas?

—Muchas veces. No sé cuántas me ha violado, él y todos, entonces no se pone máscara.

—¿La tiene picada por la viruela?

—Sí, llena de cicatrices, no tiene ni un centímetro libre.

Siguen calladas un buen rato, hasta que Elena cree que ha llegado la hora. Saldrá mientras todavía le queden fuerzas.

—¿Desde dónde llamaste a tu madre?

—Hay un teléfono en la casa grande.

—Voy a buscarlo.

—Te van a matar.

—Dime dónde está el teléfono.

—Si entras por la puerta principal, tienes que atravesar un recibidor, al fondo hay una sala, con dos puertas. Una de ellas da al despacho de Dimas. Allí está.

—¿Y la casa dónde está?

—Tienes que volver a cruzar el río. Es grande, la verás.

Elena abre la tapa de metal de la fosa.

—Volveré a por ti.

Le viene bien cruzar de nuevo el río para quitarse el olor de la fosa séptica. Oliendo así no necesita que usen a los perros, está segura de que cualquier persona lo haría a pocos metros. Se desnuda y frota como puede el mono que viste. Lo escurre todo —aunque no conseguirá que se seque, por lo menos no chorreará— y después se lava ella. Es noche cerrada y la temperatura ha bajado mucho, pasa frío y sabe que luego tiene que volver a vestirse con ropa mojada. Si sale con vida, será con un soberano catarro.

Una vez que está en el otro lado del río, se viste y echa a andar, atenta a todo lo que escucha y a lo poco que ve. No intuye la casa hasta que se enciende una luz un par de centenares de metros por delante. Camina hacia ella, con más cuidado si cabe, atenta a perros, a personas y a todo lo que se encuentre; pero todo parece tranquilo, como si la búsqueda hubiera terminado y estuvieran esperando a reanudarla el día siguiente.

Donde sí ve a alguien es en la puerta de la casa grande, es un hombre armado, vestido de negro. La idea de entrar en la casa para llamar por teléfono era absurda, ahora se da cuenta. Es más fácil, dentro de la dificultad que entraña, huir de la finca y llamar desde otro sitio, aunque no tiene ni idea de a qué distancia están del siguiente lugar habitado.

Elena sigue merodeando, a la espera de encontrar una oportunidad, y entonces aparece. Hay una especie de explanada con algunos coches. Si alguno estuviera abierto...

Llega casi reptando hasta allí, se mete entre los coches, va mirando si alguna puerta se abre. Por fin una cede. Y no solo eso: la llave está en el contacto. Sube, lo pone en marcha, pero entonces...

—¿Adónde vas?

Tiene una pistola apoyada en la nuca. La fuga ha llegado a su fin. El hombre que la apunta no es español, tiene acento de algún país del este.

—Dimas me dijo que no, pero yo le contesté: ¿qué te apuestas a que si dejamos las llaves en un coche, lo encuentra?

A través de un *walkie* llama a sus compañeros.

—La tengo, donde los coches.

Mientras espera a que llegue, la hace salir del coche. Es entonces cuando Elena puede ver su mano, con una prótesis metálica que sustituye dos de sus dedos.

Escucha pasos que se acercan. Elena está, por fin, a punto de ver a Dimas, el hombre de la cara picada de viruela, de mirarle a los ojos...

Pero lo que aparece no es lo que ellos dos esperaban.

—¡Alto a la Guardia Civil! Tire el arma.

Capítulo 52

Elena no vio en ningún momento a Aurora con luz. Lo primero que hace cuando uno de los guardias civiles esposa a Pável, ese es el nombre del joven —no tiene más de dieciocho años— de la prótesis en la mano, es ir a la fosa séptica para poder sacarla de ahí.

—Te dije que volvería a por ti —le dice mientras la abraza y vuelve a sentir el olor que las ha envuelto toda la noche. Se separa de ella unos centímetros, identifica su rostro, sus ojos de color miel—. ¿Qué te ha pasado en la cara?

—Por esto me escapé, no podía seguir aguantándolo; prefería que me cortaran la cabeza, como a Casimiro.

Aurora tiene la cara deforme por los golpes, destaca uno que le ha abierto el pómulo.

—Esas heridas hay que limpiarlas de inmediato, más habiendo pasado horas ahí dentro —dice el guardia civil que la acompaña.

Solo lleva puesta una camisa de hombre de la que apenas se podría distinguir el color después de haber pasado la noche dentro de la fosa. Hay que cuidar a esa chica, conseguirle ropa, curarle las heridas, darle algo de comer... Vuelven a la casa. Todo está tomado por la Guardia Civil y han llegado los miembros de la BAC.

—¿Cómo estás? —la abraza Mariajo nada más verla.

—Bien, después hablamos de todo. Ahora hay que registrar la finca, impedir que nadie se escape.

—Antes tienes que ducharte y cambiarte de ropa —Chesca le entrega un uniforme para que pueda quitarse el mono sucio y mojado.

261

Diez minutos después, puede ver a las veintitrés personas a las que se ha detenido. Allí están Pável, Carla con su parche en el ojo. Elena comprueba con un estremecimiento de horror que no es la única, hay cinco chicas más con el parche en el ojo igual que ella.

—No están ni Dimas ni Lucas —le dice a Zárate, apartándose del resto para que no puedan escucharle—. Mucha gente se marchó antes de que llegáramos. En el pueblo nos han dicho que hace tres o cuatro horas salieron más de diez coches de la finca.

—Los espectadores de las peleas...

—Si hubiéramos conseguido llegar antes —se lamenta él.

—¿Has visto los parches de los ojos?

—Me temo que no será la única cosa que nos sorprenderá de este lugar.

Mientras todos llevan a cabo su trabajo, Elena va interrogando a los detenidos. Unos, aparentemente los que pertenecen a la organización, se resisten a decir nada; los chicos que estaban esperando para pelear en futuras veladas son peores, se comportan como si la Red Púrpura fuera su familia, la que les ha dado todo lo que tienen, la que les ha facilitado ser lo que son.

—¿Dónde está Caín? —les pregunta Elena uno a uno.

—Caín siempre está con Dimas, él no se mezcla con nosotros, solo cuando pelea. Caín es el mejor —le contestan con admiración y miedo.

Carla está frente a Elena. Se han sentado en el despacho que debió de ser de Dimas.

—Sabía que no eras de fiar —le dice con rabia la chica, como si no hubiera sido liberada—. Se lo tenía que haber dicho a Dimas.

—¿Por qué lo sabías?

—Preguntabas demasiado y no parecías impaciente por ver la pelea. Todo el mundo lo está.

—¿Y por qué no se lo dijiste?

—No sé. Te crees que nos has salvado, pero nosotras no necesitamos que nadie nos salve.

—¿Qué te pasó en el ojo?

—Un accidente.

—¿Las seis habéis tenido un accidente?

—Las seis hemos tenido el mismo accidente.

Las chicas que atienden a los clientes que acuden a las veladas son lo más parecido a una secta que Elena ha visto: la secta de Dimas.

—¿Os arrancó él el ojo?

—Nos permitió quedarnos a su servicio sin sufrir más daños.

Zárate, que está con ella, observándolo todo en silencio, se atreve a preguntarle a Carla.

—¿Sabes quién es Yarum?

—Gracias a él conocí a Pina. Ella me trajo con Dimas.

El círculo está cerca de cerrarse una vez más: la secta de Yarum y Nahín, Pina, la Red Púrpura de Dimas y quién sabe quién más.

—¿Pina y Yarum vienen por la finca?

—Yo nunca los he visto aquí. Hacen negocios con Dimas, pero no son amigos.

Continúan dando palos de ciego. Cuando parece que avanzan, el siguiente testigo los hace retroceder y ver que lo que pensaban, quizá, estaba equivocado.

Buendía ha examinado a Aurora y le muestra a Elena una pequeña esquirla de algo que parece piedra.

—Estaba dentro de la herida del pómulo.

—¿Tal vez de la fosa séptica?

—No, es más que posible que le dieran un puñetazo con un anillo y se astillara. ¿Quién sabe si nos ayudará a encontrar a algún cliente de la Red?

—¿Al mismo Dimas?

—No, a esa chica la han violado docenas de veces, pero lo de hoy fue distinto: debía de ser un cliente especialmente salvaje, por eso se escapó.

—He pasado toda la noche con ella y no me lo ha contado —se extraña la inspectora.

—Déjala descansar, mañana en Madrid te lo contará todo.

—¿Cómo va Mariajo?

—Está en su salsa, se lleva para la BAC una furgoneta llena de ordenadores, discos duros y hasta disquetes de esos antiguos —se ríe Buendía, una gota de luz en la oscuridad.

Capítulo 53

Antes de interrogarla en la BAC, Elena ha querido que llevaran a Aurora a ver a su madre. Sigue en el hospital, ingresada en la Unidad de Cuidados Intensivos, los médicos todavía no saben si recobrará el conocimiento, si superará la sobredosis que la dejó allí.

—Cuando me dijiste que me buscaba, por un momento pensé que era verdad, que había dejado la heroína.

—Hace una semana estaba ilusionada, no se metía, estuve en su casa y me sorprendió lo limpio y lo arreglado que estaba todo. Me habló de ti y de Aisha, quería cambiar de vida, devolverte todo lo que no te había sabido dar.

—¿Sabes cuántas veces me ha dicho que se iba a reformar, que iba a dejar la droga, que íbamos a vivir las dos juntas?

—Yo creo que esta vez lo decía de verdad, Aurora.

—Siempre lo dice de verdad, pero siempre es mentira. O a lo mejor no, pero nunca lo consigue. Si sale de esta, lo volverá a hacer.

—Se portó bien con Aisha. Me contó que fue ella quien la llevó al hospital...

—Y luego volvió a desaparecer. Se iría a meterse un viaje, qué sé yo... Yo no me fío de ella. Tengo mis motivos, te lo aseguro. Me da vergüenza decirlo, pero si no sale es mejor para todos. Hasta para ella.

A la inspectora Blanco le sorprende la madurez de las palabras de Aurora, aunque sabe que, a sus dieciocho años, ha vivido y ha sufrido mucho más que la mayoría de adultos. Le gustaría salir con la chica a dar un paseo, acompañarla a comprar ropa o solo a comerse un helado, charlar con ella sentada en una terraza, sin las cámaras y los micrófonos de la sala de interrogatorios de la BAC, darle la oportunidad de volver a ser una niña, pero sería una irresponsabilidad. Se va a sentar con ella allí y, si le habla de su hijo y sus compañeros adivinan quién es ese Caín al que menciona, no lo ocultará. Ya no tiene sentido hacerlo.

Han dejado en Cádiz a todos los detenidos menos a Aurora y Pável. La Guardia Civil se encargará de los interrogatorios de las criadas y la gente de seguridad. Zárate y Buendía permanecen allí con el objetivo de investigar todo lo que se sepa en Coto Serrano sobre la finca La Travesera.

Elena se queda sola en la sala con Aurora, aunque las cámaras y los micros están encendidos. Quizá sus compañeras —solo están Chesca y Mariajo— estén sentadas delante de los monitores asistiendo a todo. Elena prefiere no saberlo.

Necesita que Aurora confíe en ella; no olvida que ayer, en la finca, le contó a Buendía —un hombre— que se había escapado porque no había soportado la violación, una entre decenas, del cliente que le ha abierto el pómulo de un puñetazo. A ella, aunque sea una mujer, no se lo dijo. Quizá porque ella es la madre de Lucas.

—Cuéntame tu infancia, de lo que te acuerdes.

Aurora no quiere extenderse mucho y, además, es una historia tantas veces contada que no tiene grandes sorpresas: padres enganchados a la heroína, infancia en el piso de la plaza del Cazador con los abuelos y con una madre que aparecía y desaparecía —su padre normalmente ni eso—, que llegaba diciendo que se había desenganchado y se iba llevándose las pocas cosas de valor que hubiera en la casa.

—Hasta que mi abuelo murió, entonces fue peor. Mi abuelo no lograba imponerse, pero por lo menos se enfrentaba a mi madre.

El padre de Aurora murió pronto, ella no tenía más de ocho años, ni siquiera se acuerda bien de cuándo fue.

—No me importó mucho, apenas lo conocía. Y cuando lo veía me daba miedo. Un día me quitó unos pendientes que me había regalado mi abuela, supongo que para comprar heroína. Yo nunca la he probado, no quiero convertirme en lo mismo que ellos.

—¿Cuándo te llevaron al centro de menores?

—Cuando murió mi abuela. Al principio estuve en varias familias de acogida, pero siempre me devolvían. Solo una vez quisieron que me quedara, pero mi madre no lo permitió, dijo que se había desenganchado y que era mi madre, que las dos viviríamos en casa de mis abuelos... El mismo cuento de siempre, como el que te dijo a ti.

—En el centro estaba Ignacio Villacampa...

—No quiero hablar de ese hombre.

Elena intenta presionarle, con suavidad, pero la joven se enrosca en su silencio. De sus labios solo salen insultos contra el que fuera director del centro.

Tienen que hablar de la Red Púrpura, lo que más les va a costar a las dos. Elena le pide antes que le cuente su salida del centro de San Lorenzo.

—Aisha y yo nos escapábamos siempre que había fiestas en algún pueblo. El año pasado, en Halloween, nos enteramos de que iba a haber una fiesta de disfraces en un chalet de Hoyo de Manzanares. Nos fuimos con un disfraz muy cutre, de momias. Allí conocimos a dos chicos mayores, con coche, que nos llevaron a una casa en Pozuelo. Esa noche estuvimos con ellos y todo fue bien. El chalet tenía hasta piscina cubierta. Al día siguiente nos invitaron a comer en Guadarrama y, por la tarde, volvimos a Pozuelo, pero ellos llamaron a unos amigos... Yo no quería, pero nos obligaron a estar con todos. Por la noche nos dejaron en San Lorenzo y nos dieron trescientos euros a cada una. Se nos pasaron las penas y nos cogimos el tren de cercanías a Madrid, para ir por la mañana a comprarnos ropa. Fuimos a casa de mi madre, a Pan Bendito, y no había nadie. Así que entramos en un bar, un tío nos ofreció cincuenta euros a cada una por chupársela en el coche. Aceptamos, pero vimos que tenía mucho dinero en la cartera y se lo robamos. Entonces, se nos ocurrió lo de irnos a Canarias. Yo nunca había visto el mar, ¿sabes?

—Erais menores. ¿No os pusieron problemas para subir en el avión?

—Aisha acababa de cumplir los dieciocho años y a mí no me dijeron nada.

—¿Y en Las Palmas?

—En Las Palmas nada nos salió bien... ¿Puedo ir al baño?

—Claro.

Mientras Aurora va al baño, Chesca entra en la sala para avisar a Elena de que Orduño está allí. Pese a que le habían apartado de la investigación del juego, ha decidido presentar la renuncia. No quiere seguir en la BAC.

—Pensé que todo estaba bien.

—¿No vas a hablar con él?

—Luego lo hago. Ahora estoy centrada en Aurora.

La inspectora crispa el gesto. No le gusta ser tan dura, tan profesional, tan poco empática. Pero no puede evitarlo.

—Ha recaído en el juego, Elena —dice Chesca.

—¿Y tú piensas que eso es culpa mía?

—Solo te informo.

—Si ha recaído en el juego, no puede estar aquí.

—Ha venido con su novia. Marina, la mujer que conoció en Las Palmas.

—¿Cómo es? —Elena no puede contener la curiosidad.

—Guapa. Parece muy enamorada de él. Y él de ella.

Aurora vuelve entonces a la sala. Su semblante tranquilo de hace unos minutos ha cambiado, ahora está aterrorizada. Elena se da cuenta enseguida.

—¿Qué te pasa, Aurora?

—¿Qué hace aquí?

—¿Quién?

—Esa mujer.

Elena y Chesca se miran con extrañeza.

—Aquí no hay nadie.

—La he visto en el pasillo, la he visto, es ella.

—En el pasillo no hay nadie. Solo está Orduño con su novia —explica Chesca.

—Era Marina. Que no me vea, por favor —solloza Aurora—. Esa es la mujer que me secuestró.

Cuarta parte
SOLO A TI

Hay gente que ha tenido mil cosas,
todo lo bueno, todo lo malo del mundo.
Yo solo te he tenido a ti.

La mujer, Marina, está preocupada por Lucas. Lo ve cada vez más callado, más en su mundo, menos cariñoso. Puede que todo responda a una erupción adolescente, a la edad del pavo que, confinada en una habitación, se manifiesta con más fuerza. Pero ella no se consuela con ese pensamiento. Ve negrura en el alma del chaval, busca un brillo risueño en sus ojos y solo encuentra la mirada vacía de un tiburón. Están acabando con un niño que estaba lleno de vida.

Ya no juegan a las cartas. A Lucas le dio durante unos meses por los solitarios. Se concentraba en cada partida con una fijeza de loco, como si una distracción o un naipe inoportuno pudiera provocar la muerte de alguien. A Marina le daba miedo verlo así, actuando como si ella no estuviera en la habitación. ¿Quién le iba a decir que echaría de menos esos momentos? Aunque lo hacía de forma obsesiva, por lo menos Lucas jugaba. Ahora solo duerme. Duerme y pasea por la habitación contando los pasos de una pared a la contraria. Limpia el suelo, frota la madera, se lustra el calzado con determinación militar. Y duerme. Muchas más horas de las necesarias.

Marina tiene un plan. Sabe que va a traspasar una línea roja y que su vida corre peligro, incluso si todo sale bien. Pero no puede más. No hay ya mucho margen para Lucas. Está ingresando en la adolescencia, si se escapa podría tener margen de recuperación. Podría disfrutar de una vida normal. Le ha costado decidirse y ahora, en los instantes previos, está tan segura de lo que va a hacer que no entiende sus dudas anteriores. El plan es sencillo. Justo en el cambio de turno no hay vigilancia, para un chaval atlético no hay problema en salir por la ventana, descolgarse hasta el patio interior y allí abrir la puerta que conduce a la libertad.

Aprovecha que Lucas se acaba de incorporar de una de sus siestas y está sentado en la cama, todavía inactivo, como un animal somnoliento. Marina se sienta a su lado, le coge la mano. Lucas la mira sin entender qué pasa, pero intuye que hay algo anormal. Ella le explica el plan. El cambio de turno, el salto por la ventana, el patio interior, la puerta. Y después la libertad. Le revela que su madre no ha parado de buscarlo, que lo espera con los brazos abiertos. Le da unas llaves con las que podrá abrir la cerradura. Lucas coge las llaves, juguetea con ellas un instante, con la arandela a la que están prendidas. Sonriendo, murmura que él no se quiere escapar. Lo dice al tiempo que abre la arandela sin dificultad. Con un movimiento rápido, clava la punta de la arandela en el antebrazo de la mujer y, cuando la ha hundido en la carne, la arrastra abriéndole un surco en la piel.

—Estoy muy bien aquí —dice una y otra vez.

Marina, con el brazo ensangrentado, comprende que ya es tarde para Lucas.

Capítulo 54

Aurora se ha tomado un tranquilizante y descansa en una habitación. En la BAC tiene lugar un conciliábulo tenso, de palabras susurradas, de ideas que surgen como fogonazos y se apagan al instante.

—¿Sabemos si Marina ha visto a Aurora? —pregunta Elena.

—Se ha ido tan tranquila como llegó, no creo que la haya visto, sabría que la hemos descubierto. Nadie puede tener tanto autocontrol —supone Mariajo.

—¿Y si es un error? ¿Y si esa mujer no es de la Red Púrpura? A lo mejor solo se le parece —se resiste a creer Chesca—. No puede haber engañado así a Orduño, él no es idiota. Esa chica, Aurora, está muy alterada, puede haberse confundido.

—Tú misma has visto la cara de terror que tenía al entrar en la sala. Como poco debemos tomar precauciones —dice Elena.

Aurora no ha sido capaz de explicarse bien; estaba tan nerviosa tras el encuentro con esa mujer que sus palabras apenas tenían coherencia, pero han sido suficientes para que todos entendieran lo que quería decir: Marina, la novia de Orduño, forma parte de la Red Púrpura. No solo eso, es un miembro importante, una de las personas de confianza de Dimas. Allí muchos creen que es su mujer.

—Hay que detenerla —propone Mariajo—. Orduño lo va a entender en cuanto le expliquemos nuestras sospechas. Con ella encerrada, podremos hacer todas las comprobaciones que hagan falta.

—No —se niega Elena—. Hay que aprovechar que la tenemos cerca y que sabemos quién es para llegar hasta Dimas. Que ella no sepa que sospechamos.

—¿Y poner en peligro a Orduño? —protesta Chesca.

—Creo que es él quien lleva poniéndonos en peligro desde que conoce a esa mujer.

—Si esa mujer pertenece a la Red Púrpura, es una loca capaz de cualquier cosa. ¿Vas a permitir que comparta almohada con un compañero?

—No voy a consentir que cuestiones mis órdenes.

—Ni yo que nos pongas en peligro a todos. Si quieres jugarte la vida tú, adelante, pero no nos puedes exigir lo mismo.

—Sal de esta habitación, presenta la renuncia tú también.

—No pienso darte ese gusto.

—Chicas, por favor —media Mariajo—. Nos hemos sentado aquí para trazar un plan, no para arrancarnos los ojos.

Elena se inclina hacia delante y se cubre la cara con las manos. Está intentando relajarse, pero no le resulta fácil. Algo en su interior le insinúa que está perdiendo el norte, que la obsesión ha aplastado su capacidad de empatizar con sus compañeros de fatigas. Siempre ha sido una líder con autoridad y carisma, y ahora no es más que una tirana enfebrecida por la misión de encontrar a su hijo.

—Dejadme pensar, no hagáis nada, no os pongáis en contacto con Orduño hasta que tomemos una decisión. ¿De acuerdo?

Chesca asiente, todavía rumiando el enfrentamiento que ha tenido con su jefa. Mariajo se limita a asentir sin convicción. Elena se levanta de un impulso.

—Voy a volver con Aurora, no podemos rendirnos ahora.

Cuando abandona la sala, Mariajo se queda mirando a Chesca, como abriéndole la puerta al desahogo, si es que lo necesita. Pero Chesca es reservada, dura, amarga. Se siente molesta porque la sensación de que Elena les oculta información es cada vez más intensa, eso es nuevo en la BAC. Allí había reuniones continuas con cada caso, en las que se ponía todo en común para aprovechar los conocimientos y la imaginación de todos sus miembros. Parece que esos tiempos han terminado y que la brigada está dejando de ser ese departamento donde todos los agentes querían estar y se les exigía lo mejor de sí mismos, pero a la vez se les daba todo lo necesario para que fueran los mejores. Nunca lo había hecho, pero ahora entiende a los que se marcharon, a Marrero, a Amalia... Con Orduño fuera, después del error de su polvo con Zárate, tras haber conocido la emoción de entrar en lugares como los narcopisos o la Cañada Real, está cada día más convencida de que debe pedir pronto un traslado. En cuanto logren desmantelar la Red Púrpura.

Elena tantea con cuidado a Aurora. El miedo puede hacer que una persona cuente todo lo que sabe para protegerse, pero también puede hacer que se cierre y no esté dispuesta a decir nada que pueda hacerla peligrar aún más.

—¿Cómo sé que no es de los vuestros? ¿Cómo sé que tú no estás a las órdenes de Dimas?

—Te doy mi palabra, Aurora. Nadie tiene más deseos que yo de acabar con la Red Púrpura. Tienen a Caín.

¿Por qué le llama Caín y no Lucas? Ella misma se da cuenta de que es para mantener esta especie de pasión por el secreto en la que lleva días instalada.

—A Caín no lo tienen prisionero, él no huiría aunque pudiera. No sería capaz de vivir sin hacer daño a los demás. La Red Púrpura es el mejor sitio para él.

A la inspectora le cuesta mantener la frialdad. Las palabras de Aurora se le clavan como puñales, pero debe seguir sacándole toda la información que pueda, conocer lo mejor posible a Dimas para cuando tenga, por fin, que enfrentarse a él.

—Me has dicho que has visto muchas veces a Dimas.

—Sí. Primero en Las Palmas, cuando Aisha y yo lo conocimos. Después, cuando me llevaron a la finca.

—¿Nunca fue nadie del pueblo por allí?

—No sé, la comida llegaba en una camioneta negra. Pero no sé desde dónde la traían.

¿Es posible que nadie en Coto Serrano supiera lo que estaba ocurriendo a pocos kilómetros? Zárate y Buendía se han quedado allí para comprobarlo. Lo duda. Pero debe seguir con la historia de Aurora.

—Me dijo Buendía que te escapaste porque te violaron.

—Me violaron muchas veces, me escapé porque lo del día de las peleas fue mucho peor que violarme. Tuve miedo, mucho miedo. Tuve más miedo que el día del vídeo.

Desde por la mañana supo que el día era especial, que se preparaba algo, las chicas que hacían de camareras —«las tuertas», como las llama ella— estuvieron todo el día trabajando, limpiando y arreglándolo todo. Ella ya se había curado de las heridas del día de la tortura en el vídeo, el que Elena vio, y le dieron un vestido nuevo. También le dijeron que se maquillara bien.

—Me llamó Dimas, me dijo que esa noche habría pelea, pero que yo tenía que atender antes a un invitado muy especial, que tenía que acabar muy contento, que era el jefe de todo aquello y que de él dependía si vivíamos o moríamos. Que si él salía satisfecho, tendría un premio.

Cuando llegó el hombre al que ella tenía que atender, estaban en la puerta de la casa solo Dimas y ella. Apareció en un vehículo deportivo, amarillo, que él mismo conducía. Tras él venía una camioneta de la que se bajaron dos perros, dos impresionantes dóberman. El hombre la miró y esbozó una sonrisa de aprobación, le dijo algo a Dimas y a ella le pidieron que esperara en una sala. Al cabo de un rato, la avisaron. Él aguardaba en un dormitorio, sentado en una butaca; en el suelo, junto a él, estaban acostados los dos perros.

«Te llamas Aurora, ¿no?»

«Sí, señor.»

«Vi tu vídeo, me gustó cómo aguantabas los golpes sin quejarte. Por eso he pedido que te prepararan para mí. ¿Te gustan los perros?»

«Nunca he tenido uno.»

«Son mejores que las personas. Quítate el vestido.»

Aurora obedeció, se quedó solo con la ropa interior que le habían dado, blanca, como de niña...

«Acércate.»

Ella lo hizo y el hombre, cuidadoso y amable, terminó de desnudarla; después la sentó en sus rodillas.

—Pensé que se iba a portar bien conmigo, era muy educado, muy tranquilo... —le sigue contando a Elena.

—¿Español?

—Sí. Parecía amable y que iba a ser fácil tratar con él, que solo tendría que dejar que me follara y que no me haría daño. Me acariciaba, jugaba con mi pelo... Pero entonces, sin que yo hubiera hecho nada, me pegó un puñetazo.

Aurora no sabía por qué, no era la primera vez que le pegaban desde que llegó a esa casa, pero no lo esperaba. Los perros se levantaron y empezaron a gruñirle...

«Buda y Pest se están enfadando —se rio el hombre—. Creen que me quieres hacer daño. Qué inocentes, ¿no? No saben que soy yo quien te va a hacer daño a ti.»

A Aurora hasta le cuesta respirar mientras recuerda.

—¿Te echó a los perros encima? —se sorprende la inspectora.

—No, me amenazó muchas veces con azuzarlos, pero no llegó a hacerlo. Me dijo que sus perros solo terminaban el trabajo... Me di cuenta de que no iba a salir con vida de allí, de que al final los perros iban a matarme.

—¿Cómo te hizo la herida del pómulo? ¿Llevaba un anillo?

—Sí.

—Qué hijo de puta.

—Yo creo que no me quería follar, solo hacerme daño.

—¿No sabes quién era?

—Era el jefe. Le llaman el Padre.

Elena le acaricia la mano, tranquilizadora.

—Ahora te voy a pedir que hagas memoria y me cuentes cómo era ese hombre. Todos los detalles que recuerdes, es muy importante.

Aurora aprieta los labios, como si ese esfuerzo le resultara demasiado doloroso.

—¿Qué edad tenía? —la intenta guiar Elena.

—Era mayor.

—¿Cuarenta años? ¿Cincuenta?

—Cincuenta. O puede que más, no lo sé. Tenía el pelo corto, moreno... Las patillas blancas, bueno, como con canas.

—¿Complexión?

Aurora la mira sin entender. Es evidente que no conoce esa palabra.

—¿Era fuerte? ¿O gordo?

—Era normal. Alto, eso sí.

—¿Ojos?

—No lo sé. Igual marrones. No me fijé, me daba miedo mirarle, me parecía un loco.

—Lo estás haciendo muy bien.

— No me fijé mucho en él. Lo siento.

Elena asiente, comprensiva.

—¿Cómo te escapaste?

—Aproveché un momento en que fue a prepararse una raya de coca, cogí su camisa y salté por la ventana.

—¿La camisa que llevabas cuando te sacamos de la fosa era suya?

—Sí.

Aurora cuenta cómo salió corriendo de la casa. Al principio, algunos hombres de Dimas intentaron dar con ella, pero no tardaron en desistir. Elena recuerda las carreras lejanas, los ruidos que escuchó en la habitación mientras esperaba asistir al espectáculo. Tal vez por ese motivo no insistieron en la búsqueda de Aurora; la pelea estaba a punto de empezar, los clientes se encontraban en las habitaciones, no podían dejarlo todo, y, al fin y al cabo, Aurora no era más que una niña malherida que no iría muy lejos. Ya habría tiempo de dar con ella.

La chica le cuenta cómo se adentró en el bosque y vio, oculta tras un árbol, el coche amarillo del Padre saliendo de la finca. Después encontró la fosa séptica y le pareció un buen escondite. Tenía miedo, pero tampoco demasiado: aunque sabía que no dejarían de buscarla, estaba feliz porque había escapado de una muerte segura. Solo salió de allí al oír los jadeos de Elena. Comprendió que alguien más se había escapado y que estaba en apuros.

Elena levanta el teléfono tan pronto Aurora termina su relato.

—Mariajo, llama a Buendía. Hay que recuperar la camisa que le quitaron a Aurora al rescatarla. Es del máximo responsable de la Red Púrpura.

Capítulo 55

Eulogio Morales es un hombre joven, todavía no tiene cuarenta años, pero lleva cuatro siendo alcalde de Coto Serrano. Y solo dos antes había llegado a vivir al pueblo, cuando montó la empresa de aceitunas aliñadas. Recorre La Travesera con Buendía y Zárate, con la cara desencajada.

—Le aseguro que en el pueblo no sabíamos que esto ocurría.

—Pues me dirá cómo puede pasar inadvertido —ataca Zárate sin piedad—. O me da una explicación que me parezca razonable o vamos a incluir a su ayuntamiento y a usted mismo en las investigaciones. Estoy seguro de que tenían mucho dinero para repartir.

—Nunca he recibido ni un céntimo de nadie —se defiende orgulloso el alcalde—. Ya le he dicho que no tenía ni idea.

—Eso decían las autoridades de los pueblos que estaban al lado de los campos de concentración en la Alemania nazi. ¿Sabe una cosa? Era mentira.

Coto Serrano es un pueblo pequeño, trescientos veinticinco habitantes censados que ascienden algo en verano, pero no mucho. Aunque está cerca de la ruta de los pueblos blancos de la sierra de Cádiz, no es uno de ellos. No tiene la belleza de los demás y los turistas no paran en él. Allí solo se puede vivir de la agricultura, de la ganadería, de las ayudas de la Junta y de la fábrica de aceitunas aliñadas.

—Ustedes se creen que esto es el ayuntamiento de Madrid y yo soy Manuela Carmena... El alcalde de un pueblo como este no cobra ni sueldo, ni dinero para gastos: nada. Si quiero ir a una reunión en Cádiz o en Sevilla, me pago yo la gasolina.

—¿Y por qué lo hace?

—Porque algunos, aunque no lo crea, queremos ayudar a los demás a vivir mejor. Cuando llegué a este pueblo me di cuenta de que alguien tenía que hacer algo por la gente.

Han entrado en la pequeña plaza del cortijo donde se hacían las peleas, allí está la jaula octogonal y, a poco que se hurgue con el zapato en el albero, se encuentran zonas manchadas de sangre.

—Aquí peleaban los chicos, a muerte.

—Le juro que no sabía... Habría llamado a la Guardia Civil, habría hecho algo. Esto es una salvajada.

El alcalde reconoce que siempre supo que había algo raro, que, de vez en cuando, atravesaban el pueblo muchos coches de lujo y que se marchaban esa misma noche o la mañana siguiente, pero que él se conformaba con que se pagaran los impuestos; con ellos se sufragaban los gastos del ayuntamiento y todavía quedaba dinero para ayudar a los vecinos que más lo necesitaban.

—Aquí la cosa está jodida, ¿se cree que los jóvenes se van por gusto? Pues igual que cuando la gente se iba a Alemania o a Francia, a hacer la vendimia... Ahora los chavales se van a Madrid, a Sevilla, a Cataluña... Y no vuelven ni por Navidad, el pueblo es cada día más viejo.

—Me dice que pensaba que había algo raro. ¿No se le ocurrió preguntar?

—Si la Guardia Civil no preguntaba, no iba a hacerlo yo. Joder, que no soy más que un alcalde de pueblo que aliña aceitunas.

Esta misma mañana, el teniente de la Guardia Civil ha informado a Zárate y a Buendía de que dos miembros del cuerpo han sido apartados del servicio hasta que se esclarezca el asunto. Era imposible que no supieran lo que pasaba allí y su nivel de vida no era el que correspondía al sueldo de la Benemérita.

—Dicen que les tocó la lotería, que por eso tenían coches buenos. Ya veremos.

No se ha hecho pública la noticia, no quieren que el desmantelamiento de la Red Púrpura salga en los periódicos, por lo menos mientras quede gente sin detener.

—Yo pensaba que era un burdel —el alcalde se ampara en la ignorancia—. Que en los coches venían chicas y gente de posibles. Nunca pensé que se asesinara a niños. Sé que estaba mal y que no tenía que haberme hecho el loco, pero nunca pensé que fuera este infierno.

El alcalde les ha facilitado todos los papeles sobre la propiedad de la finca. Pertenece, como era de imaginar, a una empresa con domicilio en un paraíso fiscal; seguro que hay decenas de empresas interpuestas hasta que se llegue a su propietario real, en el improbable supuesto de que alguna vez se consiga.

En ese momento, varios equipos de investigadores examinan cada centímetro de la finca. También hay excavadoras que se mantienen a la espera. Han pensado que si allí morían chicos en las peleas, tal vez sus cuerpos estén enterrados en algún lugar.

—La finca tiene mil ochenta y siete hectáreas, casi diez veces El Retiro —duda Buendía—. Van a tardar meses en analizarla entera. Si los tiraban en una zanja, pueden estar en cualquier sitio. ¿Sabes lo que tenemos que hacer? Hablar con los viejos del pueblo. Enterarnos de quién era el dueño de esta finca en otros tiempos y todo eso. Igual alguno vio a los que la compraron la primera vez que vinieron al pueblo.

Hay dos bares en Coto Serrano; el más importante, donde se juega la partida, está en la plaza. La noticia del día —la presencia de la Guardia Civil en La Travesera— no ha alterado las costumbres. Cuatro hombres, el más joven de ellos no cumple los setenta y cinco, juegan al dominó y beben anís. Los dos agentes de la BAC esperan a que acabe la partida. Buendía lleva la voz cantante, está más acostumbrado a tratar con gente de esa edad.

—Ustedes son del pueblo, ¿no?

—Todos, bueno, todos menos este.

El señalado, un tal Matías, se defiende como si fuera un deshonor ser forastero.

—Llegué con once años y tengo ochenta y ocho, soy tan del pueblo como cualquiera.

—¿Saben lo que pasó anoche en La Travesera?

—Dicen que había peleas, como antiguamente.

Zárate y Buendía se miran con extrañeza, ha vuelto a ser Matías el que ha contestado. Pese a que va vestido como los demás, pantalón de pana y camisa de cuadros, su ropa es de marca y está bastante nueva.

—¿Como antiguamente?

—Después de la guerra, en los años cuarenta. Se hacían peleas a muerte en esa misma finca.

Los demás asienten, se ve que no es una noticia que pille de nuevas a los mayores del pueblo.

—El alcalde no nos ha dicho nada de eso —se extraña Buendía.

—¿Qué va a saber ese, que llegó a Coto Serrano hace cuatro días? Eulogio no es del pueblo, no sé por qué le votaron para alcalde.

—Porque fue el único que se presentó —se ríe otro.

Buendía logra que se centren de nuevo y, entre todos, cuentan la historia de las peleas. O más bien la cuenta Matías mientras los demás puntualizan y le siguen.

—La finca era de un señorito de Jerez, el Marquesito le llamaban por aquí. El principio de la guerra le pilló en su casa de Jerez y se enroló en las tropas de Franco.

—Su mujer y sus dos hijos estaban en Madrid. Ella era una belleza, según dicen, y el Marquesito bebía los vientos por su mujer. Hizo todo lo que pudo por sacarla de allí.

—Más le habría valido. Cuando los nacionales tomaron Madrid, la mujer tenía dos hijos más, se había arrejuntado con un miliciano. El Marquesito se volvió loco.

—A ella y al miliciano se los cargó. A los cuatro niños los entregó para que los metieran en hospicios y no se supo más de ellos —completa la historia otro de los jugadores.

—El Marquesito se volvió al pueblo. De entonces es el rumor de las peleas.

—Rumor no, real como que estamos aquí —se enfada Matías—. Que yo vi una, no me lo contaron. La vi con estos ojos que se van a comer los gusanos. Nunca se me va a olvidar cómo lloraba el niño que ganó la pelea después de matar al otro. No quería, pero si no mataba, lo mataban a él.

—Dicen que venía gente de toda España a ver cómo se peleaban los chicos que sacaban de inclusas y que se apostaban fortunas. Muchos eran hijos de presos republicanos; otros, chicos a los que les prometían sacar a sus familias de la pobreza si ganaban. También contaban que traían mujeres para los que querían divertirse.

—¿Nadie del pueblo?

—No, que se sepa.

—Duró poco, unos años, hasta que el marqués se mató, se pegó un tiro con una escopeta de caza. No se volvió a saber de las peleas y la finca estuvo vacía hasta hace pocos años.

—Sí se supo de las peleas, cuando el libro —vuelve a puntualizar Matías—. Hace veinte años, o más, vino un periodista que quería escribir un libro sobre esto. Hasta le dimos fotos de la finca y nuestras.

—¿Llegó a escribir el libro?

—Si lo hizo, nunca nos lo mandó. Yo, por lo menos, no lo he visto. Y eso que tiene que haber una foto mía de cuando era un zagal y alguna otra de cuando vino el periodista al pueblo. Venga, vamos a echar otra partida.

Buendía deja de atender porque recibe una llamada de teléfono. No es muy expresivo, hasta que cuelga no le desvela la conversación a Zárate.

—Nos piden que recuperemos la camisa que llevaba puesta Aurora cuando la rescataron. Al parecer era del jefe de la Red Púrpura.

—¿Dónde estará?

—En la basura, supongo.

Capítulo 56

Orduño ha cambiado varias veces de piso en los últimos tiempos: primero vivió con Ana, su novia más duradera, cerca de la plaza de Castilla; cuando se separó, se mudó a un estudio por la zona de Moratalaz. Ahora, hace solo dos meses, se ha ido a la zona de Madrid Río, donde está el sitio que más le gusta para hacer deporte en la ciudad.

Esta mañana, después de ir a las oficinas de la BAC a presentar su renuncia definitiva, ha salido a correr. Marina no ha querido acompañarle, ha ido al gimnasio para pedir unos días libres, quiere estar a su lado en estos momentos tan difíciles. Él se lo agradece, no sabe lo que sería de su precaria estabilidad sin su apoyo.

Le duele que la inspectora Blanco, su jefa de todos estos años, no haya salido a despedirle, aunque lo entiende. Él no ha estado a la altura en los últimos tiempos. Cuando apuesta deja de lado las cosas que le parecen importantes. No puede volver a hacerlo, nunca más. Es como los alcohólicos, que saben que recaerán en cuanto prueben un sorbo de vino. A él le pasa lo mismo con el juego. La mala suerte de los alcohólicos y de los ludópatas es que viven en un país que no les ahorra tentaciones, cuando no es un cumpleaños en el que se brinda con cava, es una máquina tragaperras que te llama con su música, una participación de lotería o un anuncio en la tele para que apuestes por quién marcará más goles antes del descanso...

El calor aprieta todavía aunque se acerque el mes de octubre. Orduño ha corrido bajo un fuerte sol y va sudado, no hay nada que desee más que una buena ducha y una cerveza bien fría. Mañana empezará a organizar su vida, pedirá nuevo destino —le gustaría Homicidios, pero si lo único que le dan es servicio de escoltas, o algo así, también lo aceptará—, quizá gaste unos días de vacaciones en hacer un viaje con Marina —ninguno de los dos conoce Lisboa y le parece el momento perfecto para visitar la ciudad—, tal vez incluso le plantee que vaya a vivir con él, algo más que esta convivencia temporal en la que están instalados... Le costará acostumbrarse a no formar parte de la Brigada de Análisis de Casos, la élite de los policías españoles, pero también está ansioso por empezar a disfrutar la vida de otra forma.

Cuando llega a su calle se sorprende, conoce el coche rojo que hay aparcado ante su portal: es el Lada de la inspectora Blanco. Sentada dentro, esperándole, está ella.

—Inspectora...

—Orduño, necesito hablar contigo.

—¿Subimos a casa?

—Prefiero que demos un paseo. Y tomar una grappa, no es fácil lo que tengo que decirte.

Van caminando hasta el Café del Río y se sientan en la terraza. Hay desde allí unas vistas maravillosas al Palacio Real, a la Torre de Madrid, al Edificio España...

—Me encanta el Edificio España —comenta Elena—. Más que la Torre de Madrid, aunque sea más alta. El Edificio España me recuerda a Nueva York. ¿Has estado?

—Sí, hace dos años fui de vacaciones. No te creas que me gustó mucho: demasiado grande, demasiada gente.

—A mí me encanta, me hace feliz sentir que no soy nadie.

—Quizá es que yo aquí tampoco soy nadie.

Los interrumpe una camarera para ver qué desean. No tienen grappa y la inspectora se conforma, por una vez, con un orujo gallego.

—No digo que esté malo —dice al probarlo—. Pero no es grappa, no sé por qué la gente se empeña en compararlos.

Orduño está muerto de sed después del ejercicio y pega un buen trago a su cerveza antes de hablar.

—Supongo que no has venido hasta aquí para que charlemos de Nueva York o de las diferencias entre la grappa y el orujo...

—Marina no es quien crees que es —le suelta Elena de sopetón—. Es un miembro de la Red Púrpura.

—¿Qué?

Orduño busca argumentos para rebatirlo, está dispuesto a negarlo hasta el final, pero debe reconocer que un resquicio de duda se ha abierto de inmediato en su cabeza: esa revelación explica tantas cosas...

Explica la forma tan casual de conocerse; explica la rapidez con la que congeniaron; explica el interés de Marina por las investigaciones, interés que se iba destilando con sutileza, gota a gota; explica su oposición a que él dejara la brigada; explica la facilidad con la que pasó a vivir con él; explica su comprensión cuando descubrió sus problemas con el juego. Explica, explica, explica... Demasiadas cosas para ser falso.

—¿Cómo lo habéis sabido?

—Una víctima de la Red la ha reconocido al verla hoy en la brigada.

—¿Estás segura?

—¿Crees que vendría a hablar contigo si no lo estuviera?

Orduño se echaría a llorar si no le diera tanta vergüenza. En pocos días ha vuelto al juego, ha perdido su lugar en la BAC y la confianza de sus compañeros y ha descubierto que Marina le ha engañado. No ha hecho nada bien.

—¿Vais a detenerla?

—No, todavía no. Queremos que nos ayudes a encontrar a la cúpula de la Red Púrpura. Vamos a utilizarla. Sabes que si te lo digo es porque sigo confiando en ti, sigues siendo uno de los nuestros.

No va a decir que no, él es el primero que quiere que detengan al famoso Dimas, que quiere evitar que haya más chicas que mueran como Aisha Bassir y que quiere vengar su muerte. Además, igual que para la inspectora, el caso acaba de convertirse en algo personal.

—Contad conmigo.

—Lo sabía, bienvenido de vuelta a la BAC.

Orduño se sobrepone a todo el pesar que siente al escuchar el plan que Elena va desgranando. Lo fundamental es que ella no sospeche nada hasta que llegue el momento.

—Hay algo importante. No sabemos si Marina vio a la testigo. No se lo puedes preguntar directamente porque nos dejaría en evidencia, pero ten los ojos abiertos. Si sospechas algo, avísanos.

—¿Crees que intentaría eliminarla?

—Estoy convencida. Lo siento, Orduño, no vas a poder tener piedad por ella, sientas lo que sientas.

—Ahora mismo, cualquier cosa menos piedad.

—No se lo digas a los demás. Hasta que llegue la hora de actuar, esto solo lo vamos a saber tú y yo.

Orduño está de acuerdo, volverá a casa, tomará la ducha que necesita y esperará el regreso de Marina. Ella no se va a dar cuenta de nada.

Capítulo 57

Dimas tiene claro que es en los lugares en los que se mueven los delincuentes donde la policía busca a los malos: los bajos fondos, los barrios marginales, lo más tirado de la ciudad. Nunca se presentan de improviso en un edificio en el que viven familias respetables: jueces, abogados, empresarios, políticos. Si te quieres librar de los policías, te tienes que esconder entre los poderosos. Por eso quiere que sus entrevistas se hagan en los lugares más lujosos de la ciudad.

Además, aunque su ocupación sea tan poco honorable, a él le gustan el lujo y la buena vida, no está dispuesto a sentarse a tomar un whisky en la Cañada Real o en cualquiera de los barrios cutres a los que a veces tiene que acudir por cuestiones de negocios. Él es uno de los mejores en lo suyo y vive como deben vivir los mejores de cada profesión. Pese a todo, debe mantenerse discreto, así que su casa no está ni en La Finca, ni en la Moraleja, ni en Puerta de Hierro, como a él le gustaría. Cuando está en Madrid, vive en un amplio piso en la calle San Francisco de Sales, muy cerca de la plaza de Cristo Rey. Dicen que en el edificio de al lado vivían Julio Iglesias e Isabel Preysler cuando se casaron, no sabe si es verdad, él no estaba allí para verlo, pero lo cuenta siempre que alguien visita su casa, como si hubiese sido íntimo del cantante.

Muy pocas personas saben dónde está su refugio madrileño, ni siquiera Marina, la mujer que más años ha permanecido a su lado. La cita con ella es en el bar del hotel Urso, cerca de Alonso Martínez, uno de los hoteles más recientes y más lujosos de Madrid.

—Guau —se asombra Marina—. ¿Estás alojado aquí?

—Claro que no. Solo he entrado a tomar un whisky. ¿Tú qué quieres?

—Lo mismo que tomes tú.

Una vez que les han servido, pueden conversar con calma.

—Cuando supe que habían llegado a la finca y habían detenido a tanta gente, temí por ti —le confiesa ella.

—Me puse a resguardo en cuanto me olí lo que estaba a punto de ocurrir. La noche anterior le di las coordenadas para asistir a la pelea a Kortabarría, alguien se las robó.

—¿Qué dice él?

—Nada. Lo mataron. O se murió, a saber. Lo raro es que durara tanto.

Dimas parece tranquilo, Marina está mucho más inquieta.

—¿Lo hemos perdido todo?

—Todo es mucho. Estamos vivos, ¿no? Eso quiere decir que no hemos perdido nada importante —filosofa Dimas.

—Han detenido a Pável.

—A Pável no le van a sacar una palabra. Ya lo sabes, aunque lo torturaran como solo nosotros sabemos, él seguiría callado. Y la policía no tortura, o eso dicen.

—¿Por qué lo dejaste allí a él y te trajiste a Lucas?

—Lucas es nuestro salvoconducto. Está en un lugar seguro, mejor que siga allí, ya sabes lo nervioso que se pone. Ese chico no tiene sangre, por las venas le corre algo a punto de explotar, nitroglicerina o algo así.

—Es su madre la que está detrás de todo. Empiezo a pensar que no fue una buena idea llevárselo aquellas Navidades.

—Hemos ganado varios años con su secuestro, siete u ocho, no lo recuerdo bien. Si no hubiéramos sacado a la inspectora Blanco de aquella investigación, nos habrían encontrado entonces. Ahora tenemos dinero para desaparecer si es lo que queremos. ¿Te imaginas vivir toda la vida como reyes en Brasil?

—Nos faltaría algo.

Dimas se ríe.

—¿Con la cantidad de niños de la calle que hay en Brasil? Montaríamos una red impresionante: la Red Dorada.

—Lucas debería estar muerto, era el plan —insiste ella.

—Lo sé, pero tenemos un pacto: debe morir en la jaula, luchando. ¿Quién nos iba a decir que iba a ganar pelea tras pelea, que iba a aprender hasta convertirse en invencible? No pienses más en eso, vamos a dedicarnos a los problemas que tenemos, que son muchos.

—Pueden haberme descubierto —reconoce Marina— y quizá ya no tenga acceso a la BAC para enterarme de todo lo que ocurre. Quería consultar contigo, fue idea tuya que me juntara con ese agente de la brigada.

—¿Qué tal es?

—Buena persona.

Marina le cuenta a Dimas que entrar dentro de las mismas oficinas de la brigada le pareció perfecto para seguir con su labor y averiguar todo lo que tiene relación con el caso, todo lo que sabe la inspectora Blanco.

—Pero entonces la vi.

—¿A quién viste?

—A Aurora. Andaba sola por las oficinas, libre.

Dimas baja el vaso de whisky y mira a su compañera con gravedad.

—¿Te reconoció?

—No sé, no dio muestras de hacerlo. Yo creo que no, pero quería contártelo.

—Esa chica es perfectamente capaz de verte y no mostrar ninguna reacción.

—¿Qué hacemos? —pregunta Marina.

Dimas se queda pensando, contrariado.

—Aurora estuvo en la finca con el Padre y con sus perros.

—¿Y sigue viva? ¿Es que esos perros ahora comen pienso?

—Ya ves, hasta el Padre comete errores.

—¿Le vio la cara? Ni yo la he visto nunca.

—Claro que se la vio, no nos preocupamos por ocultarla. Pensábamos matarla cuando el Padre terminara, si es que él y sus perros no se ocupaban de hacerlo. Pero se escapó.

—Entonces podría reconocerlo.

—Es difícil —valora Dimas—. La policía no tiene al Padre en sus archivos, dudo que le hayan puesto nunca una multa de tráfico. Tendría que encontrárselo de frente. Es complicado, pero no imposible.

—Entonces hay que impedirlo —dice Marina.

—Encárgate tú, mátala. Y no falles. Lo de Orduño... Si no nos sirve, no pierdas tiempo con él. Abandónalo o elimínalo, lo que quieras. Si esa chica te ha delatado y te han descubierto, puede que te sigan, así que mucho cuidado. Ya sabes cómo tienes que ponerte en contacto con nosotros para que te demos instrucciones.

—Como mandes.

Marina debe volver con Orduño, pero antes tiene que tomar precauciones, comprobar que no la han seguido, y ahora no está pensando en la BAC, sino en sus propios compañeros de la Red Púrpura. Dimas suele ser un hombre colérico y hoy ha estado extrañamente tranquilo. Ella le conoce, solo está así cuando ha tomado todas las decisiones. Quizá una de ellas sea quitarla de en medio.

Tras cambiar varias veces de línea de metro y asegurarse de que no hay nadie tras ella, llega a casa de Orduño. Él la recibe cariñoso, como siempre. La está esperando para que los dos se vayan al cine. Marina no sabe cuántos años hace que no se sienta en una sala a oscuras, que no disfruta de una película como una mera ficción, fuera de la realidad.

—Vale, vamos al cine, pero escojo yo. Quiero ver una película de amor.

—Vaya rollo —protesta él.

—Que se quieran mucho y acaben juntos. Y, si es con boda, mejor. Nada de finales tristes —y tan pronto lo dice recuerda la película que vio en el avión. Las lágrimas falsas con las que captó la atención de Orduño.

Después del cine se van a cenar un kebab cerca de la sala. A un sitio que se llama Ebla, que presume de ser donde cenan el rey Felipe y la reina Leticia cuando van a ver una película.

—No me lo creo, es muy cutre.

—Después buscamos en internet, verás como dice que cenan aquí y hasta salen fotos.

—¿Cuando me dices que me vas a tratar como a una reina te refieres a llevarme a cenar kebabs?

Los dos se ríen. Orduño piensa que es una pena que no sea de verdad. Lo que no sabe es que Marina también lo lamenta, se encuentra muy a gusto con él, pero mañana tendrá que empezar a trabajar para la Red Púrpura otra vez. Ha recibido una orden muy concreta y debe cumplirla: eliminar a Aurora López Sepúlveda. Si no la cumple, tiene los días contados, lo ha visto tantas veces con tanta gente...

Por la noche, en la cama, después de hacer el amor, no consigue dormir. Orduño tampoco, se mueve inquieto.

—Rodrigo, solo hay una cosa que quiero que sepas: no estoy orgullosa de muchas cosas que he hecho en mi vida.

—¿Qué me quieres decir?

—Nada, que tú has estado enganchado al juego, pero todos tenemos cosas de las que arrepentirnos. Y, a veces, no es fácil dejarlas atrás.

Capítulo 58

Zárate y Buendía han regresado de Coto Serrano por la tarde, después de volver a presionar sin éxito al alcalde del pueblo. Los miembros de la brigada se reúnen antes de marcharse a sus casas para ponerse al día de las novedades. Buendía ha dejado sobre la mesa una bolsa de pruebas que contiene lo que parece un trapo sucio.

—Aquí está la camisa que llevaba Aurora cuando la rescataron. No sé si va a ser útil para algo: está asquerosa, ha perdido cualquier rastro de ADN que pudiera tener, no lleva iniciales...

—Es la camisa del mandamás de la Red Púrpura. Le llaman el Padre —les informa Elena.

—Lo único que no es tan normal es que está hecha a medida, pero hay un montón de camiserías que las hacen y la tela es muy habitual: algodón Oxford azul celeste.

—Por llevarla a unas cuantas camiserías y preguntar no se pierde nada.

—Habrá que lavarla antes. Con este pingajo no nos dejan entrar en ningún sitio.

—Inténtalo —zanja la inspectora—. ¿Qué más habéis encontrado en el pueblo?

—Alguien ha tenido que hacer la vista gorda, eso está claro —contesta Zárate—. Una organización como esa no puede pasar desapercibida. La Guardia Civil sospecha de sus propios hombres del puesto.

—¿Y el alcalde?

—Parece inocente, pero no termino de fiarme. Igual es un actor cojonudo, pero la verdad es que da la sensación de sentir en el alma cada cosa que le contamos.

Lo más importante, o lo que más ganas tienen de compartir, es su conversación con los ancianos, lo que les desveló Matías.

—Ese hombre cuenta que se hacían peleas a principios de los años cuarenta, cuando acabó la Guerra Civil, que él vio una en persona. Ya sabes, los vencedores se vengan de los perdedores, hacen luchar a los hijos de los republicanos para salvar su vida, para conseguir comida para su familia... El que lo organizaba todo, un marqués, se arrepiente años después y se suicida.

—Puede ser verdad o pueden ser leyendas del pueblo —puntualiza Buendía—, los demás le seguían la historia, pero ninguno había visto las peleas, en teoría solo él.

—¿Os fiais?

—No mucho, la verdad —se sincera Zárate—. Pero quién sabe, tampoco me creería lo que encontramos en esa finca si no lo hubiera visto yo mismo.

—Si encontramos el libro del que hablan los vecinos, podremos enterarnos. Dicen que, hace unos veinte años, un periodista estuvo preguntando en el pueblo por las peleas para escribir un libro. Pero no saben si al final se escribió y nadie recordaba el nombre del tipo. Ahora llamaré a un amigo que tiene una librería de viejo, a ver si me dice cómo encontrarlo.

—Perfecto —dice Elena.

—¿Habéis interrogado al chico de la mano de hierro?

—Lo hemos intentado, pero no ha dicho ni una sola palabra. Ni siquiera para permitirnos ver qué acento tiene. Lo dejaremos unos días encerrado a ver si se ablanda, pero no confío nada.

—No he visto a nadie que no acabe hablando por los codos —opina Buendía.

—Ojalá tengas razón —concluye Elena—. Nada más entonces, lo mejor es que nos vayamos todos a descansar.

—Recuerda que el hermano de Kortabarría nos quiere demandar.

—Que lo haga —a la inspectora no le preocupa en absoluto.

—¿Dónde va a pasar la noche Aurora? —se interesa Chesca.

—En mi casa —anuncia Elena y ninguno de sus compañeros se atreve a replicar.

Nadie ha pronunciado el nombre de Orduño durante la reunión, solo Elena sabe que él está otra vez en el equipo.

—¿No te vas? —se acerca Zárate a Chesca cuando solo quedan ellos dos en la brigada.

—Estaba esperando a que nos quedáramos solos.

—Te advierto que esto está lleno de cámaras y micros —se ríe él.

—No es para eso, gilipollas. Vamos a la sala de interrogatorios, allí se puede apagar todo.

Los dos se meten en la sala y se ocupan de desconectar cualquier sistema de grabación que pudiera estar funcionando.

—¿Qué pasa?

—Es por Orduño. Elena no quiere que lo sepa nadie que no estuviera aquí, pero te lo tengo que contar.

—¿Ha ocurrido algo?

—Vino con Marina, presentó la dimisión.

—Lo siento, la verdad es que lo esperaba.

—Pero eso no es todo: la chica que se ha ido con la inspectora, Aurora, vio a Marina. Le cambió la cara. Dice que Marina es miembro de la Red Púrpura.

Chesca se queda a la espera de la cara de sorpresa de su compañero, pero Zárate está más preocupado que sorprendido, se da cuenta enseguida de lo que eso supone. Entiende muchas cosas, lo mismo que le ocurrió a Orduño cuando la inspectora se lo desveló.

—Joder, pobre Orduño. ¿La habéis detenido?

—No, Marina no sabe que la hemos descubierto. La inspectora ha dicho que no la vamos a detener todavía, que la vamos a usar de cebo para meternos dentro.

Zárate solo necesita pensar unos segundos:

—Es una buena idea.

—¿Y Orduño?

—Lo pasará mal cuando lo sepa, pero lo entenderá. Él haría lo mismo.

—No estoy segura, Orduño es mejor que todos nosotros.

—Entonces quizá no sea una mala idea que abandone la brigada, esto no está hecho para buenas personas.

Chesca asiente.

—Quizá. Yo creo que también lo voy a dejar, en cuanto acabe el caso. Antes era distinto, éramos un equipo. Ahora la inspectora hace la guerra por su cuenta, nosotros no nos enteramos de nada, todo son secretos...

—¿Y qué vas a hacer? —se interesa Zárate—. Te aviso de que la vida en una comisaría puede ser un coñazo. A mí me tuvieron una temporada renovando pasaportes.

—Antes de la brigada, estuve en Homicidios. Tal vez pueda volver.

—No está mal, ya veremos qué pensamos todos cuando acabe el caso. ¿Nos vamos?

—¿Tienes dos cascos en la moto? No he traído el coche, podrías acercarme a casa.

—Solo tengo uno.

Chesca no había pensado en que el día acabara así, ni siquiera sabe qué fue lo que lo provocó, aunque sí que fue ella la que tomó la iniciativa. No van a poder olvidarlo cuando vuelvan a interrogar a algún sospechoso en esa sala. Saben que a muy pocos metros hay otros agentes que trabajan como apoyo a la brigada, que en cualquier momento alguien puede descubrirlos y que no tendrían manera de explicarlo, pero ninguno de los dos tiene ganas de evitarlo. Chesca se tiende desnuda sobre esa mesa en la que ha asistido a tantas reuniones. Zárate no se desnuda, solo se abre el pantalón y se tiende sobre ella.

Es un polvo rápido, no mucho más cómodo que el del coche de hace unos días. Sin cariño, sin besos, pero placentero.

—Un día tenemos que hacerlo en un lugar más cómodo —dice él cuando terminan.

—El día que traigas dos cascos nos vamos a mi casa o a la tuya.

Capítulo 59

La ropa de la inspectora le queda un poco grande a Aurora, aunque ella está encantada con el pantalón de pijama y el jersey que le ha dejado.

—Creo que nunca había usado un jersey tan fino y tan suave —se ríe la chica.

—Te lo puedes quedar.

—No, que es tuyo.

Aurora había estado muy pocas veces en la plaza Mayor, nunca desde que murió su abuelo, que era el que la traía todos los años en Navidades y la invitaba a un bocadillo de calamares.

—¿Quieres que nos comamos uno?

—No, no me gustan los calamares. Lo que me gustaba era venir con él, sin que estuvieran mi abuela llorando y mi madre jodiéndolo todo. Mi abuelo era el único que me trataba como una persona. No tenía que haberse muerto.

Elena no puede hacer nada contra eso, es la vida. Es mucho peor echar de menos a alguien que se ha ido y sigue vivo, en algún lugar que no sabes si no es peor que la muerte.

—¿Qué te apetece cenar?

—¿Qué hay?

—Haber no hay nada, pero tengo una aplicación en el móvil con la que nos traen en menos de media hora lo que queramos: hamburguesas, pizzas, sushi... Hasta un cocido, si es lo que te apetece.

—Nunca he probado el sushi.

—Pues ya está, pedimos cena japonesa.

—No, no sea que no me vaya a gustar. Mejor hamburguesa, que tengo hambre y no me la quiero jugar.

Mirando a Aurora cenar y reírse, Elena tiene esperanzas. Es una chica que ha sufrido violaciones, torturas, secuestros, agresiones, que ha crecido con sus abuelos porque sus padres eran adictos, a la que han acogido y rechazado varias familias y, pese a todo, se comporta como una niña ilusionada cuando se le da algo de cariño. Satisfecha tras la cena, Aurora se queda mirando la plaza Mayor, como si nada pudiera preocuparla. Juguetea con su pelo, se lleva un mechón a la boca, lo mordisquea, un gesto que quizá arrastre desde la infancia. Tal vez Lucas sea también así y, si algún día regresa a este mismo piso, quizá vuelva a mirar sus álbumes de sellos, a darle y pedirle el beso de buenas noches, a intentar quedarse un cuarto de hora más viendo la tele antes de irse a dormir, a reclamarle un vaso de agua cuando ella ya se haya acostado...

—A Aisha le gustaba mucho que fuéramos al Burger King; en cuanto pillábamos pasta, teníamos que ir. Le encantaba pedir un menú Whopper gigante, aunque después se dejaba la mitad de las patatas.

—¿Por qué se quedó ella en Las Palmas y a ti te trajeron a la península?

—Yo creo que porque ella estaba todo el día protestando. Se enfrentaba a todos y, en una de esas, le arañó la cara a Dimas.

—¿Cómo le conocisteis?

—Las dos primeras semanas en Las Palmas fueron muy buenas. Teníamos dinero y era mi cumpleaños, por fin las dos éramos mayores de edad. Íbamos a la playa todos los días y después de fiesta, a conocer chicos. Hasta que se nos acabó el dinero. Entonces una rusa que iba a la playa y se ponía donde nosotras nos habló de un club en la calle del Molino de Viento.

—¿Le conocisteis en el club?

Elena está alerta, quizá encuentre una clave, un lugar donde la Red Púrpura consigue chicas. En Gran Canaria las hay de todas partes del mundo.

—No, ni llegamos a entrar al club. Nos vestimos muy espectaculares y fuimos para allá, ellos pararon a nuestro lado en el coche.

—¿Quiénes eran?

—Dimas y Marina. Ella conducía, fue la que nos invitó a subir al coche. Era tan dulce y tan guapa que nos fiamos. Dimas se sentó en el asiento de atrás con Aisha y a mí me cedió el del copiloto.

—¿Qué pasó en el coche? ¿Os llevaron a ese club?

—Estuvimos dando vueltas por ahí. No sé qué pasó, solo que Aisha empezó a mosquearse y él se enfadó. Yo estaba a lo mío, dando conversación a Marina. Pero escuché un grito de Dimas, miré y Aisha le había hecho una herida en la cara. Se puso a pegarle. Yo intenté defenderla y Marina me pegó a mí. Nos separaron a las dos, a mí me llevaron a la finca. De Aisha no he vuelto a saber hasta que... hasta que tú me hablaste de ella, aunque sospechaba que la habían matado.

—¿La echas de menos?

—Era mi mejor amiga —Aurora calla; la madurez que ya vio en ella vuelve a la superficie—. Como mi abuelo y mi abuela. Tengo que acostumbrarme a que ya no esté. La verdad es que era un follón vivir con Aisha, le encantaba estar metida en líos —dice con una sonrisa melancólica—. Yo sabía que iba a acabar mal. Si estoy viva es porque nos separaron.

Elena recoge los restos de la cena: hamburguesas, patatas fritas y Coca-Cola. Todo le recuerda a su hijo, a él también le encantaban las hamburguesas y, aunque ella no quería que las comiera, Abel y él se iban los sábados por la noche a comprarlas y las subían en grandes bolsas de papel. En esa misma mesa las comieron muchas veces. Lucas se negaba a que compraran para él el menú infantil, quería comer las mismas que los mayores.

—Estoy cansada. ¿Puedo ir a dormir?

Elena había pensado dejarla dormir en la habitación de Lucas, pero después se ha arrepentido y le ha preparado el cuarto de invitados. Aurora sonríe al ver la cama, de dos por dos metros.

—Creo que es la cama más grande que he visto en mi vida. Me voy a perder...

Una vez sola, Elena se sirve una copa de grappa —todavía le queda de la que le regaló Rentero y le gusta cada día más— y se sienta en el sofá del salón. Pese a todo, ha sido agradable tener compañía una noche en casa y cenar las dos juntas. Piensa que tal vez sea posible devolver la vida a esa casa, reconquistar los vacíos que tanto daño le hacen. Todavía no se ha dormido cuando se abre la puerta de su habitación. Es Aurora.

—Me da miedo quedarme sola. ¿Puedo dormir aquí contigo?

La cama es muy grande, del mismo tamaño que la del cuarto de invitados. Aurora se acuesta a su lado. Intenta no moverse, no molestar.

De madrugada, Elena se despierta alarmada, ha escuchado un ruido. Aurora duerme tranquila. Elena se queda escuchando, le parece que el ruido viene de la puerta de entrada, se levanta, coge su pistola y va al vestíbulo. Al llegar todavía escucha ruidos, como si alguien manipulara la cerradura.

Con la pistola en la mano derecha, apuntando hacia la entrada, abre la puerta repentinamente, dispuesta a disparar. Pero no hay nadie. Se asoma, escucha las pisadas de alguien que baja corriendo por las escaleras. Va al balcón por si viera a alguien salir, pero el portal no se abre. A su memoria viene el día en que Mar se plantó en la puerta de su casa: no es difícil dar con ella. Nunca ha extremado las precauciones en ese sentido.

No puede dormir en lo que resta de noche. La pasa en el sofá del salón, con la pistola a mano. Tiene que esconder a Aurora, llevarla donde nadie la encuentre, protegerla como no supo hacer con su hijo.

Capítulo 60

Por tercer día consecutivo, Elena se salta su tostada con tomate en el bar de Juanito. Espera que el camarero no haya cumplido su amenaza de coger el traspaso de un bar de Pueblo Nuevo. Si es así, recorrerá el barrio entero hasta encontrarlo, para despedirse de él y agradecerle el cariño con el que la ha atendido todos estos años, los peores de su vida.

Ha llevado a Aurora a desayunar a San Ginés, como le gustaba a Lucas los domingos, por lo mucho que le agrada verla disfrutar. Aunque más que el chocolate y los churros, lo que le ha llamado la atención a la chica son las fotos de los famosos que han pasado por el local; pensar que está sentada donde antes se han sentado muchos de ellos le hace sonreír feliz.

—Mi culo nunca ha estado más cerca de la fama —bromea, divertida.

Después han ido al garaje a sacar su coche. No quiere llamar la atención, así que no van en su Lada, sino en el otro que tiene, el Mercedes 250 Berlina gris perla que compró para cuando tenía que viajar, pero que nunca usa.

—¿Adónde vamos?

—A un pueblo de Valladolid que se llama Urueña. Allí vive mi exmarido con su nueva esposa. Te va a gustar.

—¿Tu exmarido es el padre de Caín?

—Sí, pero él no sabe que está vivo.

—¿Se lo tengo que decir?

—Al revés, es mejor que no se lo digas. Ya hablaré yo con él.

La última vez que Elena fue a Urueña estaba metida en el caso del asesinato de Susana Macaya, aquella gitana a la

309

que mataron poco antes de casarse de la misma manera que habían matado a su hermana Lara unos años atrás. Estaba perdida, necesitaba una sonrisa amiga, un abrazo, y, como de costumbre, pensó en su exmarido. Pero siempre que va, acaba reprochándole a Abel que rehiciera su vida; aunque no lo haga con las palabras, lo hace con los silencios, con las miradas y con la actitud.

En esta ocasión está convencida de que no lo va a hacer, esta vez no quiere hablarle de Lucas, sino de Aurora. Dejarla con él, pedirle que la proteja.

—¿Por qué me llevas a ese pueblo?

—Lo primero, porque es muy bonito. Y además, porque tengo miedo de que Marina también te viera en las oficinas de la BAC.

—¿Puede estar buscándome?

—Conoces a los de la Red Púrpura mejor que yo. Es preferible adelantarse a lo que puedan hacer.

El camino a Urueña es de unas dos horas y media en las que da tiempo a hablar de muchas cosas: de la vida en la finca, del resto de los chicos y chicas que Aurora ha conocido allí, de Marina...

—No es la peor, pero dicen que lleva con Dimas desde hace más de diez años. Unos piensan que es su mujer, otros que solo es una más.

—Pero lleva mucho tiempo fuera de la finca y lejos de Dimas, ¿no?

—No, dos o tres semanas nada más. Un día desapareció y no la volví a ver hasta ayer.

—¿Participaba en las torturas?

—Nunca la vi, yo creo que ella se dedicaba a otras cosas. Ni siquiera iba a las peleas, se quedaba en la casa. Era rara.

Van pasando los kilómetros, hasta ponen música. Aurora sorprende a Elena, canta bastante bien. Sus canciones favoritas no le pegan nada a una chica de su edad, son las de Rocío Jurado, la Pantoja y otras así.

—Las que cantaba mi abuela cuando limpiaba.

También da tiempo a que Aurora pregunte por Lucas. ¿Cómo se lo llevaron a la Red Púrpura?

—A Lucas lo secuestraron hace muchos años. Para hacerme daño. Llevo buscándolo desde entonces y todo el mundo me decía que estaba muerto. Pero vi el vídeo.

—Si no hubieras seguido buscándolo, a mí no me habrían hecho eso. A lo mejor me habrían dejado quedarme de camarera.

—¿Con un ojo menos?

—Eran las que mejor vivían en la finca. Lo del ojo no es tan grave al lado del resto de las cosas que te podían pasar.

Aurora se queda callada en cuanto ve las murallas del pueblo de Urueña a lo lejos.

—Qué bonito. Me gustaría vivir en un sitio así para siempre.

—Es un pueblo muy especial. Tiene más de quince librerías. Y museos, también tiene muchos museos.

—¿Tu marido tiene una librería?

—No, pero su novia trabaja en una. Es brasileña. Muy guapa y muy joven, ya verás.

—¿Qué hace él?

—Vino, un vino horrible. Si te invita a probarlo, mejor dile que no. Espero que aprenda pronto, si no va a ser insoportable, me manda botellas todos los años —se ríe Elena.

Después de aparcar tienen que caminar hasta la casa, por las calles estrechas, bordeadas de casas tan bonitas que todas parecen pequeños palacios. Elena tiene que reconocer que Abel ha escogido el pueblo perfecto para retirarse.

—¿Querrá tu marido que me quede aquí?

—Mi exmarido. Claro que querrá, es un poco cascarrabias, pero después te ríes con él.

Gabriella, la novia de Abel, es una mujer muy discreta —Elena supone que de eso se trata cuando se habla de inteligencia emocional— y sabe cuándo debe marcharse y dejar a Elena y Abel a solas.

—¿No conoces Urueña? Eso es imperdonable —le ha dicho a Aurora, sin hacer ninguna mención a las heridas del rostro—. Te voy a enseñar la librería donde trabajo y vamos a comprar una camiseta, que llevas un jersey de vieja.

Seguro que no ha querido ofender a Elena, la propietaria del jersey, o quizá sí. Gabriella es tan joven, tiene un cuerpo tan perfecto, una piel tan morena y una melena rizada tan frondosa, que, al verla alejarse de la casa junto con Aurora, dan la sensación de ser hermanas.

—¿Quieres que se quede esa chica en casa? —se sorprende Abel, una vez a solas.

—Solo unos días, hasta que sea seguro llevarla de vuelta a Madrid.

—¿No estaría más segura protegida por la policía?

No está nada segura. La Red Púrpura llega a cualquier lado. Para protegerla habría que meterla en una cárcel, en un calabozo incomunicado. Y Elena cree que esa chica ha estado encerrada demasiado tiempo. Está dispuesta a tratarla como trataría a Lucas.

—Te lo pido porque eres la persona en la que más confío en todo el mundo y porque sé que aquí va a estar mejor que en ningún sitio.

—Está bien, pero dime de dónde sale.

Elena le tiene que contar a Abel de dónde ha rescatado a Aurora. Y para eso le tiene que hablar de los vídeos, de las torturas, de las peleas a muerte. Teme que él le pregunte si ha visto a Lucas en alguno de los vídeos, pero no lo hace. No hay motivos para hacerlo, Abel vive desde hace años con la convicción de que su hijo está muerto. Tristemente, Elena piensa que tal vez tenga razón. Lucas murió el día que se lo llevaron en la plaza Mayor.

En el fondo envidia la inocencia de su ex, su incapacidad para sospechar que todo el operativo policial contra la Red Púrpura responde al deseo de encontrar al niño.

—¿La herida que tiene en el pómulo se la hicieron en esa finca?

—Sí.

—La cuidaremos. Estoy seguro de que Gabriella conoce alguna crema para que no le quede mucha cicatriz.

Eso es lo que Abel y Gabriella pueden darle y ella no, cariño, alegría, atención y una pomada para evitar las cicatrices.

Elena no quiere quedarse a comer con ellos, no quiere interferir en la vida de Abel y su nueva esposa, que se ha hecho ya amiga de Aurora cuando ella se sube al coche.

—Volveré a por ti, Aurora.

—Lo mismo me dijiste cuando me quedé en la fosa séptica y volviste. Sé que lo harás.

Elena sonríe, no sabe por qué esa chica ha tenido que sufrir tanto, le ha cogido mucho cariño. Espera que su madre salga por fin del hospital, que no recaiga en las drogas y que las dos puedan vivir en un pueblo tan bonito como Urueña.

No lleva recorridos más de veinte kilómetros cuando recibe una llamada. En el Lada no habría podido contestarla, pero el Mercedes tiene todo tipo de dispositivos para seguir eternamente conectada.

—¿Daniel? ¿El chico de Rivas? En un par de horas estoy allí.

Daniel Robles, el adolescente que les puso en la pista de cómo acceder a los eventos de la Red Púrpura, se ha suicidado. Elena se siente culpable de no haberse acordado ni un segundo de él en la última semana.

Capítulo 61

Hay muy poca gente en el entierro de Daniel Robles. Sus padres y algunos familiares de Soledad. No hay vecinos ni amigos, Alberto no ha querido llamar a nadie de su familia y se ha negado a que estuvieran presentes sus profesores o los compañeros del colegio. Ni siquiera está Sandra, su hermana pequeña. En ese acto final se ha extendido un manto para ocultar la vergüenza.

Elena trata de componer una imagen convincente de tristeza, y al hacerlo advierte que la siente de verdad. Se acerca a Alberto como midiendo los pasos.

—Le acompaño en el sentimiento.

Alberto se gira hacia ella y se sorprende de verla allí, en una despedida tan clandestina. Pero no marca ninguna expresión de disgusto. Su rostro es oscuro y la boca parece encogida y reseca, como si llevara mucho tiempo sin sonreír.

—Es lo mejor que podía pasar —le responde con dureza.

Después se aleja, sin dejar la menor opción de prolongar el diálogo. Elena busca a Soledad con la mirada. Está rodeada por algunos familiares, llora y apoya la cabeza en el hombro de una mujer que podría ser su hermana. No es un buen momento para acercarse a transmitir las condolencias. «Es lo mejor que podía pasar.» La frase de Alberto golpea a Elena en las entrañas y le provoca algo parecido a la náusea. ¿De verdad es lo mejor que podía pasar? ¿Un hijo se sale del carril, se desliza por una pendiente peligrosa y los padres le dan la espalda para siempre? ¿No debe ser incondicional el amor hacia un hijo? Elena entiende la decepción del padre, entiende también el enfado y el sufrimiento. Pero no el odio. Ella no quiere ser como él, su corazón jamás albergará odio hacia Lucas, por muchas atrocidades que haya cometido. Puede que sea más ingenua que ese hombre destrozado que ni siquiera puede llorar la muerte del hijo, pero ella va a mantener el amor a resguardo y todavía viva la llama de la esperanza.

Está a punto de dirigirse a la salida cuando Soledad la aborda como un toro.

—Todo esto es culpa suya —le echa en cara.

Elena sabe que no se puede hacer entrar en razón a una madre que acaba de enterrar a su hijo.

—Si usted no hubiera entrado en mi casa aquella noche...

—Solo cumplía con mi obligación.

Lo dice con sencillez, sin intentar imponer la obviedad. El sentido del tacto le aconseja marcharse sin más, sin dejar caer siquiera unas palabras de pésame que ahora no serían bien recibidas. Pero Soledad la coge del brazo para decir algo más.

—Su padre no fue nunca a verlo desde que lo detuvieron.

—Lo lamento.

—Yo sí fui. La última vez, hace solo dos días —sigue Soledad—. Me dijo que daría lo que fuera por no haber entrado en esa página...

—Es una pena que no podamos volver atrás en el tiempo.

—¿Y sabe qué más me dijo? —aprieta los labios y trata de controlar el llanto—. Estoy enfermo. Estoy enfermo y nadie puede ayudarme. Eso me dijo.

Camino del coche, Elena piensa en las palabras de Daniel y le parecen terribles en su verdad. El mundo está enfermo de violencia. Hay personas enganchadas a la violencia en cualquiera de sus formas. Y todavía nadie se ha preocupado de conseguir una cura.

Mariajo es la única de los miembros de la BAC que ha acompañado a Elena al entierro de Daniel. Fue quien localizó aquellos mensajes de Larry33 por los que lograron colarse dentro de la seguridad de la Red Púrpura, la que investigó hasta llegar a la IP del chalet de Rivas. No es culpable, pero sí es, de alguna manera, causante de que este chico se haya quitado la vida en el centro en el que estaba recluido.

—Hay veces que tienes la sensación de que no merece la pena —le confiesa a Elena cuando las dos paran a tomarse un café—. Que piensas en dejarlo todo, en marcharte a una casita al lado del mar...

—No, Mariajo. Tú no puedes dejarme también. Orduño, Chesca...

—¿Chesca también? —se sorprende la vieja hacker.

—Está descontenta, no me ha dicho nada, pero la veo venir.

—¿Eso es todo? ¿Has hablado con ella de esto?

Elena se encoge de hombros, impotente.

Mariajo niega con la cabeza. Elena ya no es joven, debería saber mejor lo que buscan los demás.

—Te conozco hace casi veinticinco años, eres una policía brillante, has mejorado en cada caso que has llevado. No entiendo cómo has podido aprender tan poco de las personas —le dice Mariajo con dureza—. Vas quedándote sola y no eres capaz de reaccionar.

Elena se sorprende, nunca le había dicho algo así ningún compañero.

—No sé si tienes derecho a hablarme de ese modo —se defiende.

—Lo tengo, tengo el derecho del que sabe que tiene la razón y no teme las consecuencias.

Elena baja el tono, no quiere que Mariajo también la abandone.

—¿Qué se supone que debo hacer?

—La gente muchas veces pide cariño, que le digas que es útil, que la necesitas cerca. Has dejado que Orduño se fuera marchando, ahora haces lo mismo con Chesca, Zárate nunca ha sido uno más... ¿Qué te queda? ¿Buendía y yo? ¿Es que crees que con dos viejos y tú, que ya no eres una cría, vas a hacer un equipo de élite?

—Se han marchado otros y se les ha sustituido.

—Tú sigue bebiendo grappa y yéndote al karaoke a cantar canciones de Mina o como se llame, que te voy a ser sincera por una vez, no la soporto, su música me aburre y ella me parece una triste. Tengo mucho trabajo, ¿volvemos a la BAC?

Cada una ha ido en su propio coche al cementerio de Rivas-Vaciamadrid: Mariajo en un Smart eléctrico que, como todo en ella, llama la atención en una mujer de su edad; Elena en su Lada. Aprovecha que está cerca de la Cañada para volver al lugar donde Pina contactó con ella y la subieron a la furgoneta que la llevó a la finca de Coto Serrano. Aparca en el mismo sitio donde lo hizo entonces. No hay nadie en la chabola a la que le hicieron pasar. En el suelo siguen los cartones, y bajo ellos, la trampilla por la que llegó al sótano. La abre, desciende las escaleras: todo lo que encuentra es un espacio desmantelado. Ni rastro del mármol, los muebles y el baño de lujo. Ahora, solo es un agujero en el suelo.

Sale fuera. El ambiente ha cambiado. Apenas hay yonquis arrastrando los pies. Pasea por la Cañada hasta llegar a algo parecido a una calle donde hay un par de coches de policía y varios agentes. Se acerca a ellos.

—¿Ha pasado algo?

—Han matado a un rumano.

—¿Se sabe algo?

—Tiene toda la pinta de ser un ajuste de cuentas por temas de drogas.

Elena no sabe qué papel desempeñó ese rumano en su propio rescate; cómo ayudó a localizarla y salvarle la vida en Coto Serrano. No imagina que la responsable de su muerte ha sido la Red Púrpura, tampoco lo sabrán Chesca y Zárate. La muerte de Constantin nunca será aclarada.

Elena regresa al coche, pero no se decide a arrancar. Ve pasar a los agentes, ve llegar a los funcionarios que retirarán el cadáver, al juez, a una mujer que llora... Ella piensa en lo que le ha dicho Mariajo y se da cuenta de que debe escucharla: todos tienen razón cuando dicen que se quieren marchar y cuando la critican. No está haciendo bien su trabajo, porque hace tiempo que dejó de ser una policía, solo es una madre que busca a su hijo.

El teléfono la saca de su ensimismamiento, es Zárate, que le pregunta si va a ir a la oficina. No ha querido volver a interrogar a Pável sin que ella estuviera presente y, además, tienen que hablar con Yarum. Elena le pide que se ocupe él, no tiene fuerzas para enfrentarse a la mirada de ese hombre, tampoco a que siga —no sabe cómo— averiguando cosas de su vida.

—Quiero que me cuente cuál era el sistema de subastas para las torturas y su relación con Pina —le adelanta el agente.

—Bien. Y las tuertas, no te olvides de ellas, todavía no hemos sabido nada de esas chicas. Pregúntale si él se las llevó a Dimas. Que te ayude Chesca.

A Elena le gustaría que todo cuadrara como un puzle al que no le falta ninguna pieza, pero son tantas las pistas que no llevan a ningún lado, tantos los detalles que no saben leer y tantos los flecos que se van dejando que, a cada avance, la sensación es que no han llegado ni a arañar la verdad.

—Otra cosa, antes de marcharnos a casa esta tarde tendremos una reunión: quiero poner al día a todo el equipo de cómo va el caso. No quiero que sigamos con cosas que unos saben y otros no.

—Es una buena idea, Elena —dice Zárate—. Una muy buena idea.

Capítulo 62

Yarum recibe con una sonrisa sarcástica a Zárate. Sigue tan atildado como el primer día, pese a que son muchos los que lleva detenido.

—Pensé que no les iba a volver a ver. ¿No me han puesto todavía a disposición del juez?

—Sabe que sí. Le habrán informado de que se presenta voluntario a hablar con nosotros, ¿verdad? —Zárate usa el mismo tono cínico que él—. No sé si sabe que localizamos la finca de Coto Serrano.

—Ya les dije que nunca he estado en esa finca, pero me alegro. Supongo que no han detenido a Dimas.

—No.

—¿Y quieren mi ayuda? Pues eso no va a salirles ni fácil, ni gratis. Ni siquiera barato.

—Díganos lo que queremos saber y le diremos qué podemos hacer por usted.

—Díganme qué pueden hacer por mí y yo veré qué les puedo contar de lo que quieran saber.

Chesca entra en la sala. Yarum le pone la misma mirada que a Zárate al principio.

—Usted siempre tan bien acompañado, Zárate. O con la inspectora, que se nota que ya no quiere verme, quizá por lo que dije de su hijo, o con su compañera... Es usted un donjuán, se ve que ha follado con las dos. Enhorabuena.

—Basta de tonterías —le corta Zárate—. Hay cosas que no entendemos.

—¿Muchas?

—Sí, muchas. ¿Cómo se hacen las apuestas en los eventos?

—Les repito que no sé nada de eso. Yo vendo los enlaces. No sé en qué consiste el resto. Además, sigo pensando que es un simple teatrillo.

—¿Maneja también las apuestas de las peleas?

—No, de todo eso se encarga la Red. Lo único que hacía era vender dos tipos de pase: los que podían y los que no podían apostar. Soy un mero intermediario.

—Pero usted no se equivocaba cuando nos dijo que había que buscar a Pina —argumenta Zárate—. Sabe mucho más de lo que dice.

—No se equivoca: sé que usted se siente despreciado por la persona a la que desea. Hay muchas cosas que se saben sin necesidad de que nadie te las diga —se ríe de él y tanto Zárate como Chesca están cada vez más convencidos de que lo de Yarum es más que simple palabrería.

—¿Qué relación tiene con Pina? —insiste Zárate, intentando evitar que se desvíe la conversación.

—Pina y yo somos viejos amigos. Solo la puse en contacto con Dimas como quien presenta a dos personas que pueden hacer negocios. Uno necesitaba chicas y la otra parte podía ofrecerlas.

—Las chicas que trabajaban en la finca —Zárate se da cuenta—. ¿Sabe que las seis estaban tuertas?

—Qué horror. ¿Tuvieron algún accidente trabajando allí?

—¿Cómo puso en contacto a Pina y a Dimas? ¿Dónde se encontraron?

—¿En qué mundo vive? ¿Quién necesita ver a nadie físicamente hoy? Internet. *Blockchain*. Navegadores con IP enmascaradas. Foros cifrados. Ya deberían sonarle todos esos términos...

—No debería estar tan tranquilo. Alguien va a tener que pagar por lo que encontramos en esa finca.

—¿Han dado mi nombre? —el silencio de los policías provoca una sonrisa en Yarum—. No me apunten cosas con las que yo no tengo nada que ver.

—Tal vez Pina lo haga —responde Zárate, más por rabia que por tener alguna certeza. Sabe que esa mujer no dirá nada que pueda crearle problemas y, tal vez, dar el nombre de Yarum se los cree.

—*Do ut des.* Es un viejo refrán, o proverbio, o lo que sea, latino: te doy, para que me des. Ya les he dicho que deben compensarme. Esto es un intercambio —responde Yarum en tono conciliador.

La puerta del despacho se abre y entra Elena.

—Adivino muchas cosas, pero ni siquiera había sospechado que usted fuera a venir —se sorprende Yarum—. Bienvenida, inspectora.

—Solo quiero hacerle una pregunta.

—Adelante.

—¿Salimos? —pregunta Chesca.

—En la brigada no hay secretos.

Elena tiene que soportar la carcajada de Yarum.

—Por favor, inspectora... Si aquí hay más secretos que en la actuación de un mago. Pero venga, hágame la pregunta.

—¿Conoce a Marina?

—¿La de la Red Púrpura? Sé que existe, pero no la he visto nunca en persona. La verdad es que sé poco de ella, una vez me dijeron que era la mujer de Dimas, pero no sé si es cierto. Con Dimas he hablado en un foro, tampoco lo he visto nunca. Les sorprendería saber que escribe sin faltas de ortografía.

—Que se lo vuelvan a llevar —pide Elena a sus compañeros—. Tenemos que hablar.

—¿Les va a contar lo de su hijo? Hace bien, inspectora —no para de burlarse Yarum.

—Vamos, que se lo lleven —es la única respuesta de ella.

Minutos después están todos los miembros de la BAC reunidos en esa misma sala. Elena toma la palabra.

323

—Os quiero pedir disculpas, tal vez no he estado todo lo bien que debería estas últimas semanas. Ha habido cosas que no os he contado y sé que no es justo: os exijo un esfuerzo sin daros razones —la inspectora tiene que tomar aire antes de decir lo que ha decidido desvelar—: Mi hijo, Lucas, fue secuestrado hace ocho años. Todos lo sabéis. Lo que no os había contado es que sé que está vivo. Que quienes se lo llevaron fueron los que están al mando de la Red Púrpura.

La revelación provoca un silencio en el despacho. Zárate, el único que estaba al tanto, mira a sus compañeros. La sorpresa de Buendía y Mariajo, la tentación de dar un abrazo a Elena que tienen sus compañeros, porque, aunque su hijo esté preso en la telaraña de la Red, es una buena noticia saber que está vivo, que hay esperanzas de rescatarlo. Chesca no se atreve a mirar a los ojos a la inspectora. Zárate supone que por su cabeza están pasando a toda velocidad los comportamientos extraños, desesperados a veces, de su jefa y, ahora, les está encontrando sentido y, al mismo tiempo, siente cierta culpa por haber sido tan dura con ella.

—Sé que tendréis un millón de preguntas. Cómo lo sé, por qué estoy tan segura... Os aseguro que, en este momento, no es importante. Nuestra prioridad es encontrar a Dimas. Os pido un voto de confianza.

—Sabes que lo tienes —le promete Buendía y el silencio del resto parece certificar sus palabras.

Elena sigue ocultando gran parte de la verdad. La vinculación de Lucas con la Red Púrpura no es la de una mera víctima. Es algo más. Es Caín, el chico del calzón rojo, el mismo que torturó a Aurora; pero Zárate sabe que pedirle a Elena que cuente también eso es demasiado. ¿Cómo exponer a su propio hijo al juicio de los demás? ¿Cómo convertirlo de víctima en asesino?

—También sabéis que Marina, la mujer que Orduño conoció en su viaje a Las Palmas, es miembro de la Red

Púrpura. No tenemos claro su puesto exacto, pero parece que se trata de alguien muy importante. Lo que no sabéis es que ayer fui a hablar con él y le expuse la situación. Como os podéis imaginar, fue un duro golpe, pero es un hombre justo, honesto y responsable, está dispuesto a ayudarnos. Hace unos minutos he vuelto a hablar con él y esta misma noche le vamos a tender una trampa a Marina. Le va a decir dónde está Aurora, estamos seguros de que irá a buscarla.

—¿Y vamos a poner en riesgo a esa niña? —se escandaliza Mariajo.

—No. No vamos a darle la información real. Sería una irresponsabilidad —concuerda con ella Elena—. Solo yo sé dónde está Aurora y os garantizo que no puede estar mejor cuidada. Vamos a mandar a Marina en dirección contraria; cuando llegue hasta el lugar donde le tenderemos la trampa, estaremos esperándola. Y tanto Orduño como nosotros saldremos de dudas respecto a ella.

Todos respiran aliviados.

—Entonces Orduño vuelve a ser un miembro más de la brigada. Me sentía huérfana sin él... —bromea Chesca intentando aliviar la tensión que se ha creado. Aunque ninguno hable de él, todos piensan en Lucas. En el infierno de ese chico y en el sufrimiento de una mujer que, además de policía, es madre.

Capítulo 63

Orduño ha vuelto esta tarde a la misma psicóloga que le trató de su adicción al juego las otras dos veces en su consulta de la calle Arturo Soria. Ha ido solo, mientras Marina se ha quedado en casa. Tiene un ligero temor a que ella haya usado las dos horas que se ha quedado sola para desaparecer, pero cuando regresa, Marina está intentando preparar un pollo asado para la cena. Le saluda como siempre al llegar, con grandes muestras de cariño, con besos apasionados.

—Te he echado mucho de menos.

Si Orduño pudiera pedir un deseo, sería que las sospechas de Elena fueran falsas, que Marina nunca hubiera tenido nada que ver con la Red Púrpura, que todo sea un error de esa chica que dice que la ha reconocido.

—¿Qué te ha dicho la psicóloga?

—Me ha dado hora para la semana que viene, valorará si vuelvo al tratamiento y si es ella quien debe dirigirlo o se da por vencida después de dos intentos.

—Pero no has vuelto a tener ganas de jugar.

—No, afortunadamente, no.

—Eso es maravilloso. Ven, tienes que ayudarme. Esto del horno es más difícil de lo que yo esperaba.

—Antes debo decirte una cosa, me ha llamado la inspectora Blanco. Me ha pedido que vuelva, por lo menos unos días.

—Qué buena noticia.

—Quieren que cuide a una chica de las que estaban con la Red Púrpura. No sé por qué, piensan que puede estar en peligro.

Marina vuelve a abrazarle emocionada.

—Sabía que todo se iba a arreglar.

Le besa en los labios, le acaricia el rostro y luego se lo limpia con una servilleta porque ella tiene los dedos pringados de limón. Trastea por la cocina, torpe y sonriente. No ha preguntado nada más sobre esa chica. Orduño la mira con un brillo nuevo de optimismo y se siente casi feliz.

Entre los dos, consultando tutoriales en YouTube, logran preparar el pollo y meterlo en el horno. Mientras esperan, abren una botella de vino blanco y brindan.

—Por el mejor policía de España.

—Por la mujer más bella y que mejor cocina el pollo.

—Y mejor monitora de boxeo.

—También.

Sería una pena que todo se estropeara, que se confirmaran la acusación de esa chica y las sospechas de Elena. Orduño se agarra a la posibilidad de que Aurora esté equivocada, pero al mismo tiempo teme caer en la ceguera del enamorado. Ha hablado con la inspectora de los pasos que van a dar, está de acuerdo en que pronto saldrán de dudas: si Marina pertenece a la Red Púrpura, querrá eliminar a la testigo que sabe demasiado como para mandarlos a todos a la cárcel.

«Si fueras tú y creyeras que esa chica puede acabar con tu tapadera, ¿qué harías?», le ha preguntado Elena esa tarde.

«Desaparecer. Marina no ha desaparecido.»

«Es posible. Te lo preguntaré de otra manera. Si esa chica pudiera acabar con tu tapadera y te enteraras de dónde se esconde, ¿qué harías?»

«Supongo que impedir que hablara.»

«Vamos a comprobarlo. Vas a ser tan indiscreto como para desvelarle la ubicación de Aurora. Si va a por ella, es que quiere eliminar a la testigo capaz mandar a toda la Red Púrpura a la cárcel.»

Orduño no puede dejar de preguntárselo. ¿Es posible que esa mujer que le ha devuelto la ilusión sea un monstruo? ¿Puede tener tanta sangre fría como para haber reconocido a Aurora y, en lugar de ponerse a salvo, compartir una cena con él?

—¿Cuándo empiezas con la protección de la chica? —la voz de Marina lo trae de vuelta a su salón.

—Todavía no le he contestado a la inspectora, he quedado en llamarla mañana a mediodía. No estoy seguro de decirle que sí.

—¿Por qué?

—Porque tendría que salir de Madrid y estar unos días fuera. Y no quiero estar separado de ti.

—¿Muy lejos?

—No, cerca. A la chica la han llevado esta tarde a una casa que pertenece al Estado, cerca de San Ildefonso, en un sitio que se llama Valsaín, alejada de todo. Hoy está con ella Chesca, mañana la tendría que sustituir yo.

—Pero habrá más policías...

—No, no quieren que nadie sepa que la chica está allí. Es lo que llamamos una «vigilancia de baja intensidad».

Marina piensa deprisa y lo hace como una profesional: no es posible distinguir un atisbo sombrío en su aire risueño. Si llegara a ese pueblo de Segovia por la mañana, podría matar a esa chica. No cree que le resultara muy difícil eliminarlas a ella y a Chesca. Después podría volver y estar con Orduño cuando se conociese la noticia.

—Si yo fuera tú, aceptaría.

—Dicen que la casa es preciosa, en medio del Pinar, se llega por un camino de tierra. Va a ser un poco Robinson Crusoe. Qué pena que no puedas venir conmigo.

—Solo van a ser unos días. Después tenemos toda la vida para estar juntos.

Cenan el pollo, ven una serie en la tele, hacen el amor —como cada día— y Orduño está dejándose ganar dulcemente por el sueño cuando oye la voz de Marina.

—Mañana tengo que salir de casa temprano, por unas clases en el gimnasio que no he podido anular. Pero a mediodía estaré aquí, para despedirme de ti como debe ser antes de que te vayas a ese pueblo.

Orduño no se gira hacia ella, que le está acariciando la espalda. Se queda mirando las formas entintadas de la habitación y reprime las ganas de llorar.

No hace ningún comentario sobre el nerviosismo que parece aquejar a Marina el resto de la noche, no se da por enterado de que ella no ha dormido y no le propone acompañarla cuando sale por la mañana. Pero en cuanto está fuera, avisa a sus compañeros.

—Ha salido de casa, supongo que camino de Valsaín.

Marina va tan atropellada que no se fija en que una moto sigue al taxi que ha cogido al salir de casa.

—Acaba de entrar en una empresa de alquiler de coches. En cuanto salga os digo el modelo y la matrícula.

Tampoco se fija en que un Volvo XC90 comparte un tramo del trayecto con ella, que después es un Mercedes 250 y más tarde un Citroën C3. Tampoco puede imaginar que en el valle de Valsaín se encontrará con varios vecinos en un espectacular estado de forma: son agentes de intervención.

El pueblo está a ochenta kilómetros de Madrid, se tarda poco más de una hora. Se va por la carretera de La Coruña hasta Collado Villalba, allí hay que coger la CL-601 hasta llegar al pueblo.

Valsaín, en la provincia de Segovia, dentro del término de San Ildefonso de la Granja, no llega a los doscientos habitantes, pero tiene uno de los mayores tesoros de la zona:

más de diez mil hectáreas de pinares. Allí es donde está la casa que debe buscar, que imagina que será poco más que una cabaña.

Marina va inquieta de camino a ese pueblo, no porque tenga que matar a esa chica —es una orden de Dimas y eso es algo que no se discute—, sino porque piensa en que esos días con Orduño ha sido feliz y que esa es una sensación muy extraña, nunca le había pasado. Si mata a esa chica, Dimas le ordenará desaparecer. Nunca más podrá ver a Orduño. Tampoco le valdría de nada volver, algún día la descubrirá, si es que Aurora no les ha dicho quién es. Le gustaría pensar que se halla ante una bifurcación, que puede elegir entre dos caminos, pero la realidad no es esa. La realidad es que para ella solo hay un camino posible. ¿Está dispuesta a seguir con esa vida?

Cuando está llegando a Valsaín, se fija por primera vez, gracias a una extensa recta, en un C3 que viaja a una distancia de unos quinientos metros. Y se acuerda de que lo vio en el desvío de Collado Villalba, parado en el arcén. Se ríe, toda la vida provocando que la gente mire atrás y hoy ha sido ella la que ha olvidado la precaución. No piensa enfrentarse a ellos. Toma una decisión, se acabó el miedo a Dimas, se acabó todo. Sí que hay una alternativa en su vida.

Para en un lado de la carretera, saca su pistola y espera a que el C3 vuelva a aparecer. Se mete el cañón en la boca. Está preparada para disparar y quitarse la vida, para lo que no está preparada es para que quien salga del coche sea Orduño.

—¡No lo hagas!

Marina duda, clava su mirada en la de él y le parece reconocer en su firmeza un matiz compasivo. Debería apretar el gatillo, desaparecer de una vez por todas. Sabe que es la única manera de escapar de la Red Púrpura. Pero le puede el miedo o, tal vez, una absurda esperanza de una vida de color de rosa. Baja la pistola, deja que él le ponga las esposas y luego la abrace.

—Lo siento, te quiero —es todo lo que se le ocurre decirle al oído.

Después, empiezan a llegar más agentes y los separan. Marina se da cuenta de que ha perdido su gran oportunidad. No para matar a Aurora. Ha perdido la gran oportunidad de su vida para redimirse.

Capítulo 64

—Quiero entrar yo a interrogarla.

—No me parece adecuado —responde Zárate—. Tú tienes que apartarte, ni perdonarla ni ensañarte con ella. Déjanos a nosotros.

Orduño mira a Chesca en busca de ayuda, pero ella le retira la mirada.

—Yo tampoco creo que sea bueno, ni para el caso ni para ti —dice por fin su compañera.

—Necesito saberlo todo —protesta él—. Si no fuera por mí, no estaría detenida.

—Orduño tiene razón —responde Elena.

Marina está pensativa y llorosa, apenas levanta la cara cuando entran la inspectora y Orduño.

—Tenemos datos suficientes para estar seguros de que perteneces a la Red Púrpura — Elena inicia el interrogatorio. Marina, sin embargo, parece más pendiente de las reacciones de Orduño que de la pregunta implícita de ella.

—No lo puedo negar. Tampoco quiero, no voy a mentir, voy a ayudaros en todo lo que pueda, hace tiempo que tenía que haberlo hecho, solo el miedo me lo impidió.

—Ibas camino de asesinar a Aurora.

—Fueron las órdenes que recibí de Dimas.

—¿Sabes dónde lo podemos encontrar?

—No pienso traicionarle.

Pliega los labios en un gesto terco. Evita la mirada de Orduño.

Durante las dos horas siguientes, Marina habla de la Red Púrpura. De cómo llegó hasta ella —era una de las chicas de buena familia que aparecían en los vídeos porno de Yarum y Nahín; de ahí, pasó a trabajar para Pina y, a través de ella, conoció a Dimas— y cuándo entró a formar parte de la organización —mucho antes de que la brigada empezara a investigar.

—Entonces ¿conoces a Yarum?

—Estuve en la secta, caí como una idiota ahí dentro, pero no creo que me recuerde, éramos muchas las chicas a las que engañó.

—¿No lo has vuelto a ver?

Marina niega.

—¿Y a Pina?

Orduño se mantiene frío ante la mirada avergonzada de Marina.

—No, hasta unas dos semanas, hasta que Dimas me ordenó seducir a Rodrigo Orduño.

—¿Por qué a mí?

—Las órdenes de Dimas no se discuten. Él me dijo que te sedujera y yo cumplí. Si me hubiera dicho cualquier otro, habría cumplido también.

Elena no quiere que el interrogatorio se convierta en algo personal.

—¿Qué tuvo que ver Pina en todo eso?

—Me llevó a una casa, me dio ropa nueva para el vuelo a Canarias. Nada más. Lo más seguro es que ni siquiera supiese lo que me había encargado Dimas. Después de estar con Yarum, trabajé un tiempo para ella. Pina también había pasado por la secta, pero encontró una manera de sacarle dinero a las chicas que estuvimos dentro. Nos prostituía. Así llegué a conocer a Dimas, como un trabajo más, no sabía que pasaba a ser de su propiedad.

—¿Puedes darnos algún dato para encontrarle? Quizá su verdadero nombre.

—No pienso traicionarle —vuelve a decir.

Marina sigue contando lo que ocurría dentro de la finca de La Travesera, donde ella pasaba la mayor parte del año. Las peleas, los vídeos, las apuestas...

—¿Conoces a Lucas? —pregunta por fin la inspectora.

—En las peleas le llaman Caín —contesta ella y se decide a contar la verdad—: Yo conducía el coche el día que Dimas se lo llevó de la plaza Mayor. Era un niño dulce, frágil...

—Ya no es así —se duele Elena.

—No, ahora es un monstruo, un ser sin alma y sin sentimientos. Lamento haber ayudado a convertirlo en eso, pero Lucas no tiene solución, es irrecuperable.

Por un segundo, Elena está tentada de zarandear a esa mujer y decirle que todo el mundo puede cambiar, que igual que ellos cambiaron a su hijo, ella logrará que vuelva a ser normal. Pero, en el fondo, ni ella misma lo cree.

Siente la mano de Orduño sujetándole la muñeca: sus compañeros le han puesto al tanto de la relación de Lucas con la Red Púrpura. Ahora, él y todos los que están viendo el interrogatorio en la sala contigua han descubierto el grado de implicación del hijo de Elena. Lo que ella no se atrevió a desvelarles cara a cara. Ninguno puede culparla de omitir esa información.

Elena mira la mano de Orduño, dándole soporte, y le sonríe; agradece de verdad el gesto de cariño de su compañero, de su amigo. Recupera el control y sigue preguntándole a Marina:

—¿Cuántos niños ha habido así?

—Solo dos, Pável y Lucas. Son los que han sobrevivido a todas las peleas. Una vez Dimas los enfrentó, y Lucas le arrancó dos dedos a Pável de un bocado. Eso le salvó la vida, tuvieron que parar la pelea, por eso Lucas no lo mató, como a tantos otros.

—¿Dónde está Lucas?

—No pienso contestar a eso. No voy a traicionarle, ni tampoco a Dimas.

Orduño, que ha permanecido callado, rompe su silencio.

—Elena, necesito que me dejes solo cinco minutos con Marina.

—No puedo hacerlo.

Él calla, pero su mirada es tan implorante que Elena decide aceptar.

—Confío en ti.

Los dos se quedan solos y Orduño, para preocupación de los compañeros que siguen en la zona común, apaga las cámaras.

—Si me vas a hacer algo, me lo merezco —acepta Marina—. ¿Desde cuándo lo sabes?

—Desde el sábado, esa tarde vino a verme Elena y me lo contó. Y no, no te voy a hacer nada.

—No te lo noté. Tampoco cuando me pusiste la trampa para ir a Valsaín.

—Ni yo te lo noté a ti cuando creí que te habías enamorado. Estamos empatados.

—Es verdad que me acerqué a ti porque me lo ordenó Dimas, pero después todo cambió.

Orduño pone cara de desagrado.

—Me engañaste una vez, no pretenderás que vuelva a creer en ti —le dice con desprecio.

—No, no pretendo que me creas, pero necesito decirte la verdad. He vivido una vida de mierda, desde que me metí en aquella secta, desde que conocí a Pina y luego a Dimas. Mi destino era estar en uno de esos vídeos, pero le gusté y me dejó vivir. Durante mucho tiempo solo he hecho lo que él me mandaba, como esas pobres chicas a las que arrancan un ojo y pasan a servirle, pero a él le gustaban mis ojos azules y me los perdonó. Era la vida que tenía, hasta que me subí a ese avión camino de Las Palmas y te conocí.

—Qué entrañable —se burla Orduño, aunque él sufre más que ella.

—Te ríes, pero es muy triste. Era la primera vez en mi vida que conocía a un hombre bueno. He dudado a menudo desde entonces. Y, cuando paré el coche en esa carretera cerca de Valsaín, fue porque había decidido que no iba a seguir, que la Red Púrpura se había terminado para mí.

—Se supone que te debo creer.

—Si te soy sincera, no, no hace falta que me creas. Sé que voy a pasar en la cárcel lo que me queda de vida y es lo que me merezco. Pero lo que te digo es verdad.

—Demuéstralo.

—¿Cómo?

—Ayúdanos a encontrar a Dimas.

—Eso es como firmar mi sentencia de muerte, no habrá cárcel lo bastante segura como para protegerme de él.

—Él estará detenido.

—Aún quedará el Padre

—¿Quién es?

—El verdadero jefe de la Red Púrpura. Nunca lo he visto y no sé cómo se llama, solo que es alguien muy poderoso.

—Te aseguro que lo detendremos.

Marina se lo piensa unos segundos.

—No, no lo detendréis. Y si lo hacéis, sabrá escabullirse y me matarán.

—Hace unas horas estabas decidida a suicidarte camino de Valsaín.

Ella siente el impacto de sus palabras. Lo piensa un instante. Es cierto. Ve aquí una segunda oportunidad de ser ella quien apriete el gatillo contra su propia cabeza. Asiente despacio.

—Voy a intentar ayudaros.

—Gracias.

—Llama a la inspectora. Pero antes quiero que sepas que nada de lo que te he dicho es mentira. Conocerte me cambió, siento que fuera tarde para nosotros.

Elena ha pasado a la sala común. Teme la reacción de sus compañeros: no fue honesta cuando les dijo que les iba a contar toda la verdad. Ahora, sin embargo, sí tienen la información. Le cuesta mirar a los ojos de Mariajo o de Buendía. No sabe si encontrará una mirada de reproche, juzgándola. De repente, siente el calor de Chesca. Es ella quien la abraza y quien le murmura que no pararán hasta dar con Lucas, hasta que lo saquen de ese infierno. A Elena le cuesta contener la emoción; esos vacíos que hallaba en su vida, en realidad, están ocupados. Son ellos: Chesca, Orduño, Zárate, Buendía y Mariajo. Ellos son su familia.

Orduño se asoma a la sala común.

—Elena, puedes entrar, Marina va a ayudarnos a encontrar a Dimas y a tu hijo.

Capítulo 65

—Aquí está el libro de aquel periodista —anuncia Buendía y lo deja sobre la mesa para quien quiera mirarlo—. Ha costado encontrarlo porque en el pueblo nos dijeron que era de hace unos veinte años, pero es de hace más, por lo menos treinta.

Es un libro muy mal editado, y las hojas amarillean por el tiempo transcurrido desde su publicación y los escasos cuidados. La portada está muy deteriorada, pero se puede leer bien su título: *La venganza del marqués*.

—Lo encontré anoche a través de un amigo que tiene una librería de viejo cerca de Ópera. Ya me lo he leído. Como obra literaria es pésima, os lo aviso, pero el periodista habló hace unos treinta años con la gente del pueblo y pudo reconstruir, más o menos, lo de las peleas de chicos en la finca La Travesera. Se parece a lo que nos contó ese viejo, Matías. Lo mejor es que trae fotos. Mirad.

Buendía va pasando por algunas fotografías incluidas en el libro, hasta que llega a la que busca: es un anillo que, pese a la mala calidad de la imagen, parece azul o púrpura.

—Un anillo púrpura —anuncia.

—La Red Púrpura —repite en voz baja la inspectora.

—Es una sortija con un zafiro engastado. Según cuenta el periodista, era el premio para los que ganaban las peleas. ¿Recordáis la esquirla que sacamos de la herida en el pómulo de Aurora?

—¿Zafiro? —deduce de inmediato Zárate.

—Así es. Ese al que llaman el Padre llevaba puesto un anillo como este cuando la golpeó.

339

Buendía sigue pasando páginas, hasta que llega a una fotografía de un hombre de unos cincuenta años con un hijo adolescente a su lado.

—Mira a este, Zárate, ¿sabes quién es?

—Se parece a Matías, al viejo del pueblo.

—Es él, con treinta años menos.

—¿Has localizado al autor del libro? —pregunta Elena.

—Murió hace diez años, he hablado con su viuda, pero no guarda los papeles de su marido. Los tiró cuando se fue a una residencia de ancianos, hace tres años.

—Mala suerte. Tendrás que volver a Coto Serrano para hablar con ese hombre, con Matías. Quiero que sigas la pista de los anillos. ¿Algo más?

—La camisa del famoso Padre, la que rescatamos de la basura. Imposible sacar ADN. La hemos llevado a algunas camiserías y en todas nos dicen lo mismo: las hechuras son normales, la tela es normal, las medidas son normales... Difícil sacar algo por ahí.

—Pues nada, vamos a ver cómo organizamos todo para detener a Dimas. Orduño...

Orduño, sobreponiéndose a la vergüenza de haber sido engañado por Marina, cuenta a los demás todo lo que ella le ha desvelado de la Red Púrpura.

—El líder es el Padre, y el único que conoce su identidad es Dimas, o eso nos aseguran. La Red es idea suya, él la financia y hasta diseña los eventos. No acostumbra a estar presente en ellos, y las pocas veces que asiste lo hace con máscara, para que nadie le vea. Las únicas que le ven la cara son las chicas que de vez en cuando seleccionan para él, pero nunca podrán identificarle: tiene dos perros que se ocupan de rematar a sus víctimas.

—Hijo de puta —exclama Chesca.

—Los perros se llaman Buda y Pest, Aurora es la primera que escapa de ellos. Ella es la única que le ha visto la cara, además de Dimas, por lo menos que sepamos —completa Elena—. Sigue, Orduño.

—Dimas tiene un piso en Madrid, pero nadie sabe dónde. Marina cree que cerca de la Ciudad Universitaria, nada más que eso. Cuando está en la ciudad se mueve en ambientes de lujo: hoteles, buenos restaurantes y demás.

—He interrogado a Pina. Tampoco nos puede contar nada más de Dimas. Dice que su contacto con él siempre ha sido a través de la red. Nunca lo ha visto en persona, aunque dice lo mismo que Marina, que era un tipo amable y puntual en el pago.

—Cuando llegaba a la finca de La Travesera, o a cualquier lugar donde fueran a actuar, cambiaba —continúa Orduño—. Del hombre elegante de Madrid pasaba a ser el hijo de puta que hemos visto en los vídeos.

—Fue él quien secuestró a mi hijo, el hombre de la cara picada por la viruela que llevo tantos años buscando —dice Elena, venciendo su pudor por hablar de sí misma—. Debemos suponer que Lucas sigue con él y que podrá usarlo para salvar el pellejo.

—¿Y si lo hace? —se atreve a preguntar Zárate.

—Mi obligación es salvar a mi hijo, la vuestra es detener a Dimas. Esperemos que podamos conseguir las dos.

—Dimas cuida al máximo su seguridad. Para hablar con él hay que contactar a través de la Deep Web, como dice Pina. Se dejan mensajes en algunos foros y se espera a que él llame.

—¿Mensajes en clave? —pregunta Mariajo.

—Sí.

—Entonces lo mismo pueden servir para que él se ponga en contacto que para avisarle de que está en peligro.

—Así es —se adelanta Elena—. Pero es lo único que tenemos y lo que vamos a intentar. Los mensajes están enviados. Solo nos queda esperar.

Capítulo 66

Hay un brillo de emoción en la mirada arrugada de Matías según va viendo las fotos del libro; en cada ojo, una lágrima que parece a punto de resbalar, pero que nunca lo hace. Buendía se ha presentado en el pueblo a primera hora y lo ha encontrado en el bar de la plaza, mojando picatostes en un café con leche.

—Ese soy yo con mi zagal —sonríe al reconocerse treinta años más joven. Su mano callosa, llena de lunares y manchas, acaricia la fotografía como si quisiera arreglar el pelo del adolescente despeinado que posa junto a él.

Un viejo que también está sentado a la mesa se asoma al libro y participa de la nostalgia.

—Ese es el Anselmo, ¿te acuerdas?

—Pues no me habré tomado vinos con él —dice Matías—. Hasta que se ennovió con una jerezana y se le puso la cabeza del revés.

Buendía va pasando hojas, atento a las reacciones de los lugareños.

—La jabonera —dice Matías al ver la imagen de un edificio descolorido—. Eso ya lo tiraron, pero fue un negocio bueno.

—Venía gente de todas partes a comprar jabones al pueblo —recuerda el otro con orgullo.

Ahora se detienen en la imagen del zafiro. Matías trata de pasar la página, pero Buendía la fija con el dedo.

—¿Les dice algo? ¿Saben qué es?

—Un diamante que debe de ser muy caro —dice el otro viejo—. Pero aquí no hemos tenido minas de diamantes, como bien se ve si se da una vuelta por la comarca. Aquí no hay nada, esto es un páramo.

Buendía se gira hacia Matías, que permanece en silencio mirando la imagen; un temblor en la mano que puede ser de la artrosis o de la emoción.

—A los que ganaban las peleas les regalaban un zafiro. ¿No le suena esa historia, Matías?

El viejo sorbe su café metiendo la boca dentro de la taza, como para zanjar la cuestión con una escena repugnante.

Nada más entrar en la pequeña plaza de toros de la finca La Travesera, donde se celebraban las peleas, queda claro que Matías necesita unos minutos de silencio y soledad. Recorre el lugar deteniéndose aquí y allá, levanta la mirada hacia un palco imaginario y a Buendía le parece por un instante que el hombre se dispone a dedicar una faena al público.

—Sí, era aquí, pero no había vuelto a entrar —dice saliendo del trance—. Entonces no estaba la jaula. Se peleaba fuera, en todo el recinto de la plaza. A los que se acercaban a las barreras para protegerse les pinchaban con una especie de puya, como la de los picadores, pero más pequeñas. Para que siguieran peleando.

—¿Quiénes venían de público?

—De todas partes. Ahí fuera se llenaba de coches buenos. Hacían fiesta en la casa, traían chicas de alterne, también un grupo de cantaores, bailaores y palmeros que venían de Jerez. Pero los espectadores venían de toda España, no solo andaluces, también del norte y algún portugués.

—¿Cómo sabe todo eso si solo estuvo una vez?

—Entonces se contaban historias, qué sé yo. Tampoco se fíe mucho de mi memoria.

Buendía asiente, mirándole a los ojos.

—Usted peleó, ¿verdad? Tuvo que matar a un niño con sus manos. Y al ganar la pelea salvó el pellejo.

Matías se queda en silencio. Su mirada se pierde por el horizonte como buscando ayuda. De nuevo parece que van a rodar las lágrimas que le dan a cada ojo un brillo cristalino. De nuevo resisten. Sus mandíbulas se mueven de una forma extraña, como si estuviera mascando tabaco.

—Sí, peleé. El otro chico era sevillano. No era hijo de preso político, solo de un hombre que necesitaba dinero y se lo vendió al marqués por cinco mil pesetas. Era muy flaco, yo era mucho más fuerte que él.

—O sea, que se lo pusieron fácil. ¿Por qué?

—¿Se acuerda de que le conté que la mujer del Marquesito tuvo dos hijos con él y otros dos con un miliciano?

—Sí.

—Ya oyeron que cuando el Marquesito los mató, dio a los niños a un hospicio, a los cuatro. Ni a sus propios hijos les perdonó la traición de la madre. Yo era el segundo, es decir, el más pequeño de los hijos del marqués.

Buendía está de piedra, pero no quiere que se le note, quiere que Matías siga hablando.

—¿El marqués sabía que usted era su hijo?

Matías camina unos pasos, sigue fijándose en todo, incluso se agacha para ver una señal en la parte inferior de un burladero.

—¿Ve esta eme? La hice yo. Eme de Matías.

—¿Sabía que usted era su hijo? —insiste Buendía.

—Todos peleamos aquí antes o después, los cuatro hermanos. Incluso mi hermanastra, la más pequeña. A la pobre la enfrentaron con un chaval de Jerez y no duró ni tres minutos. Solo yo sobreviví. Tenía trece años. Me dio el anillo y me mandó a vivir a casa de doña Lucía, una mujer del pueblo, la que para mí ha sido mi verdadera madre, la única persona que me ha cuidado en toda mi vida.

Matías sigue buscando algo que, al parecer, no encuentra. Recorre el perímetro de la plaza, alrededor de la jaula. Se para en un sitio que en otros tiempos debió de ser una tribuna.

—Aquí se ponía el marqués. Si no le gustaba lo que veía o le parecía que los chicos no eran bastante fieros, avisaba a su capataz y los pinchaban con las puyas. Decía que de aquí tenía que salir un luchador con los pies por delante, que si no eran capaces de matarse el uno al otro, saldrían muertos los dos.

—¿Se apostaba?

—Mucho dinero. Nos identificaban por el color de los calzones, siempre verde o rojo. A mí me tocó ir de rojo.

—El marqués se suicidó —sigue indagando Buendía.

—Sí, con una escopeta de caza. La gente dice que se arrepintió de sus pecados. Cualquiera sabe.

—Entonces usted quedó como único heredero.

—Nunca reclamé la herencia, no quiero saber nada de todo esto. Me dejó con el nombre de Matías Expósito y así me quedé para el resto de mi vida.

Vuelve el silencio, que Buendía no interrumpe hasta que Matías se acerca.

—¿Y el anillo? ¿Qué ha sido de él?

El viejo se encoge de hombros, no tiene ni idea.

—Lo guardé muchos años, era un buen pedrusco y todo el mundo decía que costaba una fortuna. Pero un día desapareció. Supongo que me lo robó Encarna, una chica que me venía a limpiar. Estas chicas tienen las manos muy largas.

—¿No denunció el robo?

—Qué va. Mire, el zafiro me traía malos recuerdos. Casi me pareció un alivio perderlo.

—¿Quién más tenía un zafiro en el pueblo?

—Todos los que ganaron una pelea. Pero ninguno está vivo, que yo sepa. ¿Podemos salir de aquí?

Buendía lleva al anciano de vuelta al bar del pueblo. Va a visitar al alcalde y después se acerca al cuartelillo de la Guardia Civil, en un pueblo cercano. Las grúas siguen trabajando en La Travesera, pero todavía no han encontrado ningún cadáver. A los detenidos se los han llevado a Cádiz y están recluidos en cárceles de allí.

—Eso era el infierno —le dice el encargado del puesto—. Espero que pille a esos cabrones.

Buendía inicia el camino de vuelta hacia Madrid, poco queda por hacer en ese pueblo maldito.

Capítulo 67

Marina les ha avisado de que tiene malas sensaciones, Dimas nunca ha quedado con ella en un sitio público, al aire libre, siempre lo hace en bares de hotel, en restaurantes o, incluso, en la sala de algún museo. Pero después de leer su mensaje en un foro de la Deep Web le ha contestado y la ha convocado en el Parque del Retiro, junto al lago, a las doce de la mañana.

—Dimas es muy listo —elucubra Marina—. Si me ha dicho un lugar así es porque teme que sea una trampa. Si ve algo raro, no se presentará. Y no volverá a responder a ninguno de mis mensajes.

—¿Nunca más sabrás de él?

—Sí, el día que me mate.

Tienen que tomar todas las precauciones para que Dimas no descubra que el parque está lleno de policías que vigilan a Marina. Elena recuerda el día de la estación de Atocha, cuando le tendieron la emboscada a Yarum. En aquella ocasión le pareció que los policías, por muy de incógnito que fuesen, llamaban la atención de cualquiera que se fijara; así que pierde una hora con Chesca diseñando una coreografía de agentes con cochecitos de bebé, otros en parejas de enamorados, algunos remando en el estanque, hay hasta dos mujeres policía simulando que echan las cartas a dos agentes más... Rentero ha sido generoso, ha asignado cincuenta hombres para la operación.

—Pero no me falles, Elena, ese hombre debe dormir esta noche en un calabozo —le ha rogado.

349

Marina llega en taxi —conducido por un policía— a la entrada del Retiro por la plaza de la Independencia, la de la Puerta de Alcalá. Entra en el parque y trata de caminar sin parecer nerviosa. Llega hasta el estanque sin que nadie la aborde, mientras lo rodea recibe un mensaje. Mariajo ha preparado su teléfono para que el mensaje llegue al mismo tiempo a otro móvil que está en su poder.

«Sal por la puerta que hay junto a la biblioteca. Parará un Uber delante de ti, súbete.»

No pueden identificar el origen del mensaje, pero tampoco esperaban que fuera tan fácil. Todo está previsto, hay vehículos camuflados en todas las salidas y, en este momento, otros coches se dirigen a ese punto. Marina camina sin forzar el paso hacia el lugar que le marca el mensaje y sale del parque a la avenida de Menéndez Pelayo. Como le habían dicho, un Uber se detiene ante ella. Tiene los cristales tintados. Se sube atrás, el conductor es Dimas.

—¿Está muerta Aurora?

—No, no la encontré. Llegué donde se suponía que estaba y no había nadie.

—Eso es que te han descubierto.

—Lo sé.

Marina lleva el mismo micrófono que usó Zárate la noche de la timba de póker. Ella misma les ha avisado de que Dimas es muy maniático con la seguridad y de que le obsesiona que lo estén grabando. El botón parece un sistema ingenioso, pero han decidido, por si acaso, ponerle otro de seguimiento, un dispositivo que les enviará las coordenadas de su situación.

—Si sospecha, va a tirar el teléfono. Necesitamos algo que no parezca tecnológico —había dicho Mariajo esa misma mañana.

—¿Vale una pulsera? —preguntó Elena.

—Perfectamente.

—Espero que no la pierda, le tengo cariño.

Mariajo y Buendía han colocado el dispositivo en una pulsera barata que llevaba la inspectora. Ni siquiera Marina sabe que lo lleva.

A través del micrófono, Elena puede escuchar al hombre de la cara picada. Las otras veces que oyó su voz, en la finca, llevaba la máscara de lucha libre mexicana y no se escuchaba bien. Es la de un hombre educado.

—¿Pueden estar siguiéndote?

—No, seguro que no.

—Estoy dejando de confiar en ti, Marina... Después de tantos años y ahora creo que no te conozco, que no eres la misma.

El Uber ha pasado por delante del Hospital del Niño Jesús y sigue en dirección sur, camino de la plaza de Mariano de Cavia. En este momento el tráfico no es demasiado intenso. Hay tres vehículos vigilándolo y está a punto de salir otro de la avenida del Mediterráneo para situarse delante de él e impedir que salga quemando ruedas. Es una furgoneta de reparto con adhesivos de una empresa de catering. En la parte de atrás van escondidos dos agentes armados.

—Te aseguro que sigo contigo, Dimas. Fui a buscar a Aurora, pensé que estaba en una casa del Estado en Valsaín, pero allí no había nadie. No sé si me estaban tendiendo una trampa. Hui.

De repente, como guiado por un sexto sentido, Dimas empieza a mirar alrededor. Ha doblado en la rotonda hacia el paseo de la Reina Cristina. Se da cuenta de que le están cerrando, la camioneta delante, un taxi al lado, un coche particular detrás. No tiene escapatoria.

—¡Hija de puta! —murmura.

Dimas saca su pistola de debajo de un periódico en el asiento del copiloto. No intenta huir, solo se gira y dispara a Marina. Pero el conductor del taxi que estaba junto a él se ha dado cuenta y le ha embestido, lo suficiente para que su disparo no sea certero.

Elena ha dado un grito desde su puesto de observación.

—¡Lo quiero vivo!

Los agentes armados bloquean por completo el coche de Dimas, él intenta salir pegando un golpe al que tiene a su izquierda, a la vez dispara y obliga a los agentes a hacerlo. El tiroteo no dura ni medio minuto. Los peatones han salido en estampida, se oyen gritos, una mujer mayor ha caído al suelo. Es la primera a la que van a atender.

—¿Está herida?

—No, ha sido el miedo.

Chesca, que conducía un coche tras el taxi, se apea y corre para comprobar el estado de Dimas.

—Está muerto.

Tras ella llega Zárate.

Elena, desde su puesto de observación, tiene lágrimas en los ojos.

—No... Os dije que no podía morir.

—Lo siento, nos iba a matar. Los agentes han tenido que disparar —se excusa Zárate.

Mariajo abraza a Elena, se da cuenta de que coger a Dimas con vida era su única posibilidad de encontrar a Lucas.

Orduño no disimula su prioridad: busca a Marina en el coche y la ve consciente. El habitáculo está lleno de sangre.

—No es nada, solo me ha dado en la pierna, estoy bien —le tranquiliza ella.

Las sirenas de las ambulancias van ganando presencia, como la banda sonora del caos. Los primeros sanitarios en llegar se ocupan de Marina.

—Me voy con ella —le dice Orduño a Chesca, y sube a la ambulancia sin esperar respuesta.

Chesca se queda estupefacta, incapaz de reaccionar. No necesita girarse para saber que Zárate se acerca por detrás.

—Sigue sintiendo algo por ella —se lamenta—. Nunca os entenderé a los hombres.

Zárate, cariñoso, le pasa el brazo por los hombros. Ella se zafa de él.

—Vamos a ver si Dimas lleva algo encima. La hemos cagado matando a este, hay que encontrar al jefe, al Padre.

Capítulo 68

Elena para en el Cheer's de camino a casa. Necesita una copa de grappa y una canción, solo una. Sin hablar apenas con nadie, sin aceptar invitaciones de ningún desconocido, sin dejarse tentar por un hombre con todoterreno.

—*C'è gente che ha avuto mille cose, tutto il bene, tutto il male del mondo. Io ho avuto solo te, e non ti perderò, non ti lascerò, per cercare nuove avventure.*

Hay gente que ha tenido mil cosas, todo lo bueno, todo lo malo del mundo. Yo solo te he tenido a ti y no te voy a perder, no te voy a dejar para buscar nuevas aventuras. Canta Elena y, lo que debía ser una canción de amor desesperado, lo es de amor a su hijo Lucas. Al que —ahora más que nunca— cree haber perdido.

Va andando hacia su casa, sube por Huertas, evita la plaza de Santa Ana, siempre llena de gente que se divierte. Llega a la plaza del Ángel y pasa por delante del Café Central, en tiempos fue uno de los sitios favoritos de Abel, su exmarido. Esta tarde han hablado: Aurora está bien, se ha hecho muy amiga de Gabriella y los dos están felices de tenerla allí con ellos, no necesita darse ninguna prisa en llevársela, hasta dice ya algunas palabras en portugués...

Al llegar a la esquina de la calle de la Cruz con la plaza de Jacinto Benavente, se encuentra con una de las habituales. Se cruza a menudo con ella, cuando vuelve del karaoke, tanto que se saludan con un gesto de reconocimiento. Quizá esa mujer, una prostituta vieja, no lo haría si supiera que ella es inspectora de policía. Es una mujer muy mayor, sus clientes son igual de mayores, está segura de que cuando pierde uno es porque se ha muerto. Esta le parece una de las plazas más feas de Madrid, no sabe por qué, quizá por ese horrible edificio de oficinas que alberga la sede del Centro Gallego. Si ella fuera alcaldesa, su primera decisión sería tirarlo.

En la calle de la Bolsa hay siempre un grupo de mendigos, a veces beben litronas de cerveza, a veces hacen juegos malabares con una pelota que se les cae sin parar al suelo, a veces se limitan a pedir una moneda para comprar más cerveza.

—Hola, guapa, ¿no te sobrará un millón de euros por ahí para comprarme un chalet con piscina?

Le hace gracia y saca un billete de cinco euros para darle.

—Gracias, guapa, cuando consiga lo que me falta, vas a ser la primera a la que invite a bañarse. Trae biquini.

Sigue andando, atraviesa la plaza de la Provincia, con el Palacio de Santa Cruz, el que muchos dicen que fue la cárcel medieval de Madrid y ahora es la sede del Ministerio de Asuntos Exteriores. Por fin entra en la plaza Mayor, su casa. Mira a su ventana y ve que allí sigue la cámara que durante tanto tiempo fotografió la plaza con la esperanza de ver a un hombre con la cara picada de viruela, un hombre que ha muerto hoy. Si no fuera porque era el único que le podía decir el paradero de Lucas, se habría alegrado de su muerte.

Lo primero que hace Elena al subir a casa es salir al balcón con una caja de herramientas, una de las cosas que Abel nunca se llevó. Desmonta la cámara con gestos lentos, más consecuencia de la tristeza que de su escasa habilidad. Con la cámara en la mano, mira a través de su objetivo por última vez. Hay un chico, un adolescente en medio de la plaza, en el mismo sitio donde perdió de vista a su hijo hace ocho años. El corazón le empieza a latir con más fuerza cuando, sin cámara por medio, se fija en él. Reconoce su baja estatura, su cuerpo musculado. ¿Es Lucas?

Está inmóvil, como un mimo, como un niño desorientado que no encuentra a sus padres. Elena respira, cierra los ojos segura de que es una alucinación y al abrirlos habrá desaparecido.

Pero allí sigue. Es Lucas, que la mira y hace un gesto de saludo con la mano, el gesto que siempre hacía cuando llegaba andando con su padre y la veía a lo lejos.

Elena baja las escaleras corriendo. Cuando llega a la plaza, la imagen no se ha desvanecido. Echa a correr, se abraza a él.

—Hola, mamá —dice Lucas.

Quinta parte

LA INMENSIDAD

Yo estoy segura de que por cada gota,
por cada gota que caerá,
nuevas flores nacerán.

Hay una chica que le gusta. La primera vez que la vio estaba escondida en el establo, entre dos fardos de paja. Él siguió fregando el suelo como si nada, intentando que el agua del barreño no mojara el rincón donde ella se ocultaba.

Días después, la encontró de nuevo en el mismo lugar, comiéndose su pelo. Se quedó un rato mirando la extraña maniobra: primero jugaba un rato con un mechón, lo enredaba en su dedo, luego lo arrancaba tirando con firmeza y acto seguido se lo metía en la boca y se lo tragaba.

—¿Me das un poco? —le dijo.

Ella se asustó al verse descubierta y se refugió en su rincón, hosca. Eso fue todo.

Se llamaba Aurora. Lucas la vio alguna que otra vez, pero Dimas no permitía el contacto con otros internos más allá de algún encuentro casual. Era mejor así, esa chica podía ser una futura contrincante en una pelea o algo peor.

Un día la vio desnuda, junto a un barreño de agua, pasándose una esponja por el cuerpo. Sintió una descarga eléctrica incómoda, desconocida. Desde ese momento, se acostumbró a agachar la cabeza cuando se topaba con ella en un pasillo o saliendo del baño. Tiene razón Dimas, pensó, es mejor evitar los acercamientos personales.

Por eso le molesta la irrupción que Dimas hace en el comedor y lo que le dice a bocajarro, sin introducciones aclaratorias.

—Tu madre está investigando.

A Lucas no le gusta que le mencionen a su madre. Se ha acostumbrado a vivir sin ella, ha extirpado de su alma todo vestigio de humanidad. Es la única manera de sobrevivir al infierno.

—Un colaborador de la Red nos ha contactado, acaba de salir de la cárcel.

Lucas lo mira en silencio. Está habituado a no hacer preguntas, prefiere esperar a que Dimas vomite toda la información.

—Vamos a grabar un vídeo y te vas a dirigir a tu madre, que vea que estás con nosotros. No creo que quiera llegar hasta el final si sabe que entonces acaba contigo.

A Lucas no le gusta tener que fingir, dirigirse a su madre como si nada. Nota el deseo de pedir ayuda, un conato leve que entierra en un lodazal de rabia, de ira, de odio. Dimas prepara la cámara. Dos esbirros traen a la joven, que grita, llora y patalea. Es Aurora. Lucas no quiere torturarla. De nuevo nota una sacudida en su interior, un cosquilleo que le marea, que le da vértigo, un sentimiento que no consigue descifrar. Porque en su vida no hay sentimientos, no puede haberlos.

Aurora llora de forma suplicante y le mira a los ojos. Pero Lucas sabe que no se puede permitir la duda.

Elige el cuchillo más afilado.

Capítulo 69

Elena está asustada viendo comer a su hijo. Lo hace con las manos y mastica con la boca abierta, pero no es la falta de modales lo que le llama la atención, es su mirada, inexpresiva, como la de los tiburones que veían en los documentales que tanto le gustaban cuando era pequeño.

—¿Cómo has venido?

—Me escapé. Hace horas, pero no conozco Madrid lo bastante. No quería preguntar, pero sabía que de niño vivía en esta plaza. Me he acordado mucho estos años de la plaza.

Hasta ese momento, Elena había sentido emoción, pero no ternura. Ahora sí, imagina a ese niño que se fue, no a este adolescente que ha vuelto, recordando su casa, la plaza, los vendedores de sellos. Matando a otros como él en las peleas, pero rememorando su infancia, cuando su vida no era eso.

—¿Te costó escaparte?

—Siempre he podido hacerlo, pero me quedaba, esperando a que viniera Dimas. Hoy Dimas no ha llegado.

No contaba Elena con tener que ser ella quien le diera la noticia y lo hace con el miedo metido en el cuerpo, teme su reacción.

—Dimas está muerto.

Lucas no parece afectado —sigue comiendo como si nada— hasta unos segundos después.

—¿Lo has matado tú?

—No, no he sido yo. Quiso huir de la policía y le dispararon.

—¿Él no disparó?

—Sí.

Lucas asiente, satisfecho.

—Siempre lo decía: te pueden matar, pero tienes que defenderte, intentar llevarte a los que puedas por delante. Gracias a eso he podido vivir yo.

Sigue sin reaccionar, metiéndose la comida en la boca y tragando, a veces, sin masticar.

—¿No te importa que Dimas esté muerto? —se inquieta Elena.

—La gente se muere. Unos viven, otros se mueren. Tú y yo también vamos a morir. Da igual. Dame más agua.

—Hay otro jefe en la Red Púrpura.

—El Padre —confirma Lucas—. Sus perros me gustan: Pest y Buda.

En lo único que se fija Elena es en que ha dicho los nombres al revés, casi nadie lo haría.

—¿Sabes quién es? ¿Cómo se llama de verdad?

—No, solo que si él quiere, te matan sin luchar. ¿Pável está muerto también?

—No, está detenido.

—Es mi amigo.

—Le arrancaste los dedos.

Lucas se encoge de hombros. Ni siquiera contesta. Se levanta de la mesa.

—No quiero más.

Se sienta en el sofá y enciende la tele, busca hasta encontrar dibujos animados. Se ríe igual que se reía cuando era un niño que nunca había abandonado esa casa.

—No me has preguntado por tu padre —le sale, a su pesar, tono de reproche a Elena.

Él la mira inseguro, como buscando dentro de su cabeza la imagen paterna.

—No me había vuelto a acordar de él. ¿Vive?

Ella intuye que no está siendo sincero, que hay algo de teatro en su actitud: no es posible que haya enterrado todos sus sentimientos.

—Sí, vive. Ahora está casado con otra mujer. Ya no está en Madrid. ¿Quieres hablar con él?

—No —tampoco da más explicaciones.

—Él te quiere.

Lucas sigue viendo los dibujos animados, riéndose, ante la impotencia de su madre, que no sabe cómo hacer que le hable, que le cuente, que le diga lo que piensa. Hasta que Lucas se cansa y apaga la tele.

—Quiero dormir.

—Ven, tu habitación está como la dejaste.

Le lleva a la habitación de cuando era un niño. Él flota por el espacio sin la menor concesión a la ternura. Parece un profesional buscando un sitio adecuado para colocar un micro, o calibrando las posibles escapatorias de un recluso. Elena coge el conejo de peluche que está sobre la cama.

—Es Pipo, ¿te acuerdas?

Lucas ni siquiera se fija en el juguete. Su mirada dibuja una panorámica de la habitación, cargada de recuerdos infantiles.

—No quiero dormir aquí.

Elena le lleva al dormitorio de invitados, a la cama donde iba a dormir Aurora el otro día, aunque al final se fue a dormir con ella.

—Aquí estarás mejor.

Lucas se queda en el umbral, como si notara una presencia extraña en esa habitación. A Elena le parece que se mueven sus fosas nasales en un ritual de reconocimiento. Está olfateando. Es como si supiera que esa misma habitación se le ha ofrecido previamente a otra persona, a una cuyo olor identifica. Alguien que le despertó emociones que nadie más le ha despertado.

—Jonay está solo. Vamos a buscarle.

—¿Jonay? —a Elena le suena el nombre.

—Está en el piso del que me escapé. Si Dimas ha muerto, nadie irá a por él. Jonay no conoce Madrid y no tiene a nadie aquí, no quiero que le pase nada.

Elena cae en quién es Jonay: es el luchador canario al que Lucas estuvo a punto de matar. Se le agolpan tantas impresiones que casi es un milagro que se sostenga en pie, que conserve la presencia de ánimo, que no se derrumbe, que no rompa a llorar, que no la emprenda a bofetadas con el monstruo que tiene delante. Lucas se está preocupando por Jonay y ella recibe con gratitud la primera muestra de humanidad de su hijo.

—¿Sabes dónde está el piso?

—Claro que lo sé.

Pocos minutos después se suben en el Lada rojo. Hay algo simiesco en el modo en que Lucas se acomoda en el asiento del copiloto y se pone el cinturón.

—Tira este coche. Es viejo y feo.

Elena lo mira buscando ansiosa el indicio refrescante del buen humor, una sonrisa juguetona, un brillo de malicia. Pero Lucas se limita a dar las instrucciones necesarias para llegar a Lavapiés y le indica a su madre que pare frente a un portal en la calle de la Fe.

—Es ahí, en el primer piso.

Elena tiene miedo de lo que pueda encontrarse, tiene miedo de que su hijo se haya prestado a tenderle una trampa y no se atreve a entrar. Coge el teléfono y llama a Zárate, le da la dirección.

—Ven, pero no vengas tú solo, que venga una patrulla contigo. Quizá solo encuentres a un niño, pero ten cuidado.

—¿No subimos nosotros? —pregunta Lucas.

—Ahora viene una patrulla.

—No te fías de mí, haces bien.

—No, no me fío —reconoce Elena—. Vamos a esperar aquí.

Con el coche aparcado y sin hablar, ven llegar a la patrulla y a Zárate. Los ven entrar en el edificio y salir a los pocos minutos con Jonay.

—Me gustaría saludarle —dice Lucas.

Elena se gira hacia él.

—¿Y eso? Estuviste a punto de matarle.

—Es mi mejor amigo.

—¿Quieres hablar con él?

—No. Vamos a dormir —murmura Lucas en un repentino cambio de opinión.

Se van a casa. Antes de acostarse, Elena llama a Zárate.

—Quiero que mañana vengas a mi casa antes de ir a la brigada. No se lo digas a nadie. Y ordena que examinen el piso de la calle de la Fe palmo a palmo. Pertenece a la Red Púrpura.

Capítulo 70

Orduño ha pasado la noche sentado en una butaca junto a la cama que ocupa Marina en el hospital. En la puerta, para evitar que se fugue, se han ido relevando agentes; él no está allí como policía, está como acompañante de la herida. Marina, despierta, lo ve durmiendo en una posición forzada. No dice nada para no despertarle, hasta que él abre los ojos.

—Buenos días.

—Joder, qué incómodas son estas butacas —protesta él.

—Tenías que haberte ido a casa a dormir.

—Quería comprobar que estabas bien y que no necesitabas nada —dice, pero entonces se da cuenta de que aparenta ser cariñoso y no quiere—. Y para que no puedas escaparte.

—Sé que no tengo derecho a pedirlo, pero toda mi ropa y mis cosas de aseo están en tu casa. Si pudieras traerme algo en una bolsa... No sé si dejan.

—No te preocupes, a lo largo de la mañana te lo hago llegar.

Orduño mira en el reloj de su móvil.

—Solo son las cinco de la mañana, pensé que sería más tarde. Deberías estar dormida.

—Mataría por una botella de agua fría.

—No digas lo de matar.

—Era una forma de hablar.

Pese a todo, los dos se sonríen. Él se levanta y comprueba las esposas que unen una de las muñecas de Marina a una barra de la cama.

—No me voy a escapar, ayer me dispararon en la pierna. ¿Te imaginas si me fugo cojeando? Prefiero que me condenen antes que hacer el ridículo.

Orduño sale de la habitación, el agente que la custodia le indica dónde hay una máquina de bebidas y vuelve a los pocos minutos con agua, zumo y un paquete de galletas. Ella le recibe aparentemente feliz.

—Vaya banquete.

—En la máquina tenían también patatas fritas, pero no me pareció que fuera la hora apropiada.

—Mejor las galletas.

Los dos comen y beben en silencio. Tienen ganas de hablar, pero no se atreven, son conscientes de que cualquier frase será el inicio de una despedida. Ella decide acabar con la tensión.

—¿Me odias?

—No —contesta él, sincero—. Llevo días intentándolo, pero no lo consigo. Te pareceré un estúpido, pero me hice ilusiones. Me imaginé una vida a tu lado y éramos muy felices.

—Como en «Waterloo Sunset» —murmura ella recordando la canción de los Kinks que los acercó, pero el gesto de Orduño le hace ver que no está dispuesto a entregarse a la nostalgia—. Yo también te pareceré una estúpida, también lo imaginé. Hasta llegué a pensar que podríamos tener un hijo.

—Lo que me pareces es una hipócrita —le corta él con dureza.

—Tienes razón. No puedo parecer otra cosa.

Vuelve el silencio entre ambos, el comer una galleta más y dar otro sorbo a sus botellas de agua evitando mirarse.

—Probablemente te trasladen hoy a la enfermería de la prisión.

—Me da miedo que me hagan algo allí. La Red Púrpura llega a todos lados.

—Estarás protegida.

—¿Para siempre? Es imposible estar protegida toda la vida. Les llegará la noticia de mi intervención en la muerte de Dimas, la gente de la Red Púrpura actuará, me convertiré en una apestada en los foros de la Deep Web donde se habla de estas cosas. Un día vendrán a por mí, en las duchas, en el comedor... Nunca he estado en una cárcel, solo sé cómo son por las películas.

—No tienen nada que ver. Los presos están mejor que los chicos y las chicas a los que hacíais pelear.

—¿Vendrás a verme?

Orduño tarda en contestar, como si no lo hubiera pensado antes, como si tuviera que encontrar el valor para hacerlo.

—No. Dentro de un par de horas me marcharé a la brigada, haré todo lo posible por ayudar a mis compañeros a encontrar al jefe de la Red. Cuando lo consigamos, que puedes estar segura de que lo vamos a conseguir, decidiré si pido el traslado, si sigo con ellos o si dejo la policía y me dedico a dar la vuelta al mundo en bicicleta de montaña, no lo sé.

—Te acompañaría.

—Ya, pero estarás encerrada en una cárcel. Aunque algún día estarás libre.

—No, nunca seré libre, me matarán; además, si saliera de ahí viva, sería tan vieja que no querrías ni mirarme. Tendré que estar recordando toda la vida que una vez me enamoré en un vuelo a Canarias. Siempre que vueles, acuérdate de mí.

Marina sonríe y a Orduño no le queda más remedio que hacerlo también.

—No me gustan los aviones, prefiero el AVE.

Las galletas están terminadas, Orduño cree que ha llegado el momento de recogerlo todo y marcharse, despedirse de Marina para siempre. Pero busca excusas para quedarse más tiempo con ella.

—Háblame del Padre.

—No os he mentido, nunca lo vi sin máscara. Solo sé que es un hombre importante, que él está detrás de todo y que es un sádico, aunque prefiera ver las torturas y las peleas a través de una pantalla y no en persona.

—Cuando dices que es un hombre importante, ¿a qué te refieres, un político?

—Puede ser, pero no lo sé. Solo que cuando había un problema grave, Dimas lo llamaba y se resolvía.

—¿De qué se conocían Dimas y él?

—De siempre, yo creo que de toda la vida. Quizá desde que eran niños.

—¿Y de Dimas? ¿Qué más puedes decirme de él?

Marina está avergonzada, pero no quiere callar nada.

—Durante muchos años he creído que era el hombre más maravilloso del mundo, un dios.

—¿Y los asesinatos, las torturas?

—No lo puedes entender, ahora ni yo misma puedo hacerlo, pero me parecía normal. Lucas fue el único chico por el que sentí cariño, quizá porque yo estaba allí cuando Dimas lo secuestró y me encargué de cuidarlo. Hasta preparé todo para que se fugara.

—¿Y qué pasó?

—¿Te acuerdas de mis cicatrices en las muñecas? Tú pensaste que me había intentado suicidar, es normal que todo el mundo lo piense; pero fue él quien me las hizo.

Marina le cuenta el día que lo preparó todo para que Lucas escapara, el momento en que le dio las llaves y cómo él las usó contra ella por traicionar a Dimas.

—Pero después no le dijo nada a Dimas. He llegado a sentirme agradecida; si Dimas se hubiera enterado, me habría matado, quizá torturándome para que todo el mundo viera lo que ocurría a quienes le traicionaban.

La luz entra por la ventana de la habitación. Ahora sí que ha llegado la hora de marcharse.

—Tengo que ir a la brigada.

—Gracias por haber pasado la noche conmigo.

Orduño recoge los envoltorios de las galletas, los tetra-bricks vacíos del zumo, las botellas de agua.

—¿Necesitas algo más?

—Nada —contesta ella—. Que te cuides.

Se acerca a ella, le da un beso casto en la mejilla.

—Tú también, cuídate mucho. Haré que te manden algo de ropa y, cuando sepa dónde vas a estar, te mandaré el resto.

—Gracias.

Al salir, Orduño se despide del agente de guardia. En el ascensor, rompe a llorar. Se para unos cuantos pisos más abajo y se sube una enfermera, no le dice nada, aparte de un «Lo siento» a media voz. Están en un hospital, decenas de personas bajarán hoy en un ascensor tras recibir la noticia de una muerte, de una enfermedad incurable...

Capítulo 71

Elena ha pasado la noche inquieta, asustada —tiene miedo, un pánico atroz a su propio hijo—, se ha encerrado en su cuarto con llave y ha dejado la pistola sobre la mesilla de noche, como si fuera a tener valor para defenderse de Lucas con ella. Varias veces se ha levantado y se ha acercado a la habitación en la que él duerme. Lo hace a pierna suelta, respirando tranquilo, como alguien que no tiene nada que temer de la vida. Lleva ocho años deseando que llegara este momento, tener de nuevo a su hijo entre las paredes de su casa. Nunca imaginó que esta extraña mezcla de miedo, ternura, amor y odio fuera el caldo de su corazón. No sabe cómo manejarlo, cómo definir lo que siente. O, tal vez, no se atreve a reconocer que el amor se ha convertido en algo residual.

Por la mañana temprano, tal como ella le pidió, llega Zárate.

—¿Qué ocurre? Tienes que explicarme lo del piso de Lavapiés de anoche.

—¿Cómo está el chico al que rescataste?

—Muy asustado.

—Es el chico que peleó con mi hijo en la finca, el que estuvo a punto de morir.

—No es más que un niño; salvaje, pero un niño.

Zárate ya lo ha identificado. Se llama Jonay Santos, tiene dieciséis años y es de Santa Cruz de Tenerife, se escapó de su casa hace seis meses.

—¿Familia desestructurada?

—No, normal y corriente. Su padre es mecánico y su madre cocinera en una residencia de ancianos. Tiene una hermana de diecinueve que va a la universidad. Una familia como cualquier otra. Ya los hemos avisado.

—¿Has hablado con el chico?

—No dice mucho: que se escapó de casa para ver mundo, pero que lo llevaron a la finca. La que viste era su tercera pelea.

—Eso quiere decir que había matado a otros dos chicos como él. Dios mío, no sé qué nos vamos a encontrar cuando lo descubramos todo. No entiendo cómo no hay cientos de denuncias por la desaparición de todos esos chicos.

—Muy pocos de ellos eran españoles. Casi todos eran marroquíes, subsaharianos de los que han llegado en patera, de Europa del Este, algunos, muy pocos, latinos...

—¿Cómo llegó a la finca?

—Dimas le ofreció dinero. No dice mucho más. No conoció al Padre y dice que no sabe por qué le trajeron a Madrid con Lucas. Elena, no me has dicho todavía ni para qué me has hecho venir ni cómo supiste que Jonay estaba en ese piso.

Elena dilata darle la información.

—¿Lo están examinando?

—Sí, Chesca y Orduño deben de estar en el piso hace por lo menos una hora. Nos llamarán si encuentran algo importante.

—Ven conmigo.

Elena lleva a Zárate hasta la habitación en la que duerme Lucas, entorna la puerta, allí sigue, durmiendo ajeno a todo, con un sueño pesado y plácido, el sueño del que tiene la conciencia tranquila.

—Es mi hijo.

Vuelven a la cocina y, mientras Zárate prepara café para los dos, Elena le cuenta la historia.

—Apareció anoche, se plantó en medio de la plaza y me saludó desde allí. Bajé corriendo. Es terrible, nunca he visto una mirada tan vacía, alguien con tan pocos sentimientos.

—No puede ser una sorpresa para ti, su vida ha sido cualquier cosa menos fácil. Sabías cómo estaría si llegabas a encontrarlo.

—Me dijo que no se había vuelto a acordar de su padre. ¿Te lo puedes creer?

—Tienes que acostumbrarte a que vas a recibir muchas noticias malas relacionadas con él.

Elena asiente, lleva recibiendo noticias malas desde que se abrazó a él en medio de la plaza.

—Fue él quien me dijo que Jonay se había quedado en el piso y me llevó hasta la calle de la Fe.

—¿Qué vas a hacer?

—No tengo ni idea, por eso te he llamado. Debería llevarlo a la brigada e internarlo en un centro de menores.

—Es lo más razonable.

—Pero soy su madre, lo he recuperado después de casi nueve años, bastante tiempo ha pasado encerrado.

—No te engañes, Elena, no has recuperado a tu hijo, has recuperado a alguien que se llama como él y que se le parece. Nada más. Todavía tardará mucho tiempo y muchos psicólogos, suponiendo que tenga suerte y lo logre, en volver a ser el hijo que perdiste. Y, si lo dejas aquí en tu casa mientras vas a la brigada, puede que no vuelvas a verlo.

—Estaba pensando en no ir a la brigada.

—¿Y quedarte aquí encerrada con él? ¿Y dejar que ese hombre, el Padre, vuelva a organizarlo todo y encontrarnos dentro de unos años una finca en la que otros chicos pasen por lo mismo que ha pasado Lucas?

—Tienes razón, pero no sé qué puedo hacer.

—Como no lo dejes aquí esposado, no sé.

—Eso sería peor que internarlo en un centro.

No se han dado cuenta de que Lucas se ha levantado y los escucha desde la puerta de la cocina.

—Puedes dejarme esposado, he estado así muchas veces. A veces he pasado semanas enteras esposado.

Lucas se sienta junto a su madre y, sin decir nada más, empieza a comer con las manos la media pizza que sobró de la cena.

—Serán solo dos o tres horas —asegura Elena.

—Delante de la tele, así podré ver los dibujos.

El mismo Zárate se encarga de esposar a Lucas al cabecero de la cama. Le dejan a su alcance todo lo que puede necesitar, aunque a él solo le preocupa que allí esté el mando de la tele. Antes de que salga, ha encontrado su canal favorito de cuando era un niño, el Disney Channel.

Zárate y Elena van a las oficinas de la brigada en el Lada de la inspectora.

—Te estás confundiendo, ese chico necesita ayuda.

—Lo sé. Y la tendrá. Solo necesito un día con él, como mucho dos... Quiero intentar que sea el mismo, ver al que era en sus ojos.

Cuando llegan a la oficina, Chesca y Orduño aún no han regresado del piso de la calle de la Fe, pero Mariajo los espera con noticias.

—He descubierto el verdadero nombre de Dimas. Se llama Antonio Castro Cervantes y nació, pásmate, en Coto Serrano, el mismo pueblo en el que estaba la finca.

Capítulo 72

Orduño y Chesca no tienen muchas esperanzas de encontrar nada importante en todo lo que han sacado del piso del barrio de Lavapiés.

—Lo único, las huellas. Había muchas, de gente distinta. Se ha hecho cargo de ellas Buendía, quizá saquemos algo.

—No creo que el jefe de la Red, si es de verdad un hombre tan poderoso, haya visitado mucho ese piso —descarta Chesca—. Era un estercolero.

No siguen hablando porque entra Mariajo con prisa y cara de traer una información importante.

—Acabo de descubrir algo que no esperaba. Antonio Castro Cervantes, Dimas, trabajó en el Centro de Menores de San Lorenzo de El Escorial.

—¿El mismo en el que estaban Aisha y Aurora?

—El mismo, fue celador allí. Pero antes de que ellas ingresaran. No coincidió con ellas, no las pudo conocer.

—¿Será casualidad? —se pregunta Orduño.

—No creo...

—Recordad a Ignacio Villacampa —señala Elena—. Por un momento sospechamos de él. Quizá los dos se conocieran.

—Sí, pero también coincidieron muy poco tiempo; Dimas abandonó el centro cuando Villacampa apenas llevaba dos meses de director —confirma Mariajo, tras consultar las fechas.

—Entonces, Ignacio Villacampa podría ser el Padre. Es un hombre poderoso y está cerca tanto de Dimas como de dos de las víctimas —aventura Zárate.

Elena lo valora un instante, pero enseguida se da cuenta de que no cuadra.

—Aurora vio la cara del Padre. Si hubiera sido Villacampa, nos lo habría dicho, ella le conoce.

—O no —puntualiza Buendía—. A veces el terror de las víctimas hace que no señalen a su verdugo.

Elena se queda pensativa.

—No perdemos nada por hablar con él —sugiere Orduño.

—No va a ser tan fácil —dice Buendía.

—¿Por qué? No hay tiempo que perder.

—Se nota que no veis los telediarios. Hoy salía la sentencia de la acusación de corrupción que hay contra Ignacio Villacampa. La puerta de su casa debe de ser un enjambre de periodistas y cámaras.

Buendía estaba en lo cierto, Elena y Zárate tienen que cruzar un nutrido grupo de periodistas que espera a que el político salga de casa tras saberse que la Audiencia Nacional ha decidido declararle inocente de todos los cargos que había contra él. Es un piso en pleno barrio de Chamberí, en la calle Zurbano, en uno de esos edificios señoriales de la zona. Elena lo conoce a la perfección; cuando era pequeña vivió a solo dos portales, en una vida que casi no recuerda. Cuando por fin logran acceder a la casa de Villacampa, lo encuentran brindando con su familia y sus colaboradores.

—Qué sorpresa verla, inspectora Blanco.

—Enhorabuena por la sentencia.

—Soy inocente, la Audiencia Nacional no tenía más remedio que absolverme. ¿Puedo saber qué desea?

—Será mejor que pasemos a su despacho.

Una vez allí, la inspectora le muestra una foto de Dimas.

—¿Le conoce?

Villacampa la mira con atención durante unos segundos.

—La verdad es que la cara me suena, pero no estoy muy seguro. Sí que le diría que alguna vez lo he visto, pero soy incapaz de decirle dónde.

—Es Antonio Castro Cervantes, aunque muchos lo conocían por Dimas. Fue celador en el Centro de Menores de San Lorenzo.

Villacampa vuelve a mirar la foto.

—Es posible, pero ya le digo, no estoy seguro. ¿Puede que fuera uno que se marchara muy poco después de llegar yo?

—Sí, a los dos meses.

—Entonces sí, le conocí. Pero no me acuerdo de él. ¿Por qué me lo preguntan?

—Fue el hombre que mató a Aisha Bassir.

Villacampa acusa la información con estupor.

—Si se marchó al poco de llegar yo, no conoció a Aisha en el centro. Pasaron por lo menos cinco o seis años entre una cosa y la otra. Quizá sea una simple casualidad.

—Es lo que queremos que nos explique.

Villacampa le devuelve la fotografía a la inspectora con desinterés.

—Soy completamente incapaz. No tengo ni la más remota idea de qué relación puede haber entre un celador que se marcha de un centro y la muerte, once años y pico después, de una chica que estuvo en ese mismo centro a la que no llegó a conocer.

—¿Qué estaba usted haciendo el pasado viernes?

Elena está preguntando por el día de la pelea, sabe que esa tarde el Padre estuvo en la finca. La cara de sorpresa de Villacampa es llamativa.

—¿Significa esto que me está acusando de algo, inspectora?

—Significa que quiero que me diga qué estaba haciendo el viernes.

—Hay gente con ganas de meterse en problemas, está claro —ironiza.

Villacampa coge, sin perder la sonrisa, la agenda de encima de la mesa. La abre, pasa unas páginas.

—Por la mañana tuve reunión con mis abogados para hablar de la sentencia que ha salido hoy. Comí a las dos en el restaurante Muñagorri, en la calle Padilla, con Francisco Salas, un diputado de mi grupo parlamentario, pueden llamar a su secretaria, seguro que se lo confirma. A las cuatro de la tarde, hubo reunión de la Ejecutiva del partido. Pensé que a las seis estaríamos libres, pero ese mismo día salió la acusación de que el Ministerio de Obras Públicas había dado trato de favor a una constructora relacionada con el ministro en un concurso para adjudicar unas obras y estuvimos reunidos hasta las nueve y media. ¿Algo más?

—No, ha sido usted muy amable.

—Quédese entonces con este recuerdo. Si vuelve a molestarme, dejaré de ser tan amable —amenaza Villacampa.

Antes de salir del edificio, cuando todavía van en el ascensor, Elena llama a Chesca y le dicta las actividades del político.

—Quiero que las confirmes una a una.

Capítulo 73

Antes de llegar a la plaza Mayor, al piso de la inspectora, Zárate y ella paran en un bar de la calle Postas, más para decidir qué pasos dar a continuación que para tomar algo.

—¿Qué vas a hacer con Lucas? No puedes tenerlo siempre esposado a la cama.

—¿Crees que no llevo toda la mañana pensando en eso? La única solución que se me ocurre es llevarlo con su padre, a Urueña, pero ni siquiera sé cómo reaccionará Abel cuando sepa que lo he encontrado. Además, allí está Aurora.

—Tampoco puede quedarse ella toda la vida.

Zárate sabe que Elena no quiere mover a la chica hasta que cacen al Padre. No sería seguro y tampoco quiere presionarla para que tome otra decisión. Es evidente que hay demasiados platillos en un equilibrio frágil, pero las soluciones no aparecerán de repente.

—No hemos hablado del dinero del día de la partida de Kortabarría —dice Zárate.

—Me dijo Mariajo que volvieron a ingresar los ciento cincuenta mil euros en la cuenta que creamos para eso. Recuperaste hasta la comisión.

—En efectivo me quedé diez mil más y están en mi piso. Bueno, casi, todo menos seis mil que tuve que gastar.

—¿En qué? —se sorprende Elena.

—En Orduño.

Zárate le cuenta lo que ocurrió aquella mañana en la que ella partió hacia la Cañada Real para que después la llevaran a Coto Serrano: la llamada que recibió exigiendo el dinero, el estado en que encontró a Orduño.

—Él no sabe que es dinero tuyo, cree que me lo debe a mí y me ha jurado varias veces que lo va a devolver.

—No le digas que es mío, prefiero que siga pensando que es tuyo. Cuando todo esto pase, lo arreglaremos. Y dile que no haga locuras, que no hay prisa para que lo devuelva.

El teléfono corta su conversación: es Chesca, que llama para contar que ha comprobado las coartadas de Villacampa.

—Hasta las cuatro de la tarde, todo concuerda; a partir de ahí, ha mentido. No acudió a la reunión de la ejecutiva del partido.

—¿Estás segura?

—Me lo ha confirmado una empleada del partido. No es el tío más popular entre las secretarias, por lo visto tiene la mano muy larga, es un sobón.

—Gracias, Chesca. Buen trabajo.

Después de colgar, Elena ya ha pensado en lo que va a hacer.

—Zárate, Villacampa nos ha mentido, se quedó libre tras la comida, pudo llegar a Coto Serrano. Necesito que te quedes con mi hijo. Yo voy a ir a ver a Rentero. Voy a pedirle que nos consiga una orden para hacer un registro en casa de Villacampa.

—¿Qué esperas encontrar?

—Cualquier cosa, desde indicios de quién es el Padre hasta el anillo púrpura.

—Ten cuidado, Elena, no hay que meterse con los poderosos si no se está seguro de ganar. Si te equivocas, podemos echar por tierra todo lo que hemos conseguido.

—Sé lo que hago.

Las carcajadas de Lucas viendo los dibujos animados en la tele se escuchan desde la entrada del piso. Zárate y Elena han comprado comida en el supermercado para que tenga toda la que quiera y también algo de ropa para que pueda cambiarse.

—¿Te has aburrido?

—No. Llevaba sin ver la tele desde que me fui de esta casa. Es muy divertida.

—Te vas a quedar un rato a solas con Zárate.

—¿Eres mi niñera? —pregunta Lucas.

—Solo me quedo si te duchas y te cambias de ropa. Hueles que apestas —trata de bromear él para ganarse al chico.

Mientras Lucas se ducha, Elena se despide de Zárate y le da las gracias.

—Ten cuidado con él, no te confíes. Le he visto matar a otro chico con sus propias manos.

—Lo tendré, no te preocupes.

—Volveré lo antes que pueda.

Cuando Elena llega al despacho de Rentero, el comisario la está esperando.

—¿Te has vuelto loca? ¿Has ido a casa de Villacampa? ¿Qué te dije sobre él? Que era la mejor persona que habías conocido en tu vida.

—Rentero, sé lo que hago.

—No, no tienes ni idea, has perdido el norte con este caso. Me vas a obligar a relevarte.

—Quiero pedir una orden para hacer un registro en casa de Ignacio Villacampa.

—Elena, necesitas unas vacaciones. Vete al Caribe. O a Italia, allí puedes beber toda la grappa que quieras, hasta que se te disuelva el cerebro, pero deja de hacer barbaridades.

—Rentero, creo que Villacampa forma parte de la Red Púrpura.

El comisario se echa las manos a la cabeza, mientras piensa que tenía que haber destituido a la inspectora Blanco hace mucho tiempo. Nunca debió dejar que regresara a la BAC tras el secuestro de su hijo.

—¿Por qué crees eso? —le pregunta como estrategia para que la propia Elena se dé cuenta del absurdo del que está tratando de convencerle.

—Dimas, el hombre que murió en el operativo de ayer, trabajó en el Centro de Menores de San Lorenzo —Elena trata de ordenar sus ideas—. Fue él quien mató a la chica marroquí, Aisha Bassir.

—¿Y? ¿Te das cuenta de que eso no significa nada?

—Hay más coincidencias. La más importante es que nos mintió en su coartada del viernes, nos dijo que estuvo en la reunión de la Ejecutiva de su partido y es falso.

—¿Dónde crees que estuvo?

—En la finca La Travesera, en Coto Serrano, asistiendo a una pelea a muerte entre niños.

—Por Dios, Elena, estás perdiendo la cabeza.

—Estoy muy cerca de la verdad, Rentero. Confía en mí.

—No, no confío en ti. Olvídate de Ignacio Villacampa. Es la última vez que te lo digo.

Elena sale del despacho bufando de rabia. Lamenta ahora, tarde ya, la ingenuidad de pensar que Rentero se pondría de su lado. No le ha parecido suficiente la enorme casualidad de que Dimas trabajara en el centro de menores que dirigía Villacampa. Pero no va a soltar el hueso. Le va a presentar al comisario más pruebas. En una bandeja de plata, si hace falta.

Capítulo 74

Zárate observa a Lucas mientras este piensa su próxima jugada ante el tablero de ajedrez. Su madre tiene razón cuando dice que su mirada está vacía, que le recuerda a los tiburones de los documentales, que carece de alma. Para su sorpresa, es un buen jugador de ajedrez, agresivo cuando debe serlo, pausado y prudente cuando se defiende.

—¿Quién te enseñó a jugar?

—La mujer que me cuidaba cuando llegué a la finca, Marina.

—¿Se portaba bien contigo?

—Sí. ¿Está detenida o la habéis matado?

—Está detenida. ¿Te interesa?

—Me da igual. Jugué muy poco con ella. Después me quitaron el tablero y las piezas, hace años que no había vuelto a hacerlo.

—Juegas muy bien.

—Echo partidas dentro de la cabeza. A veces voy con blancas y a veces con negras.

Los dos siguen jugando, casi sin hablar. Hasta que Zárate le come a Lucas un alfil que él no esperaba, un descuido. Nota que se irrita, aunque intente disimular y siga jugando.

—¿Estás liado con mi madre?

Zárate se sorprende, no solo por la pregunta, también por la intención. La ha hecho para irritarle. Para Lucas, la partida de ajedrez es lo mismo que la lucha en la jaula octogonal de La Travesera. Hay que ganar porque, si no lo haces, serás eliminado.

—No estoy liado con tu madre, de cualquier forma eso no sería asunto tuyo.

—O sí, es mi madre.

Siguen jugando y Zárate comete un error a propósito. Le entrega su alfil, están otra vez en igualdad de condiciones. Una vez que ha logrado el equilibrio, Lucas se relaja y vuelve a concentrarse en la partida.

Elena lamenta no haber escuchado a Mar con la debida atención. Esa mujer supo desde el principio que Ignacio Villacampa no era trigo limpio y que estaba detrás de la desaparición de su hija. Pero cómo confiar en el discurso inconexo de una drogadicta que ha perdido la cabeza y conserva apenas algún rayo esporádico de lucidez. Sin embargo, debería haber hurgado más en ese testimonio; la inspectora sabe por experiencia que a los locos y a los niños se les puede sacar mucha información a base de paciencia. Si hubiera pasado una tarde con ella, si la hubiera llevado a dar un paseo, a comer un helado o a ver la puesta de sol, los recuerdos habrían ido cayendo como gotas por un poro y ella tendría ahora más munición contra el político. Ha llamado al hospital para preguntar cómo se encuentra la enferma. Sigue intubada, no ha despertado, no saben si lo hará. Ya es tarde para pasar unas horas con ella, puede que los recuerdos se hayan diluido con la sobredosis. Tal vez sea mejor, piensa Elena.

Se le ocurre otro modo de acceder al testimonio de Mar. Cuando lanzó un huevo a la cara a Villacampa fue detenida y pasó una noche en el calabozo, en la comisaría de Carabanchel. Allí deben de guardar una copia de la declaración que prestó entonces. En ese momento de nervios, de excitación por lo que acababa de hacer, Mar deliraba más de lo normal. Pero su mente estaba abierta de par en par y su discurso salía como un chorro. Seguro que Elena puede separar la paja de la acusación fundada, o de las sospechas, y encontrar en esa declaración una pista esencial.

Entra con prisa, muestra su placa con aire rutinario y se dirige directamente al oficial que está en la entrada. Quiere una transcripción del interrogatorio a Mar Sepúlveda. Escupe otros datos, la fecha de la detención, la asistencia letrada que recibió la detenida, el día que fue liberada... Pero el agente no necesita esa información.

—Esas transcripciones están intervenidas, inspectora —le dice el policía.

—¿Qué significa eso?

—Que no se pueden consultar.

—¿Por qué?

—Ignoro el motivo, pero hemos recibido una circular sobre este tema.

—¿Cuándo habéis recibido esa circular?

—Hace una hora.

Elena no se puede creer hasta dónde llega el celo de Rentero.

Se marcha enfadada. En la puerta se encuentra con Costa, el antiguo compañero de Zárate en la comisaría.

—Usted es Costa, ¿no? ¿Se acuerda de mí?

—Claro, inspectora Blanco. Es usted famosa.

—Me niegan el acceso a una declaración que se le tomó aquí a una detenida.

—¿Y eso? ¿Desde cuándo no nos ayudamos entre compañeros? Venga conmigo.

Costa la lleva hasta su pequeño despacho, un cubículo enano con un ordenador desfasado que tarda más de cinco minutos en ponerse en marcha. Su espíritu animoso se va ensombreciendo según lee la circular que ha llegado esta mañana y las advertencias referidas en mayúsculas.

—No puedo hacer nada, inspectora. La orden viene de muy arriba, de la jefatura.

—Sé de dónde viene la orden —murmura pensando en Rentero—, solo quiero saber lo que dijo ese día Mar Sepúlveda.

—Pues no puedo ayudarla. Lo siento.

—Qué buenos compañeros sois aquí, Costa. Estoy conmovida.

—Hay un modo de saber lo que dijo Mar...

Elena depone el mal humor y el sarcasmo y mira a Costa con interés. Agradece que el hombre no le haya cogido manía pese a sus modales agresivos.

—Que yo sepa, a la detenida la asistió un abogado.

A Elena se le ilumina la mirada.

—Los abogados guardan copia de la declaración en sede policial.

—Gracias, Costa —dice Elena mientras sale de la comisaría.

Antes de llegar a la calle ya tiene el móvil en la mano.

—Jaque mate.

Lucas juega bien casi todo el tiempo, pero de vez en cuando parece que sufre cortocircuitos que le impiden analizar con frialdad la posición de las piezas. Zárate se ha dado cuenta de que cada jugada mala de Lucas, en una de esas desconexiones, ha venido acompañada por un ataque personal. Ahora se queda esperando las consecuencias de haber terminado ganando la partida. Es consciente de que no debió hacerlo, quizá ha sido su manera de demostrarle que Elena no está sola, que no todos van a abrirle las puertas de par en par.

—Quiero la revancha —dice Lucas sin demostrar una ira que le debe de estar reconcomiendo por dentro.

—Juego yo con negras —concede Zárate.

Los dos jugadores colocan las piezas. Suena el teléfono de Zárate. Es Elena.

—¿Cómo vais?

—Bien, a tu hijo le apasiona el ajedrez, estamos jugando. Creo que no le gusta nada perder, me ha pedido una revancha con el cuchillo entre los dientes.

—Espero que estés hablando en sentido figurado. Yo estoy teniendo problemas con Rentero, le ha dado por proteger a Villacampa. Pero no pienso parar, en estos momentos voy camino de Torrelodones, a casa de Manuel Romero, el abogado de Mar.

—¿A su casa?

—Le he llamado al despacho, pero hoy trabaja desde allí. Tiene una copia de la declaración de Mar.

—Perfecto. No te preocupes por Lucas, que aquí está todo bien.

Zárate cuelga. Lucas mira el tablero, las piezas ya dispuestas. Sale con peón cuatro dama.

—Tu madre se va a retrasar.

—Ya lo he oído, va a casa de un abogado. ¿Es para hablar de mí?

—No, es por el caso que estamos investigando.

—Mueve.

Zárate sale también con peón cuatro dama. Lucas saca un caballo. No levanta la vista para hablar.

—No necesito un cuchillo entre los dientes. Te puedo matar a mordiscos.

Zárate lo mira con prevención. Lucas, concentrado en la partida, piensa en su próximo movimiento.

—Otra frase como esa y te esposo a la cama —dice Zárate con seriedad—. ¿Entendido?

Lucas se levanta de un impulso y la silla cae al suelo. Zárate se pone en guardia.

—Tranquilo —dice Lucas—. Voy a mear. ¿Puedo ir solo o quieres venir conmigo a sujetarme la colita?

Torrelodones está a unos treinta kilómetros de Madrid en dirección a la sierra, aunque no se puede asegurar que pertenezca a esta. Es uno de los lugares donde los madrileños de clases acomodadas compran segundas residencias donde pasar el verano. Elena, en su juventud, fue muchas veces a fiestas en casas de amigas en ese pueblo. Ha mirado en el teléfono y para llegar a la de Manuel Romero, debe desviarse en el kilómetro 29 de la carretera de La Coruña, en el mismo desvío que usaría para llegar al Palacio del Canto del Pico, una escalofriante mansión neogótica en la que murió el presidente Antonio Maura y que, durante la Guerra Civil, sirvió de cuartel general para Indalecio Prieto y el general Miaja en la defensa de Madrid; más tarde perteneció a la familia del dictador Francisco Franco. Antes de llegar hasta ella hay que coger una pequeña carretera —casi un camino— que desemboca en otro chalet, aunque más escondido que aquel. Desde el camino no se puede ver la construcción, que queda oculta tras una gran valla. Elena debe parar en una garita donde un hombre toma nota de su matrícula y le franquea el acceso. Le llama la atención que haya tantas medidas de seguridad, no sabía que un abogado tuviera que protegerse hasta ese punto. Antes de bajar del coche, recibe una llamada del comisario Rentero. Su saludo es una reprimenda, casi un insulto.

—¿Te has vuelto loca? Me han llamado de la comisaría de Carabanchel. ¿No te he dicho que te olvides de Ignacio Villacampa?

—Solo estaba completando la investigación, no te sulfures.

—No me tomes por gilipollas, que nos conocemos. Estás buscando una copia de la declaración de Mar Sepúlveda.

—¿Algo que objetar?

—Que te estás equivocando. Ignacio Villacampa tiene coartada para la tarde del viernes. Otra cosa es que no la pueda revelar.

—Hasta que no la revele, yo sigo investigándole. Es mi obligación, Rentero, parece mentira que te lo tenga que explicar.

—Estuvo jugando al golf en el Club de Campo —suelta Rentero con impaciencia, como si no le quedara más remedio que airear las vergüenzas.

—¿Y por qué no lo dice?

392

—Porque estaba jugando con el juez que lleva su caso. Con el que hoy mismo le ha absuelto. Quedaría un poco mal que se supiera, ¿no crees?

—Un poco mal —murmura Elena, asqueada—. ¿Y tú cómo sabes que no está mintiendo?

—Porque yo también jugué, cojones. Que hay que decírtelo todo.

—De acuerdo. Gracias por la información.

—¿Dónde estás?

—Llegando a casa. No te preocupes por mí. Luego hablamos.

Elena cuelga. En esos momentos odia al mundo, odia a Rentero, odia la connivencia entre políticos y jueces. Esas amistades sustentadas en el interés, en la ambición profesional. Rentero es su jefe, le tiene cariño y es un buen amigo de su madre. Pero pertenece a esa ralea de imbéciles que cifra su felicidad en un ascenso. No le cuesta nada imaginar una cadena febril de conversaciones desde que ella abandonó su despacho. Rentero llama a Villacampa, Villacampa al juez, el juez a Rentero y una secretaria al Club de Campo para extender bien la manta que lo cubre todo. Sí, estuvieron los tres aquí, pasaron la tarde del viernes enterita, el juez se fue furioso porque falló *putts* muy fáciles...

Elena recorre a buen paso el camino de grava hasta la impresionante casa del abogado. Está dispuesta a conseguir una copia de la declaración de Mar Sepúlveda.

Capítulo 75

Una criada recibe a Elena y la lleva hasta el despacho de Manuel Romero, imponente por su amplitud. Los muebles son piezas clásicas, las estanterías están llenas de libros encuadernados en cuero, hay una enorme bola del mundo, que aparenta ser una antigüedad junto a su mesa de madera labrada. Sobre ella hay una carpeta de escritorio con adornos dorados. Por lo demás, solo hay un juego de lupa, secador y abrecartas, una pluma Montblanc y tres teléfonos móviles iguales, perfectamente alineados.

El propietario de la casa, vestido con traje y corbata pese a estar en su domicilio, la saluda efusivo.

—Bienvenida, inspectora Blanco. Tuvimos la ocasión de conocernos en la comisaría de Carabanchel, pero por desgracia fue un encuentro fugaz.

—Precisamente vengo por ese motivo. Mar Sepúlveda, la persona a la que usted defendía, denunció varias veces a Ignacio Villacampa antes de agredirle ese día.

—Una pena que las drogas hayan llevado a esa pobre mujer a perder la cabeza.

—No he podido consultar la declaración que prestó en comisaría y he pensado que quizá usted tuviera una copia, como ya le dije por teléfono.

—La tengo, claro que sí. Lo que no entiendo es qué interés puede usted tener en esa mujer; por lo que sé, está ingresada por una sobredosis.

—Nada me cuadra —se sincera Elena—. Pocos días antes de aquello estuve hablando con Mar y parecía decidida a dejar la droga de una vez por todas.

—Hay tantos que lo deciden y después recaen. Muchas veces por una tontería, por una celebración. Yo consigo que ella pueda salir a la calle y ella decide que una vez es una vez y que hay que tirar la casa por la ventana. En ocasiones hasta me siento culpable de causarles esa felicidad. Pero dígame, para qué quiere la transcripción.

—Simple trabajo policial.

En ese momento, suena uno de los tres teléfonos que hay sobre la mesa.

—Discúlpeme. Es el teléfono de los asuntos graves, el que tengo que contestar ineludiblemente.

—Por favor, don Manuel. ¿Quiere que salga?

—No es necesario.

Mientras contesta al teléfono, apenas dice monosílabos y Elena no sabe con quién habla. La inspectora recorre con la vista el despacho. Entonces lo ve: en una estantería hay varias fotografías del abogado con el rey, con presidentes del Gobierno, una con Obama... Pero no son esas las que le llaman la atención: en un pequeño marco de plata está un retrato que Elena ya ha visto. Es la misma foto que salía en el libro de las peleas de Coto Serrano, la del viejo Matías con su hijo adolescente. Elena se fija en las facciones del chaval, en su nariz aguileña... No necesita girarse para saber que Manuel Romero, mientras habla por teléfono, tiene la vista clavada en ella.

Zárate se siente incómodo en compañía de Lucas y se lamenta por la suerte de la inspectora. Por mucho que ella quiera, no va a poder mantenerlo en libertad: no es solo una víctima; en esos combates, aunque sea sin responsabilidad y obligado a ello, ha matado a otros como él. No se puede convivir con un chico que, como él mismo dice, podría matar a cualquiera a mordiscos; no se le puede mandar al colegio por la mañana o esperarle el sábado por la noche, cuando se vaya de botellón con sus compañeros. No, Lucas está marcado y Elena no será capaz de rehabilitarlo. Tiene que convencerla para que no se embarque en un imposible. Él está deseando que Elena vuelva, la presencia de Lucas hace que esa casa tenga un aire viciado, tóxico, irrespirable... De pronto se fija en que el teléfono inalámbrico no está en su soporte. Está seguro de que hace un segundo estaba. No sabe cómo lo ha hecho, pero Lucas se ha llevado el teléfono al cuarto de baño.

—Dame el teléfono —le exige cuando vuelve al salón.

Lucas se lo entrega sin discutir.

—¿A quién has llamado?

—A un amigo que corría peligro.

—Veamos quién es.

Zárate solo le pierde de vista un instante, mientras busca el botón de rellamada, pero Lucas es muy veloz y le golpea de manera brutal. Cuando el policía ya ha caído, vuelve a golpearle en la cabeza, con un gran cenicero de piedra. Zárate yace inconsciente en el suelo, la alfombra sobre la que ha caído se empieza a empapar de sangre.

—¿Es usted el niño de la foto? —pregunta Elena cuando Manuel Romero deja el móvil sobre la mesa.

Trata de afectar naturalidad, y por un momento cree haberlo conseguido. Pero la respuesta del abogado le pone los pies en la tierra.

—¿Por qué hace preguntas cuya respuesta conoce?

—Me ha parecido que podía ser usted, por la nariz, por la expresión del rostro. ¿Dónde está tomada esa foto?

Manuel sonríe y resopla, como si le ofendiera la tosquedad de la inspectora.

—Le voy a enseñar algo. Estoy seguro de que le gustará verlo.

De un cajón saca un anillo color púrpura.

—¿Es lo que andaba buscando?

El teléfono vuelve a sonar. El abogado descuelga y solo da una orden.

—Sí.

Luego vuelve a centrarse en Elena.

—Se lo robé a mi padre. Él no lo apreciaba y yo sí. No tanto por su valor como por lo que significa.

Elena Blanco asiente y piensa en el mejor modo de ganar algo de tiempo. Su instinto le aconseja salir de allí, escapar o pedir ayuda, pero en ningún caso quedarse a solas con ese hombre que va perdiendo poco a poco la compostura y abandonando el disimulo, como si estuviera quitándose la máscara a tirones. Se acuerda de su bolso. El bolso, con la pistola dentro, está en el Lada aparcado en la puerta de la casa.

—¿Es usted el Padre?

—Deje de hacer preguntas retóricas.

—Ustedes, los abogados, hacen eso todo el tiempo. Preguntas que llevan pegada la respuesta.

—Lo hacemos para que conste ante el tribunal o ante el jurado. Pero hay una pequeña diferencia: usted y yo ahora mismo estamos solos.

Manuel no reprime una sonrisa siniestra y Elena nota la amenaza.

—Vamos a estar solos muy poco tiempo. Mis compañeros saben que estoy aquí —trata de defenderse Elena.

—Sí, llegarán, les diremos que estuvo, que se llevó unos expedientes y se fue. Y pensarán que ha desaparecido después, en el camino de vuelta. De hecho, les entregaremos las imágenes de las cámaras de seguridad en las que se la ve a usted, bueno, a una mujer vestida como usted y que se le parece, subiéndose a ese coche tan llamativo que tiene. Lo abandonará en la Cañada Real, un lugar hacia el que usted ha tenido querencia en los últimos tiempos. Allí no hay cámaras. Su coche tardará poco en desaparecer, completamente desmantelado. Si es que alguien quiere una pieza de esa antigualla. Nosotros nos vamos ahora a otro sitio, le gustará conocerlo, supongo que han pasado mucho tiempo buscándolo.

Un hombre entra con dos dóberman atados con sendas correas que sujeta con firmeza. Manuel Romero sonríe con afabilidad.

—Son Buda y Pest, ¿los conoce? A lo mejor ha oído hablar de ellos. Le voy a contar una cosa que me hace mucha gracia. Lucas no los llama Buda y Pest, los llama Pest y Buda. Es original, ¿no? ¡Soltadlos!

Los perros se acercan a Elena, la huelen y gruñen, pero después van a sentarse junto a su amo.

—Están muy bien adiestrados, se portan como caballeros cuando deben serlo y como salvajes cuando llega el momento. ¿Sabe quién era así? Mi amigo Antonio. Usted le conoce como Dimas. Antonio es mi mejor amigo desde que éramos niños, somos del mismo pueblo, de Coto Serrano, y entre los dos lo hemos creado todo. No le perdonaré nunca que lo hayan matado.

Los hombres que trajeron a los perros se aproximan a Elena con unas esposas.

—Es mejor que no se resista, la vamos a llevar igual y puede perder unas fuerzas que luego le serán útiles. No olvide que yo siempre doy la oportunidad de vivir. Iremos en mi coche, así podremos charlar en el camino.

Capítulo 76

El piso de la calle de la Fe pertenece a la misma empresa que la finca La Travesera. Una empresa con sede en Panamá, propiedad a su vez de otra en las islas Caimán, que a su vez está intervenida por otra en Malta...

—Lo de siempre —resume Mariajo—. Le perderemos la pista en algún país del tercer mundo, aunque el propietario real puede vivir aquí, a dos calles de este edificio.

—¿No os extraña que pertenezcan las dos a la misma empresa? A lo mejor no podemos conocer a su propietario, pero sí podemos averiguar más inmuebles que pertenezcan a los mismos, y ya imaginamos que no los usan para nada bueno —sugiere Orduño.

—Es una idea, vamos a mirarlo —acepta Mariajo.

Buendía sigue dirigiendo la investigación de las huellas que han encontrado en el piso de Lavapiés; Mariajo tira del hilo de las propiedades; Elena y Zárate no han aparecido por las oficinas de la BAC en toda la mañana, no han dicho adónde iban y no han contestado a las llamadas de teléfono que se les han hecho... Chesca y Orduño se toman un café para intentar aplacar la ansiedad, ambos tienen la sensación de que algo se está preparando, pueden notarlo, como el olor metálico que antecede a la tormenta.

—¿Qué sabes de Marina?

—Está bien de la herida. La bala no le causó demasiados daños. Supongo que hoy la mandan a la enfermería de la prisión de Alcalá.

—¿La has visto?

—He pasado la noche en el hospital con ella.

Chesca no entiende a Orduño. Sí que se haya enamorado de Marina, nadie está libre de eso, ella es el mayor ejemplo: después de haber sido la novia de tipos impresentables, ahora no puede dejar de pensar en Zárate, por muy imbécil que le parezca. Lo que no comprende es que Orduño siga pendiente de esa mujer, que le ha traicionado, que le ha engañado, que ha demostrado ser una canalla y una asesina.

—¿Vas a volver a verla?

—No lo sé. No tengo ni idea de lo que voy a hacer con mi vida.

Buendía entra corriendo en la cocina.

—Me acaba de llegar una información que no sé cómo interpretar. Necesito hablar con la inspectora. ¿La habéis localizado ya?

—No. ¿Qué pasa?

—¿Os acordáis de la camisa del jefe de la Red Púrpura?

—Claro.

—Un ayudante la ha llevado por todas las camiserías de Madrid. En todas nos dijeron que tanto el tejido como las medidas eran muy comunes, pero hoy nos han llamado de una: coincide de manera exacta con una camisa que entregaron hace un mes y medio a un cliente suyo: Manuel Romero.

—¿El abogado?

—Eso no es todo. Manuel Romero es natural de Coto Serrano. El viejo que nos contó lo de las peleas se llama Matías Expósito, pero es su padre. El abogado debió de cambiarse el apellido.

—Joder, todo apunta a él.

—Deberíamos ir a detenerlo ya, pero no me atrevo a dar la orden sin que lo sepa la inspectora.

—Voy a casa de Elena —Chesca toma la decisión—. Igual está allí.

En el garaje de Manuel Romero no falta nada, hay coches deportivos, todoterrenos, berlinas de lujo, alguna furgoneta... Elena se fija en un descapotable amarillo, el vehículo que describió Aurora.

—Supongo que a usted le gustaría que fuéramos en todoterreno. Siempre me ha hecho gracia su pasión por esos coches —el abogado se ríe—. Sí, lo sabemos. Incluso una vez llevó usted al garaje de debajo de su casa a un hombre que le enviamos, un brasileño muy guapo que conducía un Audi Q7 blanco. ¿Se acuerda? Mire, ese es.

Allí está el coche. Elena supone que no le miente, que es el mismo de aquella noche. Pese a la gran cantidad de hombres con los que Elena ha estado en el garaje de Didí, se acuerda perfectamente del brasileño. Fue cuando se enteró de que Abel, su exmarido, se había emparejado con Gabriella. Le pareció que había algo de venganza simbólica en que ella sedujera a uno de la misma nacionalidad.

Conocen su vida casi tanto como ella: sus noches en el Cheer's cantando canciones de Mina, su gusto por la grappa, hasta han probado las tostadas con tomate que le sirve cada mañana Juanito.

—Si tan controlada me tenían, ¿por qué no me mandaron matar?

—¿Y quién le ha dicho que la quisiéramos muerta? Se mata lo que no tiene valor, se hace sufrir a lo que lo tiene. Hemos disfrutado mucho reteniendo a Lucas. ¿Qué le ha parecido? Ya no es el niño que recordaba, ¿verdad?

Se suben en la parte de atrás de un BMW Serie 7, un coche muy lujoso, pero moderadamente discreto. El chófer espera sentado dentro y Manuel Romero manipula unos botones de forma que una mampara se cierra y los separa de él. Los cristales se oscurecen lo suficiente para que Elena no pueda ver por dónde van. El coche arranca.

—No tardaremos mucho —le informa el abogado—. En unos quince o veinte minutos habremos llegado. Si quiere preguntarme algo, dispone de ese tiempo.

Chesca ha tenido que mostrarle la placa y casi amenazar al portero del edificio de la plaza Mayor en el que está el piso de Elena Blanco para que le abra la puerta. Al entrar en el salón, encuentra a Zárate en el suelo, todavía inconsciente. La alfombra —parece persa— está manchada con la sangre que le mana de una fea herida en la cabeza. Afortunadamente, no parece haber perdido mucha. Todavía respira.

—Llame a una ambulancia —apremia al portero. Pero se arrepiente al instante—. No, mejor lo hago yo.

Chesca llama a la BAC para que envíen de inmediato una ambulancia a casa de la inspectora. Está segura de que llegará antes si la llamada procede de la policía.

—Hay un médico en el segundo —dice asustado el portero—. Le vi llegar a casa hace unos diez minutos.

—Vaya corriendo a por él.

Mientras llegan el médico y la ambulancia, Chesca mira alrededor, buscando algo que le aclare lo que ha ocurrido. Tirado junto al cuerpo está el cenicero con el que han golpeado a Zárate. Es de piedra sin pulir, cree que de ahí no se pueden sacar huellas, pero lo llevará. ¿Habrá sido la inspectora quien le ha agredido? No, no puede ser. Elena no da señales de vida. Alguien ha atacado a Zárate y se la ha llevado a ella.

Elena está convencida de que no se lo va a poder contar a nadie, pero le pregunta al abogado por la organización de la Red Púrpura, cómo funcionan las apuestas, cuándo empezaron con todo, de dónde sacan a los chicos. Nota que a Romero le complace su curiosidad, aunque se muestra esquivo en algunas respuestas.

—Tenga en cuenta, inspectora, que yo no estoy en el día a día. De muchas cosas se ocupaba Dimas.

—¿Ignacio Villacampa tiene algo que ver con la Red Púrpura?

—Nada en absoluto. Ya sé que tanto Dimas como él coincidieron en el Centro de Menores de San Lorenzo, pero fue eso, una simple casualidad, lo crea o no.

El coche casi se detiene, Elena supone que está pasando por algún control, tal vez una garita de seguridad igual que la que había en el chalet del abogado, pronto lo sabrá.

—Estamos llegando, inspectora.

—Antes contésteme a una pregunta. ¿Fue usted quien le pidió a mi hijo que volviera conmigo a casa?

—Siento decírselo, pero sí, así fue. Él no tenía el menor interés en verla.

Capítulo 77

El médico vecino de la casa de la inspectora apenas ha podido hacer nada por Zárate, deberán llevárselo al hospital, pero antes de que los sanitarios lo bajen en la camilla recobra la consciencia por unos segundos, los suficientes para ver a Chesca.

—¿Dónde está Elena? —pregunta ella—. No lo sabemos.

—Ha ido a ver al abogado de Mar, a Manuel Romero. A su casa de Torrelodones.

Mientras se lo llevan, Chesca llama con urgencia a la BAC.

—La inspectora ha ido a casa de Manuel Romero en Torrelodones.

—Entonces no nos quedan más dudas. Hay que avisar a Rentero, debemos ir a buscarla.

Elena se baja del BMW en medio del campo, al lado de una vieja nave de ladrillo.

—Aquí empezó la Red Púrpura —le indica Romero—. Antes de la finca La Travesera, montábamos en esta nave los espectáculos. Ahora hace mucho que no se usa, pero a mí me gusta tenerlo todo en buenas condiciones.

—¿Qué va a hacer conmigo?

—Ya lo verá, no se precipite. Primero quiero enseñarle esto.

El chófer ha abierto la puerta de la nave y la luz que por allí entra perfila los contornos. Pero Elena no distingue nada en esa penumbra, parece un lugar diáfano.

—Espere.

Romero da al interruptor para que se enciendan las luces. Dentro solo hay una jaula octogonal, igual que la que vio en Coto Serrano.

—La primera vez que Lucas peleó fue en esta jaula. Todos pensamos que su adversario le iba a matar, pero su hijo ha nacido para esto, es un gladiador. Si usted viera la de sorpresas que nos ha dado... También nos ha hecho ganar mucho dinero. Tienen ustedes detenido a Pável, el chico de los dedos de metal. El combate entre ambos movió mucho más dinero del que se puede imaginar. Era la lucha entre el campeón uzbeko y el español, apostaron hasta en Las Vegas. ¿Sabe que Lucas ganó, pero estuvo a punto de morir? Si no hubiera sido por Marina, se habría muerto y habríamos tardado en encontrar la causa. Ah, Marina... Era la debilidad de Dimas, pero debió deshacerse de ella hace tiempo. ¿Qué tal está?

—Que yo sepa, bien. Herida, pero bien.

—Por poco tiempo, ya he pedido que se encarguen de ella. Supongo que tardarán algo en cumplir mis órdenes, pero lo harán. Esa mujer tiene los días contados. Pero no he terminado con lo de Pável y Lucas. ¿Sabe que, después de arrancarle los dedos, Lucas se los tragó? No podía respirar, claro. Si Marina no se los saca de la tráquea, se muere. Habría sido una gran pérdida.

El abogado abre la jaula y los dos entran.

—Cuando hacíamos aquí las peleas, la gente que venía a apostar estaba del otro lado de la jaula, gritando... Casi podían tocar a los chicos, aunque les recomendábamos no hacerlo. Más de una vez, alguno de los luchadores le rompió el dedo a un espectador. A mí me gustaba más aquello, pero era menos discreto que ahora, en La Travesera. Aquí los espectadores se reconocían unos a otros y era muy inapropiado. Además, en La Travesera ya estaba la infraestructura. ¿Sabe que al acabar la guerra se hicieron peleas?

—Sí, hemos hablado con su padre.

—Ya lo han visto más que yo en los últimos diez años. Aunque le mando dinero cada mes, me temo que a eso se limita todo nuestro contacto. ¿Les ha contado que es hijo del marqués que las organizaba? No creo, el pobre siempre se sintió avergonzado de sus orígenes. Ni siquiera quiso quitarse el apellido, Expósito, como si fuera un huérfano, cuando tuvo la oportunidad de recuperar el del marqués.

—Supongo que a usted le habría gustado llevarlo.

—No soy un mitómano, inspectora —le sonríe el abogado—. Romero es el apellido de mi madre. Pero sí me habría sentido orgulloso de pelear como lo hizo mi padre, como lo hicieron sus hermanos... porque incluso la derrota es un honor. Mi padre, además, ganó. Logró sobrevivir. Nunca he entendido por qué renegó de lo que hizo. Supongo que yo he salido más a mi abuelo, para qué engañarnos. Pero, dígame, ¿qué le parece estar dentro de la jaula? A Lucas le encanta.

—¿Por qué me cuenta todo esto? ¿A qué espera para matarme?

—Eso sería tosco e impropio de mí. Usted va a tener la misma oportunidad de salir con vida que cualquiera. Tenga paciencia, en unos minutos estará todo preparado.

La intervención de Rentero ha facilitado el operativo de emergencia. Antes de que se cumplan veinte minutos, los miembros de la BAC, acompañados por dos patrullas de la policía, están en la puerta del domicilio del abogado.

—Mira el nombre de la finca —señala Orduño.

En una columna de ladrillo, a la entrada del recinto, está el nombre de la finca en letras de forja: «Coto Serrano». Un letrero en el que la inspectora Blanco no se fijó al entrar.

Traspasan la garita de seguridad sin ninguna oposición del guardia que la ocupa. Una criada sale a recibirlos.

—Don Manuel no está en la casa. Esa mujer que dicen estuvo aquí, habló con él y se marchó. No pasó dentro ni cinco minutos, creo que venía a por unos papeles.

—Hay cámaras de seguridad. Quiero ver las imágenes —exige Orduño.

No les ponen ningún problema. Pueden ver el coche de la inspectora llegando y a ella bajándose, lleva una chaqueta roja. Seis minutos y quince segundos después, la inspectora sale de la casa, con la misma chaqueta roja y una carpeta en la mano, se sube al coche y se marcha.

Chesca y Orduño se miran, no saben qué hacer. No contaban con esto. Esperaban encontrar de inmediato señales de violencia, pero no un lugar apacible y unas imágenes que acallan todas las sospechas.

Solo una llamada de Mariajo los saca de su estupor.

—Finca La Herradura, en Moralzarzal. Id de inmediato para allá. Después os explico.

No preguntan, simplemente obedecen, seguros de que es lo que deben hacer.

Elena está encerrada, sola, en la jaula octogonal, empieza a sospechar que la oportunidad de salvar la vida que le ofrece Romero consistirá en luchar. No tarda en descubrir que tiene razón, pero ni en sus peores pesadillas habría imaginado quién va a ser su contrincante. La puerta de la jaula se abre y entra Lucas.

—Hola, mamá.

Capítulo 78

Lucas baila alrededor de su madre, como si fuera un boxeador tanteando a su adversario. Se acerca, se aleja, marca un golpe arriba con la izquierda, otro al hígado con la derecha. No llega a golpear, Elena trata de no hacer ningún movimiento.

—No voy a pelear contigo. Soy tu madre.

Lucas sigue igual, se acerca, ella piensa que va a volver a marcar el golpe, sin tocarla, pero Lucas amaga el golpe con el puño y después le pega una patada en la cadera —esta vez real— que la tira al suelo. Se aleja. Elena ha sentido el dolor, se levanta con trabajo, pero vuelve a encararse con él.

—Mátame si quieres, no me voy a defender. Jamás te pondré una mano encima.

Su hijo vuelve a acercarse y le da una patada más. Ahora en el pecho. Ella se vuelve a ir al suelo y, mientras se levanta, ve que hay cámaras grabándolo todo. Se pregunta si acabará en los ordenadores de los enfermos de medio mundo. Un hijo matando a golpes a su madre puede tener mucho público interesado.

—Defiéndete —le grita Lucas.

—No, mátame de una vez.

Buendía y Mariajo solo pueden esperar. Ni siquiera saben si la información que han dado a sus compañeros es útil. La luz parpadeante que ven en el ordenador, sobre un mapa, no les dice nada. Ni si Elena está viva o muerta, ni si se trata realmente de ella. Ha sido una simple casualidad dar con esa señal, pero Mariajo ha adivinado en seguida de qué se trata.

—Puede ser Elena.

Es la localización del dispositivo que instalaron en la pulsera de Elena el día que Marina se la puso para encontrarse con Dimas. Como tuvieron que llevarla al hospital, nadie se acordó de ella, ni de la pulsera ni del localizador.

—Elena dijo que le tenía cariño a esa pulsera, tal vez la recuperó antes de que se llevaran a Marina —confía Buendía.

—No sé, con el guirigay que había montado, en lo último que pensé fue en la pulsera.

—¿Y cómo se ha movido desde el hospital hasta Moralzarzal? Marina no ha podido ser.

—Quizá se la llevó alguien... A lo mejor Chesca y Orduño se encontraron con la novia de un celador a la que hicieron un regalo...

Ninguno de los ataques de Lucas le ha supuesto un dolor inaguantable, solo un poco la patada en la cadera. Pero cada golpe le ha provocado una humillación lacerante, un sentimiento de derrota y desesperanza que va más allá de la comprensión humana. Lucas sigue bailando en torno a ella, con una sonrisa que en otras circunstancias podría pasar por lúdica. O no quiere hacer daño a su madre o su mente extraviada ha diseñado un plan sádico y cruel, un plan que incluye una primera fase de tanteo para que la madre tenga tiempo de asimilar cuanto está sucediendo en la jaula. Un plan que quiere exprimir su sufrimiento hasta la última gota.

—¿Qué te pasa, Caín? —ruge la voz de Romero—. Me aburro.

Como si la mención a su apodo de luchador fuera un acicate para él, Lucas vuelve a acercarse a su madre y le pega un brutal puñetazo en la cara. Elena cae al suelo temiendo tener algún hueso roto. Después el chico se aproxima y le pega una patada en la tripa; ella se queda encogida. Elena lo comprende: no hay nada peor para su hijo que decepcionar al Padre.

Lucas se ríe al verla dolerse.

—¿De verdad no te vas a defender?

Se acerca de nuevo, preparado para darle otra patada. No está prevenido para que ella haga algo más que soportar el golpe, así que cuando su madre, incluso en contra de su voluntad, se aparta y le da una fuerte patada en la espinilla, cae al suelo. Se gira rápidamente para agarrarla, pero ella se ha puesto en pie.

—Por fin empieza la diversión —Romero se entusiasma.

Las sirenas avanzan por la carretera que une Collado Villalba con Moralzarzal. La finca La Herradura, la que Mariajo les ha indicado, está pasado el pueblo, camino de Cerceda. No es una finca muy grande, tiene una casa y otra construcción; en las imágenes de satélite de Google no pueden distinguir bien de qué se trata.

—¿Qué nos vamos a encontrar?

—Ni puta idea.

—¿Y qué vamos a hacer?

—Disparar si hace falta —Orduño está completamente seguro—. Sin dudar y sin piedad.

Elena estaba convencida de que se dejaría matar por su hijo sin oponer ninguna resistencia, pero hay algo que le impide hacerlo. Ahora está a la defensiva, intentando evitar sus ataques, pero sin lanzar ningún golpe. No es que no quiera hacerlo, es que Lucas sabe pelear bien. No le deja ninguna oportunidad. Además, el puñetazo en la cara le ha hecho algo en la nariz, quizá rompérsela, y no consigue respirar bien. Nota cómo la sangre gotea desde su barbilla.

Gana presencia el ladrido de unos perros. Imagina que son los de Romero, Lucas le saca de la duda.

—Son Pest y Buda, ¿los conoces? Yo he jugado muchas veces con ellos.

Lo que le ha querido decir es que, si les dejan entrar en la jaula, se ocuparán de ella en exclusiva.

Ahora no es solo Lucas quien se acerca y se aleja, Elena también se mueve y se ha quitado los zapatos. Los dos dan vueltas, midiéndose... Lucas se lanza contra ella, le intenta barrer los pies con una patada, pero Elena consigue saltar. Cae sobre la pierna de su hijo. Lucas da un grito de dolor. Sonríe.

—Me has hecho daño, has hecho daño a tu pobre hijito —y finge un mohín, como si llorara.

Todos se quedan mirando alrededor. Se escuchan sirenas.

—Lucas, acaba ya —grita Romero. Y le tira un cuchillo dentro de la jaula.

Elena corre a cogerlo, pero su hijo es más rápido y se hace con él. No lo usa, se lo mete en la cintura. Lucas la mira fijamente, se ha acabado el juego. Se tira contra ella, le da un puñetazo en la boca del estómago. Elena se dobla de dolor, pero, cuando él va a rematarla, saca fuerzas de flaqueza y le pega un bofetón; después un cabezazo en la nariz. Lucas ha empezado a sangrar y está fuera de sí. La pelea se vuelve bronca, las sirenas están cada segundo más cerca. Elena cae de nuevo al suelo, Lucas se tira sobre ella, se pone encima a horcajadas. Elena deja de resistirse, se ha rendido. Lucas saca el cuchillo de su cintura y Elena ve el filo brillando muy cerca de sus ojos, con destellos que son como chiribitas. La sangre le salpica la cara y le hace gracia ser consciente de eso cuando ya tiene el cuello rebanado. Tarda unos segundos en comprender que es el cuello de su hijo el que ya no vale para sostener la cabeza. En el último momento, Lucas ha vuelto el cuchillo contra su propio cuello y se lo ha cortado con la mirada igual de vacía que siempre, sin ninguna emoción.

Romero también tarda en darse cuenta del desenlace de la pelea. Permanece inmóvil unos segundos, dominado por el estupor.

Ya no se escuchan sirenas, ahora son disparos. Los hombres de la Red Púrpura se están enfrentando fuera a los policías de la brigada.

A Elena no le da tiempo a llorar a su hijo. El cuerpo sin vida de Lucas se vence sobre ella y no puede hacer más que abrazarlo. La puerta de la jaula se abre y entran Buda y Pest. No tiene fuerzas, está vacía, no entiende cómo es capaz de agarrar el cuchillo para defenderse de los animales. Dos disparos suenan casi simultáneos, uno lo ha dado Chesca y el otro Orduño. Los dos perros caen al suelo antes de llegar hasta ella.

Elena se arrodilla junto a Lucas. Su hijo se ha matado para salvarla y eso demuestra que había un resto de compasión en su alma, que había una grieta en la mole del monstruo y que por esa grieta se podría haber colado ella para rescatarle. No ha podido hacerlo. Pero lo ha intentado todo. Con el cuerpo lleno de heridas y moratones, y tal vez con algún hueso fuera de su sitio, en medio del dolor indecible de haber perdido a su hijo, Elena nota que su vida se mueve por primera vez en mucho tiempo.

Capítulo 79

Antes de salir de casa cada mañana, Aurora se mira en el espejo y se promete que va a ser buena, que no se va a meter en líos ni discusiones, aunque tenga que tragarse alguna humillación, que va a hacer todo lo posible para conservar su trabajo. Ha conseguido un puesto de reponedora en un supermercado de Carabanchel y puede darle gracias al cielo. Carece de estudios o experiencia, ha pasado media vida en una casa de acogida y los dos últimos años en un infierno. Tenía pocas posibilidades, por no decir ninguna, de entrar en el mercado laboral. Ella sabe que, más que al cielo, le tiene que dar las gracias a la inspectora Blanco. Ella le consiguió el primer trabajo, como camarera en el bar en el que desayuna cada mañana, sustituyendo a Juanito, un camarero rumano que ha cogido el traspaso de un local en Pueblo Nuevo para montar su propio bar. Duró hasta que Juan, el jefe, le dijo que lo sentía mucho pero que no podía seguir manteniendo a esa chica en nómina. Le perdonaba la vaguería, la torpeza y la desidia, pero no que discutiera a gritos con los clientes. Con Maruja, una señora que lleva años viniendo a por su café y su cruasán a las seis de la tarde, casi llega a las manos por un cortado servido demasiado frío.

En este segundo trabajo ha arrimado el hombro Zárate, que conoce al encargado de un súper de su barrio. Aurora no soporta a su jefe, casi todos los días se aguanta las ganas de darle un puñetazo, pero sabe que debe aprender a ser más paciente. Se porta bien, su única travesura ha sido robar una cajita de bombones glasé para llevárselos a Gabriella a Urueña. Le encantan y es una manera de agradecerles lo mucho que hicieron por ella. Si su madre no estuviera viva, tendría claro que se iría a vivir a Urueña con Abel y con ella. Le da vergüenza hasta pensarlo —mucho más decirlo—, pero a veces cree que su vida sería mucho mejor si su madre no se recuperara nunca.

A Elena también le mandaría algo —una botella de grappa, por ejemplo—, pero la inspectora le ha pedido que interrumpan el contacto. No quiere verla, ella forma parte de un pasado que necesita olvidar.

El sueldo es bajo, le llega para pagar una habitación y nada más, pero Elena le dio un móvil como regalo de despedida, y se entretiene jugando a las bolitas por las noches.

Todos los días va al hospital a ver a su madre. Está en cuidados intensivos, intubada; los médicos han perdido la esperanza de que se despierte, pero a Aurora le gusta sentarse junto a ella, acariciarle el pelo y contarle cómo le ha ido el día. Las broncas que le echa el jefe, los líos de su compañera Rebeca con su novio y cosas así. Rebeca también es reponedora y poco a poco se están haciendo amigas. Cuando se le acaban las historias que contar, se queda un rato jugando a las bolitas hasta que una enfermera le dice que el horario de visitas se ha terminado.

Una o dos veces al mes, en su día libre, Abel viene a Madrid a recogerla y se van a Urueña. Pasa el día con ellos, le cuenta a Gabriella todo lo que se le ocurre, las dos cocinan... Gabriella le está enseñando a hacer platos de su tierra: unos le gustan y otros no. Le han prometido que la van a llevar con ellos en vacaciones. Gabriella es de Salvador de Bahía y le ha regalado una cinta en la que pone Nosso Senhor de Bonfim de Bahía, es una costumbre de allí. Aurora tuvo que pedir un deseo cuando Gabriella se la ató a la muñeca. Se supone que cuando la cinta se rompa, se cumplirá el deseo, pero ella no puede hacer nada, se tiene que romper sola.

Algo raro pasa ese día y Aurora lo nota desde que se despierta. Un silencio extraño en la casa. Hay inquilinos rumanos que suelen hacer mucho ruido, hay tres colombianos en otro cuarto que cantan por las mañanas mientras se arreglan para ir a trabajar. El silencio de esa mañana es la primera señal.

Cuando va en el autobús se fija en su muñeca: no se ha dado cuenta de cuándo ha sido, pero la cinta se ha caído. Tal vez haya sido por la noche y la encuentre entre las sábanas de una cama que ha hecho deprisa y corriendo. Gabriella le tiene fe a la creencia de la cinta, pero Aurora no espera nada, se ha acostumbrado a que nunca se debe esperar nada.

En el supermercado se encuentra a Rebeca, su compañera, llorando porque lo ha dejado con su novio. Ella la consuela y nota por primera vez la corriente cálida de la amistad, que no sentía hacia alguien como ella desde la muerte de Aisha. Su jefe la trata con amabilidad y ella no entiende por qué. Hay una luz rara en el cielo, como de tormenta que viene pero no se decide a descargar. El aire huele a lluvia.

En el hospital, su madre tiene un color extraño en las mejillas, como si las enfermeras hubieran jugado a pintarrajearle la cara. Aurora le cuenta su día, lo bien que se ha sentido hoy, y nota una vibración en los párpados de la enferma. Por puro instinto, le coge la mano y nota que un dedo la cosquillea. Mira hacia el pasillo, en busca de ayuda, casi asustada, pero enseguida comprende que no necesita que venga nadie. Su madre abre los ojos. No puede hablar porque tiene un tubo en la garganta, pero sí puede sonreír con felicidad al ver a su hija, una felicidad sin preámbulos, nada más verla, como si llevara meses soñando con este momento y no le pillara por sorpresa. Aurora empieza a besar las manos de su madre y a llenárselas de lágrimas, le acaricia el pelo, la cara, los brazos, puede que incluso le esté haciendo un poco de daño. Pero Mar sonríe y una lágrima resbala también por su mejilla. Antes de ir a llamar a las enfermeras, Aurora le da un beso a su madre en la cara pintarrajeada.

Capítulo 80

El mercado navideño de la plaza Mayor está instalado. Como cada año, los villancicos suenan incansables de la mañana a la noche y los habituales de la plaza han desaparecido para dejar paso a los vendedores de árboles, de musgo, de figuras para el belén, de bolas de Navidad, de espumillón y de artículos de broma. Cada día, pero sobre todo los fines de semana, pasan por delante de su portal centenares de familias, grupos de amigos, parejas de novios. Muchos llevan las pelucas ridículas que se han puesto de moda en los últimos años, los gorros con los cuernos de los alces, los otros de Papá Noel; no sabe por qué, este año, el tradicional color rojo ha dado paso al verde.

A veces, Elena se sienta en su balcón, en el que tanto tiempo estuvo la cámara, para ver el movimiento de la plaza. Ya no le duele como antes. Ahora sabe que Lucas descansa, por fin, tranquilo. Que el hombre de la cara picada de viruela está muerto y que Manuel Romero, el abogado que lo organizaba todo, pasará muchos años en la cárcel. Como Yarum, como Marina.

Pero nada de eso es ya responsabilidad suya. Pese a los ruegos de Rentero y de su equipo, ha abandonado la policía. Lleva algo más de dos meses fuera, desde que salió del hospital tras ser atendida de las heridas y fracturas que le causó la pelea con su hijo, y todavía no ha conseguido organizarse una nueva vida, pero sabe que lo logrará. No ha vuelto a beber grappa, no ha vuelto a pisar el escenario del Cheer's y no ha visitado ni una sola vez el aparcamiento de Didí con ningún hombre en todoterreno. Tampoco se come su tostada con tomate por las mañanas con Juanito.

No ha ido a verlo, aunque pronto lo hará, a principios de año piensa cumplir la promesa de ir a visitarle a su propio bar en Pueblo Nuevo. Tampoco ha ido ni una sola vez a Urueña desde que le dijo a Abel que Lucas había muerto, esta vez sí. Le parte el corazón advertir el sufrimiento que le ha causado al contarle toda la verdad. Les agradece a él y a Gabriella todo lo que están haciendo por Aurora, ella no habría sido capaz.

Hoy debe cumplir con algo que lleva evitando desde que abandonó la policía. Tras muchos intentos en los que fue rechazado, Zárate ha logrado que ella acepte verle. No quiere salir de la plaza, ha quedado con él para dar un paseo y cerrar el círculo. Allí secuestraron a su hijo y este paseo es algo más que una despedida sentimental. Es un acto de valentía.

Zárate saluda a Elena con cariño, lleva un par de meses sin verla. Le cuenta que la policía ha encontrado a los niños de Portugal, los últimos secuestrados de la Red Púrpura, y con eso dan la Red por desarticulada. Sabe que Elena le pidió que no le contara nada de trabajo, pero cree que con este tema bien se puede hacer una excepción.

—Sabes que no quiero saber nada de la Red Púrpura, Ángel.

—Está bien, hablaremos solo de los afectos. Te echamos de menos, Elena.

—Os acostumbraréis a estar sin mí.

—Yo te echo especialmente de menos.

Ella no contesta, se detiene en el punto exacto en el que perdió de vista a Lucas y tiene allí su último recuerdo. Cuenta que ha conseguido extirpar todo lo malo y aislar en su memoria al niño que tenía, al bebé de los cólicos, al crío de dos años que se daba trompazos y al de cuatro que hacía preguntas increíbles con su curiosidad infantil. A ese niño lo ha recuperado y respira mejor desde que lo tiene consigo. Nada se lo podrá quitar. Zárate propone un chocolate caliente, hace frío a esas horas en la calle. Mientras se dirigen a San Ginés, ella dice que tiene razón, que hay afectos que permanecen, aunque uno quiera soltarlos del todo. Zárate sonríe y reprime el deseo de pasarle el brazo por los hombros para caminar muy pegados.

Índice

Este libro se terminó
de imprimir en
Móstoles, Madrid,
en el mes de
noviembre de 2022

«Para viajar lejos no hay mejor nave que un libro».

EMILY DICKINSON

Gracias por tu lectura de este libro.

En **penguinlibros.club** encontrarás las mejores
recomendaciones de lectura.

Únete a nuestra comunidad y viaja con nosotros.

penguinlibros.club

Penguin
Random House
Grupo Editorial

🅵 🆇 🅾 penguinlibros